长篇历史小说系列

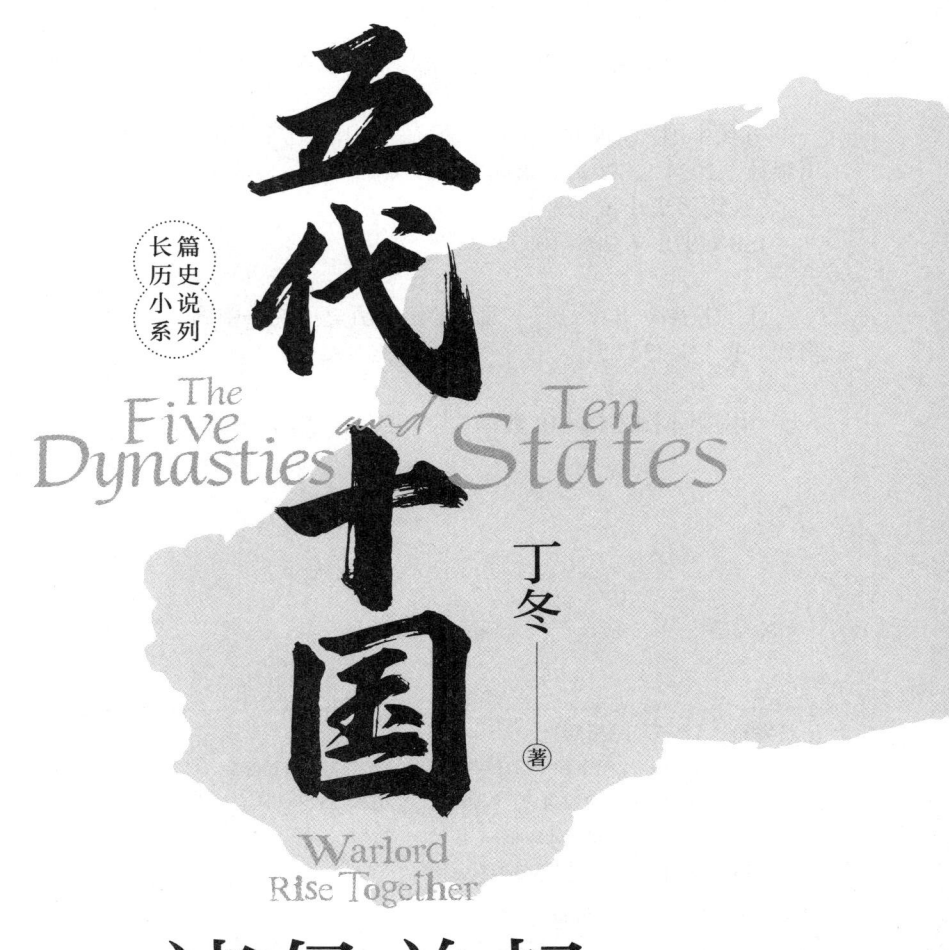

五代十国

The Five Dynasties and Ten States

丁冬 著

Warlord Rise Together

诸侯并起

辽宁人民出版社

© 丁冬 2024

图书在版编目（CIP）数据

五代十国：诸侯并起 / 丁冬著 . —沈阳：辽宁人民出版社，2024.1（2024.6 重印）
（长篇历史小说系列）
ISBN 978-7-205-10572-3

Ⅰ . ①五… Ⅱ . ①丁… Ⅲ . ①长篇历史小说—中国—当代　Ⅳ . ① I247.5

中国版本图书馆 CIP 数据核字（2022）第 180455 号

出版发行：辽宁人民出版社
　　　地址：沈阳市和平区十一纬路 25 号　邮编：110003
　　　电话：024-23284191（发行部）　024-23284304（办公室）
　　　http：//www.lnpph.com.cn
印　　　刷：天津光之彩印刷有限公司
幅面尺寸：165mm×235mm
印　　张：17
字　　数：200 千字
出版时间：2024 年 1 月第 1 版
印刷时间：2024 年 6 月第 2 次印刷
责任编辑：赵维宁
封面设计：人马艺术设计·储平
版式设计：一诺设计
责任校对：吴艳杰
书　　号：ISBN 978-7-205-10572-3
定　　价：68.00 元

目 录

第一章　黄巢落第投濮州 / 001

第二章　王黄疾走引崩唐 / 022

第三章　黄巢转战定长安 / 046

第四章　枭雄朱温初登场 / 068

第五章　全忠发迹张小姐 / 086

第六章　克用诨名李鸦儿 / 101

第七章　群雄聚设奇门阵 / 118

第八章　夜阑风起上源驿 / 135

第九章　中枢之变殒僖宗 / 152

第十章　天上掉下个李茂贞 / 166

第十一章　宫墙生乱破凤翔 / 181

第十二章　河北乱斗焚幽州 / 193

第十三章　朱李相衡刘仁恭 / 208

第十四章　朱刘相杀魏博暗 / 225

第十五章　屠戮唐廷朱称梁 / 238

第十六章　幽沧之地"父子杀" / 256

第一章　黄巢落第投濮州

唐乾符元年（874），山东淄青。洪流初退，大旱又至。旱至初秋，平卢来人赈灾，几十里施粥场，遍布青州各地。冤句黄家，此时也正大开粥场，施粥赈灾。但至秋中，有节度使遣人来，说私家施粥已然不必，让黄家收了施摊。黄老爷自然照做，然后开始全家准备次年三子扶张的进京科考。

黄扶张，大号黄巢，此时此刻，正在冤句一户羊户人家里帮母羊生产。黄家三代贩盐，虽说在州府人脉不错，但终究不是一个台面上的营生。扶张弱冠之年开始科考，三年一试，已试十一，扶张今已五十有五，黄老爷八十有四，扶张的二位哥哥都已有孙，只有扶张，虽说有妻室，但仍无子嗣。黄老爷给扶张的说法是：无论如何，一定要求得一个功名，要不然全家贩盐贩粮，终为人不齿。黄巢大哥虽说一直都在淄青府做文书，但头上无名，薪俸微薄，经年来都是黄老爷家大不分，一直供给。黄巢二哥，倒是一直为人本分，主承家业，贩盐贩粮，走南去北。但年纪也六十有余，这几年多不再走。黄巢的几个子侄，有所承袭，现今家中所处，一直以他们为梁，家业共担。只是，黄家最后的希望，无疑就在黄巢一人身上。黄老爷就算有一天真的驾鹤而去，也终究闭不上眼。

黄巢之所以处此境地，多半也是从他年幼聪慧为人所知开始。黄巢五岁那年，秋日与邻家赏花，邻人都相作诗，只有黄老爷思考再三，难以出口。在邻人催促下，只说了半句"飒飒西风……呃……西风……"，正当大家都为黄老爷着急的时候，只有五岁的黄巢直接接黄老爷的四字吟诵："飒飒西风满院栽，蕊寒香冷蝶难来。他年我若为青帝，报与桃花一处开！"登时四邻皆叹，同时听黄巢所言又都低眉不语。这时候黄老爷才发现事情的麻烦：这青帝乃是掌管春天万物复苏的神明，一个五岁的孩子，怎么敢当着众人大言不惭说什么"他年我若为青帝"呢？黄老爷自知小孩子出言不慎了，于是赶紧把黄巢领回家去家法管教了。

虽说被家法打了十下，但黄巢滴泪未落，他觉得，自己根本没有错，最多只是不应该在这些庸人面前说这些。他只觉得痛快，觉得自己有朝一日，就应该是一只振翅千里的大鹏，不会久居人下。那可是一个五岁的孩子。黄巢自知不会久居人下，但他忘了一个道理。在此时的大唐国度，没有人引荐保荐，你是不可能入朝为官的，即便你再有能力、能写漂亮的诗文。早在隋时开始的科举，到了此时的大唐，已然被一些人牢牢控制，像黄巢这样自小就有文采的人，被人群埋没，是迟早的命运。但彼时的黄巢，还是满心满怀的希望，对自己光明的未来充满了信心。从五岁这年开始，黄巢就被家里送去或远或近的诗馆，找先生来教他。黄巢虽说也算年少顽劣，但他一直都有一颗恒心，向着那一片属于他的光明，奋勇而去，不知疲累。

在黄巢十八岁这年，被定了一门亲事，之后的一年，便早早完了婚。不过也不知怎的，他跟妻子并没有生出一儿半女。二十岁这年，他开始去长安赶考。在县试中，黄巢考到了乡贡。这，可是黄家从来没有过的光荣，这意味着，他将有机会去长安考取功名。黄家似乎也只能依靠黄巢的一份聪明来彰显黄家的身份，否则，黄家就一直是贩粮卖盐之徒，虽说钱粮不愁，但这种贩私之人，无疑是上不得台面的。黄老爷的梦想是，在他有生之年，也把黄家做成一个衣冠户，乡党来贺，同欢同乐。于是，黄巢在一家人和乡亲们的注视下，迈上了远去长安的赶考路。

岁月荏苒，三十载转瞬过去。当年的神童黄巢，当年全村人的希望，现今成了五十五岁的老乡贡。三年一试，试试不中。黄老爷已然没有当年的风采，三儿子不再是他到处吹嘘的资本，如今只要谁一提黄巢的名字，黄老爷每每都是满脸的愧色。

乡党的脸色还在其次，更大的伤害，其实是来自黄巢自己的怀疑。年少那般轻狂很难再现，已过半百的年纪，除了考试什么都不做，却最终一事无成。眼看着二哥把家业已然传给自己的小侄，黄巢明显成了这个家里多余的人。还有一条，就是黄巢的妻子，自打结婚肚子一直没个消息。不得已，黄巢在三十五岁那年，一纸休书让老婆回了娘家。于是，从那时起黄巢就活得越发狂躁。

如今，此生第十二次趋入长安，黄巢心情五味杂陈，上对不起年迈老爹，下对不住诸多侄儿。于是这一年的黄巢暗下决心，这次一定要中，一定一定要中。虽然说，在这三十年里，他无时不刻不在重复着这样一句话。

"难道就真个天不遂愿吗？我黄巢，此生就真个落魄至死不成？"在村东的关帝庙里，黄巢虽说自知应乞求些个啥，但此刻满脑子都是出人头地。"我黄巢本不该如此啊，不该。"每每暗下决心，满身抱负，但七尺高的黄巢还是选择在神明前跪下，然后闭上双眼将自己这活在考试里的一生重新盘整一遍。最终的结论是，天不遂我，我必撼天。

在这样一个山东大地大旱之后的当口，冬雪也没下几场，每次下也几乎是飘几个雪花就结束。全家人，其实也只是管家黄福，给"少爷"打点行装。这么多年过去，打行李包的活计，黄福已然谙熟，只是这第十二次，难免有些心寒。少爷这么多年也无半点功名，唯唯空耗家资，每每高兴去、扫兴归。黄家几乎已经没有人对黄巢有一星半点儿的尊重了，甚至到了村口连个送行的人都没有。年关将近，每隔个三年，黄巢就会走到村口，然后走上一条报丧一般的旅程。

黄福给黄巢带了盘缠，但黄巢已然无感。每次都是如此，已然习惯。黄巢也并不是一个二十来岁的小伙子，而是年过半百的老人了。二人洒泪挥别，黄巢再次催马往长安而去。

一路风尘自不必说，黄巢自幼生得人高马大，也不会有歹人惦记这样一个多年落第的乡贡。没有几天就到了函谷关。每次进长安，多半路

第一章　黄巢落第投濮州

过此处。黄巢每次还是会作个揖。面对西面峻岭，耳边烈烈寒风，黄巢满眼含泪。人说，老子入函谷，紫气由东来。但我黄巢这么多年经过这里，为何屡屡不中，落得若此？再不中第，或将孤独老去。此时，黄巢已然老泪纵横，掩面而泣。

"函谷风头一烈缰，涯生疾走鬓风霜，天彗飞斗苍穹度，奈何洛辰一卷光……"突然黄巢听到身后有人吟出几句谶语。寻声而去，却见一位道人立于风中，手中拿着一个北域人士才有的羊皮卷轴。

黄巢拱手："啊，道长，黄巢这厢有礼了。不知道长所云，究竟何意？还望指点。"道长也不急言声，只是先展开手中的羊皮卷轴，铺于地面。然后当胸稽首。"贫道山中一野人耳，道号妙华。路过此地，却见施主在此哭泣，于是胡吟了几句。看施主气度不凡，想将手中一轴画赠予施主。""这个……"黄巢一般很少要别人的东西，虽然屡屡落第不中，但风骨还是有的。"你我素昧平生，何故要您的东西？"妙华道人摆手言道："哎，此言差矣。所谓天下之物择主而居，此物是您应得的。"

黄巢闻听此言，也不好回绝，只是不知这其中究竟有何妙意。"你来看……"道人叫住黄巢，将羊皮卷上的东西指给他看。"这里，在大河的东方，天有五星，星下有河，河湾有树，树上有果。然，五星背后有彗尾，一扫而过。星明似灯，名为'洛辰图'。贫道刚刚下山，就遇施主，其中自有妙意，贫道就此告辞，不消多问。"黄巢听得入神，看着画上的星斗和果树，静若空影，动若当风，心中暗暗称奇。

不料黄巢一抬头，道人却似风一般消失而去。黄巢在原地呆了半会儿也没回过神儿，直到风将地上卷轴的边缘轻轻吹起。

"哟，这个不错啊，多少银子？我喜欢，卖我得了。"黄巢还在呆望的工夫，身边不觉出现了一位公子。仔细一看，这公子，虽然穿戴上乘，但面色暗黄，眼神不定，嘴角歪斜，面带坏笑。感觉应该是哪一家的公子哥儿。"哎，我叫林当全，我父亲是平卢节度使副将林晃。"

黄巢不认识这人，也不作声，卷起卷轴，轻点了点头，转身想走。不想，被林公子的家奴一把拦住。"还没回咱公子的话，怎个就想走了？"黄巢并不想跟这类人过多纠缠，赶考这么多年，这种人见得多了。无非是家里有几个糟钱，看什么都想占的主儿。但今天黄巢想走好像已然不可能了。林晃这人他听过，但并没有接触过，风评里多数说这个人心术就不大端正，想必他儿子也好不到哪里。

林公子全然一副泼皮嘴脸，前后左右地跟黄巢纠缠不休，黄巢躲得烦了，就说："你想买？那可得多给几个钱呢。""哦？好！只要你说出个数儿，我林公子一定给到你那儿。""嗯，一万两银子，可以吗？"林公子自视财大，但听到一万两这个数目还是有点儿出乎意料。在平卢地界，别说一万两，几十万两也完全不在话下，因为谁都知道林晃是平卢节度使王敬武的把兄弟，谁也惹不起。但凡这种情况发生在平卢，街边大小商家肯定就被抄下了，把后边账房的银子直接充公，来买你的东西。但这都是讲理的情况下，不讲理的情况，那无非生抢豪夺。

今天黄巢这样，林公子笑脸渐渐消失，家奴一看情势不好，在林公子耳边耳语了几句，林公子直接泄了一口气，但是脸铁青着冲黄巢竖了一个大拇指，然后一脸不屑地离去。看样子，这梁子就算是结下了。

"我看你呀，不用跟此等人一般见识吧？"黄巢循声望去，又见一公子站在身后。"嗯，我肯定是没当回事啊。这些年这种人我见得多了。""公子所得之物，并不平凡，想必也是进长安赶考的乡贡吧？"这时候黄巢才抬眼看了一眼这位公子。这是一位不到三十岁的公子，旁边还站了一位漂亮的姑娘。

"我叫马攮，我也是去长安赶考的，这个是我姐，她叫马妖。""你们也从淄青来？"黄巢看此二人眼熟。"是啊，我父亲当过掌书记，然为奸人……"话才说一半，就见马妖在身后狠狠捅了马攮一下，马攮就岔开了话题。"啊，刚才那道人摊开那画的时候，我远远地望了一下，大约是吴圣人的真迹，笔法轻盈但有力。只是，好像吴子除了宫域、室女之外也没画过什么山水，愚人粗浅点评，单单略懂，造次啦。"黄巢自觉他话说一半，似有故事，于是也随口应道："也不知道那道人到底摊了个什么，我收了，终归是样东西，总不好扔在地上不是？本人黄巢，青州人氏。长安考过多年，惭愧难当啊。"

马攮闻听此言连连摆手，马妖也在一旁稽首行礼。黄巢拱了拱手道："看来我们应是一道啊，一路作伴，到长安也不算寂寞。"马攮哈哈大笑，连连称是。马妖也在一旁，掩住半面，并不作声。自此以后，马攮与黄巢在前，连辔而行。马妖与侍女坐车在后，一路颠簸，驱向长安。

话说这一天，一行人终从东门入长安。黄巢赶考多年，东城倚阑坊近乎成了黄巢的旧居一般。入店之后，店家主人、小二均来迎客。倚阑坊，虽距考地西北城较远，但这里市井热闹，多有风闻之事，难避人耳目。长安之事，坊间各色奇事，往往不绝于耳。马攮他们第一次进长安，与黄巢同居倚阑坊，自是最优之选。

每次来长安，入店之后的黄巢，就是他此生最不愿面对的自己。因为，不消几日，就是他们，几乎所有乡贡生员都要做的一件事，即到各大官员府中去做仆生。所谓仆生，好听一点的叫生，其实就是个仆罢了。也不知道什么时候有的风气，在科考之前，各位生员都打破脑袋要到官员家中去做家仆，毫无避讳之嫌。收者坦然，去者心安。仿佛你不去做一下别人的家仆，就根本不可能中第一般。

但话又说回来，即便是到官员家中做了仆生，也根本没法保证一定得中，其实也就是图个心安。再则，在官员府中，就很可能有机会见到官员本人，即便不露出点儿文采，但顺便"带些家乡的土产"也是自然。这其中的所谓土产，那种类就多得有如繁星，临近西域，多半会有玉石玛瑙，南方生员多送些湖石怪鱼，平卢青州地界，好像也出不了什么奇观之物，所以更多的人，直接送上银钱。当然，这种奉上的礼品，多半是在四更天的时候，在官员后花园中进行，多半来收的，也是一个仆人，虽说也是仆，但仆与仆有很大不同，也分三六九等。后花园里来收礼的仆人，一定是官员家中最信得过的家丁，多半是管家的亲信。

黄巢每次科考，都会居于礼部侍郎高湜家中做仆生。想想，就这样一个七尺男儿，即便你年纪四十五十，可依然就只是这样一个仆生的命格。这几十年过去，高湜当年还只是一个谏议大夫，这么多年过去，非但没有被贬，反而越升越高，现在居然到了礼部侍郎的官位。你能说黄巢慧眼识人吗？非也。如果他真的暗通此道，又何苦落得个三十年不中的苦涩？

这一路之上，黄巢感觉马攮为人上乘，也有官宦家中的灵犀之气，高榜得中恐只是时间问题。但他这种多年的谙熟之道，不知道应不应该跟马公子言说。不料，初夜掌灯之时，马攘来叩黄巢的房门。

"兄台，弟也算初入长安，不知个中深浅，还望兄台提点一二。"虽说马攘看似只有三十左右的样子，但为人处事，却显得老练沉稳，把黄巢还在踌躇之事问了个如案当央。黄巢本来也不是很想瞒他，于是和盘托出。马攘听罢长叹口气："本以为，我马家在平卢，不必走科考此路，怎奈……"

其实这也是黄巢疑惑之处，按理来说，像马攘这种公子哥儿，本来可以不走科考之路。在平卢，如果他家与节度使修好，在当地由节度使封个一官半职自不必惊动朝廷。马家一定有自家的苦衷，就像黄家也有黄家的苦衷。自黄家先祖入冤句以来，三代贩粮盐，虽说家境殷实，但毕竟只是一介草民。即便钱粮再多，也不过是村野武夫、市井贱民，登不得大雅，光不得祖宗。所以，黄巢在这种心思底下，每每夜不能眠，觉得此生虽说诗词超群，却独独不能得中，那是一种梦中每每得中的痴狂与心疾。

次日平明，天光刚刚亮起，高府门前就已被生员堵满。不得已，府院独开后门，这种情况之前也很多见。由于这种情形比较多见，所以每每逢三之年，府院多在后门处借出三间民房，用于办理仆生事宜。黄巢轻车熟路，一路转弯抹角来到府院后门的民房处，送上拜帖，再附上几两碎银，于是这仆生就算是排上了号码。要知道，这种府上仆生的名额是有限的，每次生试，只放出四十五人的份，余者只能去别的大人府处当仆觅主了。黄巢是熟面孔，高府的管事高裕虎与黄巢算是旧交情，所以，每到快放出三十份的时候，就开始在民房外张望黄巢是否来到，那另一边的报名自然停止一段时间。

因为，这高裕虎也是淄青人士，祖上与黄家也算是旧相识，三十年了，裕虎今年也有五十，他是看着黄巢每次落第的证人。所以，这里面多多少少有一点点同情之心。可是，这次黄巢多带一人，裕虎老大不爽。好在马攘也不算糊涂之人，十两银子送上，裕虎转眼间与马公子称兄论弟。只是这银子并不白送，裕虎难为面子，请马公子与黄巢吃酒，席间，马公子将另一相托之事说出。裕虎面有难色，但看在马公子又一次十两银子的分上，转瞬大包大揽。

回倚阑坊的路上，黄巢问，你又为何要将姐姐送与府中做奴呢？马攘只说，如果咱们进府做了仆生，那姐姐就没法与我互通信语，她恐会急出病来，所以……转念，马攘又问黄巢，如果说咱注定要去高府做仆生，那又为何入城即住倚阑坊呢？"你有所不知，虽说我们去做了仆生，但即便在倚阑坊住一天，也要给店家五天的银两。"黄巢见马攘一脸狐疑，"如此，无论咱在哪里，这长安城里突然发生的大小之事，便尽入咱耳底啦。"想不到，一个客栈云集的倚阑坊，却早早就是一处生员探听城内大小之事的信息驿处，只是个中花费的银两，自不必细数啦。

马攘问，一个科举之事又有什么大事小事的问题呢？倚阑坊未免劳师动众。黄巢连连摆手："话虽如此，但不要小看了这细事中的消息，很多时候是会影响到大局的。那一年科考，一西域生员，因在考前三天得知一南方生员送了礼部一大员三十两黄金，于是迅速让家中快马送来一颗夜明珠，之后高中探花。你说这其中是否有关联，就很难说得清楚。"

次日一早,裕虎派人捎来口信,三人进府之事都已办妥,黄巢大喜,开始收拾行装。马妖这一路都没有跟黄巢有过接触,此时过来相谢。黄巢此刻才真正端详这女子,她年貌二十几岁,如花似玉谈不上,但款款动人是可圈可点。黄巢老心浮动,眉头一红,托说去牵马来,出屋去避。黄巢此生并不能说对女子不生贪恋,但没有功名,那任何女子的红颜容妆好似都寡然无味。

入府之日,仆生聚齐,在高府后院。马攘以为高侍郎会在后院给大家训示一番,非也,只是一个管家,说了一下家规,但有违反者,当即扫地出门。黄巢还是被分到了打扫四进院的佛堂,马攘被分到倒厨间污物。马攘猜测是不是黄巢多年以来积了人品,所以分到一个可以修身的营职。其实不然,那佛堂,是高湜夫人修佛之地,但夫人已逝多年,那堂间,蛛网处处,污物遍地。黄巢倒也不恼,只是沉下心来扫尘。

马妖进府,被分到小姐身边,倒还是不错的去处。只是马妖也是小姐身子,一旦适应起来,也恐有些不恰之处。所以马攘一天之内听说三院那里有些许吵骂之声。借耳听去,只说是新来的丫头打坏了什么瓶子,但马攘也不好过去,直到掌灯,五进院子都安静了下来。

你以为进了院之后,送请之事就可以随之进行了?并不是。因为科考之日还在十多天后的光景,现在的冬月里,所有人都忙着过年的事情。府院里大小人物纷至沓来,把马攘忙得不亦乐乎。只有黄巢,只消把自己关在佛堂,打扫着府内的"冷宫"。

长安的年关,多半会行爆竹庆欢。好在府中可以看到宫阙那边,花繁水雾升腾而起,万彩斑斓。马攘、马妖、黄巢见到此情此景,并不欢脱，却多的是顾影自怜，思想此次赶考之事，但愿心想之事必然达成。

府院繁乱，十几天的光景转眼过去。又到了后院送银的时刻。黄巢虽说多年对此见怪不怪，却还是很恨自己，也怨这不见光的朝廷。腐朽若此，三十几年，每况愈深，黄巢每每身陷于此，都深觉无力。

即便如此，黄巢却也不得不将马攘姐弟俩唤到一处，告之后院送银的个中讲究。"一更的时候只能准备，不能出屋；二更的时候，提着灯笼在后院转悠，表示礼已备好；三更的时候，可以将礼银搭到后院门廊拐角；四更的时候，你就会看到管家高涯慢慢踱到此处，于是将礼单奉上，就算结束。"黄巢一口气将事讲说清楚，还不忘嘱咐一句，"你可千万不要以为，送了礼就可以辞府而去，只在科举几日你可不做活计，在未来一月之内，府内大小事宜，你都必须按礼行事。直到下月月底，才可以提辞府之事。"

接着，上元之夜，你会看到大家都不去街上赏灯，却都集在暗黑的高府后院，躲在墙角，窃窃私语。马上听到四更梆响，于是有一众人鱼贯而出，蹿到门廊高管家出现之处，一股脑儿将礼单塞于他手，于是瞬息散去。这其中，怎少得了黄巢和马攘的身影？但即便这样，该不中还是会不中，有时黄巢也在想，是不是其实科考的卷子并不重要，而在于案下之手是否达成？

其实，也不能说这种送银之事就一定毫无用处。至少，你确定能从中得到诸多有用信息，就比如此次，无论从倚阑坊还是从府中高涯处得来的消息，都是此次礼部主考不再是侍郎高湜主理，而是由大内衙官田平主事。这个田平，虽是宫人，却一时风头无两，因他叔叔田令孜乃国之栋梁。虽说同为宫人，但备受圣上器重。

据坊间传言，这田家本姓陈，原是蜀中大户，到田令孜这一辈，就入了宫当了宫人。自安史之乱以来，圣上就对各地节度使难再信重，由此对宫人大大加赏，委之重权。田大人一时风生水起，平步青云。于是蜀中再派人来，其侄田平随叔入宫，在宫中协叔父处理大小事宜。只因圣上尚且年幼，所以大小事宜多由叔侄二人主理，故而，这长安城说是姓李，如今多一半是姓田的。

这田平虽说成了宫人，但府内宫女、侍女多如牛毛，而且个个相貌出众。传说这小田官有一癖好，虽然无法与女成鱼水之欢，却喜用各种刑具与女上刑，以听取惨叫为乐。此信一出，长安各处上至达官，下至百姓，多半将家中适龄年纪、品貌出众之女避于城外野村，长年不入长安，即便就此嫁了也在所不惜。

长安城内人人自危已有数年，但今年科考亦由田平主理，更在所有人意料之外。

入夜，倚阑坊传信云，小田官意在各大人家中妻女，行刑虐之乐，各府惶惶然。正在此刻，三院传来消息，侍郎高湜愿认马妹为义女。闻听此言，马攘脑袋一晕，昏死过去。

话说黄巢入长安三十年，十一次科考，却并未有一次见到侍郎本人。这次，侍郎却独自一人进入佛堂，随即挥手让黄巢离去。侍郎在佛前注视良久，一言不发。

另一边，马攘从昏睡中醒来，见姐姐坐在床前，急急便问："姐姐，侍郎想认你为义女，果有此事？果有此事？"马妹见状，泪如雨下，连说:"兄弟，姐自不想如此，但你可知，我父身陷囹圄，你只有考到功名，马家才有翻身之日。姐姐这贱身，不必考虑。""可是，你可知，高湜此心自是想将姐姐献与小田官，行那违天之事，我宁愿不求功名，也不让姐姐入那狼室。"马妺只是哭泣，并不多言。此刻，马攥突觉昏昏然，自知姐姐在药中下了蒙汗药，在昏迷之际，还是想紧紧抓住姐姐的手，不让离去。

黄巢在门外听不下去，就进屋直言:"小姐何必出此下策，你爹有事，也未必就是考取功名可以了的。再说我黄巢即便三十年府中见惯蝇营狗苟之事，却也不必为此搭上小姐一条性命，那小田官，人人说他不是人造……""兄长，你也不必说了，今日我们入府，侍郎如此要求，都为天命，我不违之。"

此刻，高侍郎也从佛堂走出，来到马攥屋处，见马妺泪眼婆娑，也只长叹一声。"高某自知对不起你们姐弟，高某也是与你们爹爹有所交集，但我女儿今年只有十四，而那小田官不依不饶，我也是没有办法才……"

黄巢此时此刻真的想扑在高侍郎面门挥上几拳，但他不能，马家一门好像全系马攥一人。真挥上几拳，那马家的希望也就真成了无望了。

想不到三十几年看惯了科考之事的黄巢，还是在第十二次入长安见到了意料不及之事。晚唐之国风，早令黄巢所不齿，但总还不至于将科考生员加害至此吧？黄巢胸中暗骂，却无法对马氏姐弟说出任何一条良策来。

高湜也不多说，只是将马妺送入小姐偏房，收拾妥当，只等小田官府里来人。次日夜晚，小田府来了一乘小轿，匆匆将马小姐接走。虽然马攘如疯了一般想冲出府门，可怎奈高府家人还有黄巢都尽力将马攘拉回，仿佛免却诸多恶事。

马小姐走后，马攘就像换了个人，心神呆滞，无心读书。但时而清醒时而糊涂，有时候突然间就拉住黄巢说："你知道吗？你函谷遇上的那个林公子，就是他们家，为了不把平卢他父意欲与沙陀人起兵之事透给王敬武，即反诬我父欲反唐谋乱。但此番科考，如若我考不得上乘功名，那我父我家就再无回天之力了呀。"黄巢也不知道他说的是深是浅、缘真缘假，却只是安慰马攘，睡睡便好，睡睡便好。

想想函谷遇那姓林的泼皮，怎可与马公子相提并论？虽说大唐科考，世风早已论拼银两，但若姓林此人得中，这天下也不算是个天下了吧。

科考之日渐近，黄巢因马小姐之事，心生烦乱，他不知道应该怎么样才能让所有的事情回到正轨，怎样才能让这世风回到原来应该的样子。虽说，这里也有黄巢对马小姐生有情愫，但在这世事迷乱之秋，一个黄姓乡贡，又能有多大作为呢？

这个时候，他一心只希望，马攘可以高中状元，然后夸官三日，回到平卢，白日放歌。那么，好像黄巢所能做的，就是陪马攘加倍备考，以期让马攘得偿所愿。这三十年来，好像这也是黄巢头一次希望别人比自己考得还要好。他希望马家这姐弟俩，真的可以出头，如果马妹还真的可以活着回来的话。

转瞬间，科举之日来临。在入考笼之前，还在殿前拜了孔子。黄巢这个时候才远远地看到了小田官的影子。他此刻所能做的，就是把身边的马攮放倒,按住手脚乱踢的马攮,谎称是他羊角风发作,送医处疗。但几乎所有高府的仆生都知道,那哪里是什么羊角风发作,分明是一个生员为了讨回自己的姐姐想要与小田官拼命的样子。

在正式科考之时,黄巢还专门申到了一个比邻马攮的地方坐下,这样,他也好看好这位眼已冒火的生员,不致有再大的事情发生。在四门鸣钟之时,黄巢隔着隔板低声对马攮说:"你好好想一想,到底怎样,才能真正救得到你的姐姐,你好好想一想……"此话一出,隔板那边原来还咚咚敲打坐板的声音没有了,没多久,就传来沙沙的挥笔声响。

科考两天时间,黄巢是紧张的,但这种紧张不同于三十年之间的任何一次。他担心的,还是马攮的神情与心志。他只求马攮千千万万别再出什么事情。

两天过去,黄巢的担心,可能是多余的,什么事情也没有发生。他们依旧还回到高府去做仆生,他们还是尽心尽力地打扫庭院。只是,马攮早就不在厨房倒脏水了,而是到了高府的书房里扫尘。黄巢闻到了惭愧的味道,本以为高湜最终会把马家送的银钱发送回来,但回来的却是一张字条,说,高府并没有收纳马攮的"土产",而是将"土产"转送给了小田官,之后还说了一些"一切顺利"之类的话。马攮看后,随手把那字条丢到地上。黄巢连忙拾起字条并烧毁。无论马攮还是黄巢,更或是高府,真的不能承受再发生任何事情。

每季的放榜时刻,黄巢都是无比忐忑的,这一次,这种忐忑要更加上一份惶恐与慌张。黄巢是从来不信,自己通过后园的通道送金钱给高大人或是别的什么大人,就会在高榜上看到自己的名字。有时候,他还会做梦，梦见自己高中，或者还是落第，每一次都那么真实，又是那么的虚幻如影。

但这一次，他特别想看到的是马攮的名字，胜过想看到黄巢的期待。于是，在整个高府的仆生向外狂奔的时候，黄巢的脚步居然是慢的。他在想，如果榜上一旦没有马攮，那这对姐弟，又会是怎样的命运？转顷，他又想，自己已然五十，此后再来长安几无可能。黄家盐业生意自己根本帮不上忙，空有一手好诗文，但长安风向不正，即便是黄巢遂了那些人的意，送了银子，但不中依然可能是不中。现在，他只希望，马妖可以平安回来，马攮可以中到探花以上。黄巢本人，如果再不中第，便找一僻静处隐居，了却残生。

一种情况是，黄巢上榜，而马攮不上。那，马家可能就此再无光亮，马家姐弟的结果不可想象。还有一种是，马攮上榜而黄巢不上。那黄巢也就了了这个科举的心思，一心归隐山林。还有一种情况，就是黄巢和马攮同时高中。这种情况黄巢想都不敢想，这几月在高府内，黄巢看到马攮文采了得，但这种科考之事，黄巢还是不敢想得如此达观。

还没等黄巢走到皇榜跟前，半路就遇到了低头贴墙悠悠而行的马攮。他知，马攮定是受到了刺激，不敢去看榜。"阿攮，你为何走得如此之慢？难道……真的觉得自己无法中第吗？"黄巢这种担心是真切的，但马攮的眼神也确确实实是迷离的。马攮看看黄巢，再不时地将眼神斜斜地往天上飘，悄悄地扶耳对黄巢说："黄兄，你知道吗？我，我卷子上只写了我的名字，哈哈哈哈，我交的是白卷。你说，我应不应该着急去看放榜啊？你觉得我会不会中啊？啊？哈哈哈哈……"黄巢惊了，也知道，马攘很可能要疯傻掉了。一心准备科举，一心想挽救爹爹的马攘，最后在考场上交了白卷？足见这科考之事，已然在他心中没有半分分量。

就在这时，一个同在高府做仆生的乡贡，从皇榜那边急急地往这边跑，冲着黄巢和马攘一边举手一边喊："中了中了，你中了，你中了。"黄巢心头狠狠一揪，难道说，这次我真的不虚此行？但怎知，那个乡贡径直跑到马攘跟前："马公子，你中了，而且还是个探花，你高中探花啦！"

啊？马攘和黄巢同时倒吸一口凉气，连忙跑到皇榜前，上下逐排打量，搜寻自己的名字。黄巢从头搜到尾，再从尾看到头，连看了三遍，根本没看到"黄巢"二字，瞬间感觉心已凉透。却猛然看到"林当全"的大名居然写在榜首的位置。就是被马攘称为浪荡公子的林当全？黄巢好像全身被闪电劈到一样，浑身通凉。"原来，这一生苦读，即便中途随了世俗，可依旧还是比不过要命的家世和出身。"独独让人欣慰的是，探花的位置果然写着马攘的大名。不论白卷不白卷吧，总好过马家一无所得的好。恰在此时，忽听得身后发出一阵狂笑："啊哈哈哈哈，哈哈哈哈……"这时候，有人牵得马来，为马攘穿上探花服饰，胸前绑上红花，并扶他上马。马攘就在人人的唏嘘中离开皇榜这条街。

当走到路口时，只见一乘小轿落在马前。居然是马妹走下轿来，在马攘马前低声说了几句之后，在马前吟道："吾弟夸街中探花，马妹上轿嫁亲家。来生清蒙由此过，莫惜汝姐入泥沙。"

马小姐说完，转身上轿疾驰而走。就算马攘再三再四地追赶、挽留，终无济于事。就在马攘痛苦万分的时候，他居然看到，那个小人得志的林当全，欣欣然骑着高马行于小姐轿后。马攘定在那里，队伍中有人低语对他讲："你不要再追了，你姐已经被小田官送给状元郎了。再追下去恐生祸端。"

马攘定在原地好一会儿，即便黄巢赶过来，他也根本没有一丝动弹。顷刻，张嘴吟道："好景长安我一马，不及我姊命落花。皇榜豪强无一物，却知阅卷心似瞎。"就在黄巢的注视下，马攘慢慢跨上高头大马，一步两步地向前慢踱。没走出十几步，突然之间马攘一顿狂笑之后，催马疾驰而去。马攘疯了，实实在在地疯了，这一点，恐怕只有黄巢知道。只有他知道马攘心底真实的绝望。

黄巢又何尝不绝望？应试三十年，这么多次的真切努力，每次都换来了同样的结果。这次，马攘姐弟的经历，令黄巢猛醒，这根本不是他自己的事情。马攘心情崩坏，交了白卷，居然也能中了探花。林当全，泼皮一个，却也可以中了状元。是马攘那句"却知阅卷心似瞎"点醒了他。事实上，根本就不是举子乡贡的问题，而是这个所谓的强盛的大唐，早已不是从前的那个大唐。宦官当权，各地节度使权倾一方，中第举子的榜单，无非是所有权贵们分食民脂的方式罢了。什么仆生，什么后花园的礼单，无非就是变换了巧取的手段。

黄巢再也不想回淄青，回去只会得到无穷无尽的白眼，还有所有人对他的不屑。难道我黄巢，真的就这样在庸庸碌碌中死去了吗？黄巢此生，就这样，被这些无耻之徒消灭了吗？他一路魂不守舍回到倚阑坊，心烦之余，却听到坊间酒肆茶社一片靡靡之音，大家觥筹交错、推杯换盏，其间多的是各种戏闹与浪笑。黄巢听得何其不爽，他只是想回来拿存在这里的行李,却被这些登徒子坏了心情。

不想,一个登徒子冲出来在黄巢面前一通怒骂,耍起了酒疯。若是往时,黄巢定是忍了。但今时不同往日,黄巢将那登徒子一把拎起来扔出十几米开外,然后将那酒肆一通暴砸。当官府人员赶到的时候,黄巢已然酩酊大醉,一睡不起。

黄巢被掠进官府的消息传到淄青,已是两天以后。黄老爷连忙命黄福带了不少银两进长安,上下打点,倾资而赠,才将黄巢买命出来。黄巢只不过是耍酒疯,黄福这许多年看了多次,进长安打点讨人也不止三五次,官府的老爷们乐得收了银子放了疯子。每每科举之年,长安城里像黄巢这样打打砸砸的人不在少数。所以,这只能看作是靖安司的老爷们大举盘剥的一次机会。可黄巢知道,此次,绝不同以往。

这次落第,黄巢唯一的希望,如风中之烛在无声中破灭。但在这期间,他无疑看透了大唐的气数,看懂了无论高湜、小田官们的嘴脸,当然,还有林当全此等衙内的横行无忌。在他的眼里,最可悲的并不是自己,而是千千万万个像马攘姐弟这样的一心为这个国家的人,而这个所谓的大唐,这个盛况无二的国度,其实早如越冬之橘,干瘪于内了。

黄巢再次回到倚阑坊,想想这几年平卢、淄青屡遭水患,长安并不派人赈灾,却每每派出的大员无一不私相授受、贪得无厌。各节度使,世辈相承,根本不理民之水火。这种"阅卷心似瞎"的腐烂帝国,还要它何用?

黄巢越想越气,虽然带着几分酒意,但他决定,这次出了长安,不再回淄青了。他要去干一番大大的事业,去完成"他日为青帝"的事业。

黄巢早就听说，一位叫王仙芝的英雄已然起兵反唐，而那些义军人马都集结于濮州。这次东出长安，必去投他。有朝一日带上精甲三千，在这酸臭的长安，杀他个七进七出，将这一切臭不可闻的玩意儿全都打得粉碎，将那大田官、小田官、高湜、林当全之流，全都斩首示众。

在这夜色包裹下的长安，在笙歌漫漫的倚阑坊，黄巢直接掀了桌子。于是将中指咬破，在白白的墙上写下一段诗文："待到秋来九月八，我花开后百花杀。通天香阵透长安，满城尽带黄金甲！"于是出门上马，策缰而行。黄福套了车马，装了行李，急急追赶催马狂行的黄巢，东出长安，绝尘而去……

第二章　王黄疾走引崩唐

　　王仙芝坐镇濮州，大举招兵买马。王仙芝起兵，也非故意，实是被逼无奈。乾符元年（874）的时候，王仙芝去长垣贩盐。贩盐这东西，从来都是官家独办的买卖，冤句的黄家算是做得比较大的，但也会有王仙芝这样到处买卖的情况。王仙芝诗书读得不多，早年就开始跟父亲奔这个营生，无非是到盐地去，或低买或偷，弄些盐出来卖。从前都是挑担卖菜为表，实际上下面藏着白花花的盐粒子，卖菜似的就把盐给售了。这种事情，官家如果想管，那必会定罪。但大唐到这般时分，无非是银子开道。即便被抓到了，贩盐这些人也都是有帮衬的，到时候用银子活动出来便是。

　　王仙芝早年跟父亲一起贩盐，走村串户，倒也攒了不少银两。后来，这生意做大了些，就雇一些乡亲旧党，他们同去走村子，王仙芝就跟父亲主做供应。后来父亲去世之后，王仙芝就接管了家里这门生意。但好景不长，这种生意，终究迈不上台面。而且各地节度使的章法不一，有时候宽松些，有时候严厉些，生意也就如种地一般，看天吃饭。就说去长垣这次，当地的盐官是刚刚来的，王仙芝还没来得及接洽，直接就把王仙芝他们的盐库给封了，至少几百斤的盐被封在里面。王仙芝找同道的兄弟们找关系看是不是能通融通融，可银子递上去，就根本没信儿了。天气也一天天热了，等得人心里发焦。王仙芝已然派尚家兄弟去打探了，尚君早早就回来了，没带回什么好消息，但尚让就一直没有回来。

据说这长垣的小小盐官叫周芒，原来也是他们濮阳人，按理说乡里乡亲的，不应该为难，但这小子现在来看是横竖不吃。银子也送过去了，但事情就是没办哪。几次三番地，尚君去找周芒，都被拒之门外。这次，是尚家兄弟一起去的。说是需要尚君去书房议事，但从书房出来的时候，尚君并没看见小弟尚让，就以为他可能早早回去了，可回来之后，问起王仙芝，王仙芝也说没看见，就想到八成是被周芒那小子掠去了。说实话王仙芝是有点儿着急的，因为他根本不知道周芒到底想干什么。于是找了各方衙差前去传话，但传回来的话，王仙芝一听就火了。说是三弟尚让在周府内对大人不敬，暂时在衙内收监。如想放回，必须拿三百金来赎。

这，哪里是什么盐官治贩，完全就成了绑票了。对于王仙芝他们来说，虽说这许多年贩盐的辛苦钱还是有些的，但这三百金，可能会把所有兄弟的钱袋子都掏空了。王仙芝一直是一个看起来温和有礼的人，可这个周盐官如此行事，他根本没有想到。此事往往复复快三个月的时候，王仙芝终于憋不住了。他找来所有人到他家里吃酒，当然也包括二弟尚君。尚君一开始还是有点儿蒙的，觉得弟弟在大牢里，大哥怎么还有心思吃酒？到了之后，尚君才发现，大哥王仙芝气色不正，铁青着脸，但言语还算温和。吃酒吃到最后，王仙芝怒摔了酒碗，说："自从咱干了这行当以来，还算顺风顺水，便是遇到一些难缠的，也都应对过去了。只是这小人周芒，乡党一场，不存颜面。不如……不如……"尚君此刻看到王仙芝脸憋得通红。"不如咱们今天就反了吧！"尚君听了，先是大惊，但转念一想，二弟尚让并无大错，再者说，这些年里，大家贩盐路上，各种刁难、克扣，心里这股子气，早就有些憋不住了。屋里十几个兄弟，一听大哥王仙芝这么说，直接高声呼应。于是这一团干柴之上，星星之火瞬间点燃。起事之初，还只是王仙芝的濮州乡党居多，但由于山东、河北连年水旱严重，朝廷非但不赈济灾民，赋税丁点不减，还派下一帮酷吏，对下面更加盘剥之能事，百姓早已怒火中烧。这个时候，可能就差一人站上高台，振臂一呼。

王仙芝这个人，虽说并没有太大的抱负，但人缘还是很好的，各路乡亲、小吏都能给他几分薄面。谁也不会想到，有一天王仙芝会造反。王仙芝家无兄弟，只有一老母，前年老母病故，于是家中再无牵挂。只有尚家兄弟，视王仙芝为兄，三人向北叩首，结拜金兰。忠义之事，一旦兄长思定，那兄弟必定跟随。更何况，此事因尚让而起，所以，没有人不拥护王仙芝起事。王仙芝虽是贩盐之徒，但还是小通兵法，再加上大家贩盐在外，多多少少都有些武艺，于是开始在长垣起兵，先是杀了那酷吏周芒，在牢中救出被打得遍体鳞伤的尚让，然后砸了州府大牢，将州府粮仓打开，优先赈济灾民。王仙芝举旗，自封"天补均平大将军"。这个义旗的意思就是，既然老天爷发放给大家的东西并不平均，却还有很多人盘剥百姓，陷百姓于水火，那么，老天爷就会降下一位大将军，名曰"天补均平"，就是说，天补的生计，如果有人不给到百姓，那就由天降的"天补均平大将军"将这些劳什子给搞平均。所以，州城府县对王仙芝的义兵，无不响应。

由于王仙芝他们都是濮州人，所以夺得濮州将是他们的第一重任。于是在濮州城前，王仙芝摆开阵势。濮州城的守军本就不多，再一听王仙芝一下子带来几千人，并把长垣的盐官枭首示众挂于城门，被吓得连夜出逃了。没费什么气力就拿下濮州，王仙芝还是很高兴的，在自己的家乡自立为王倒也不失为一件快事。

但尚让跟大哥、二哥说，咱不能就只占一城一地，既然已然造反了，就必定弄一把大的，否则唐廷追杀过来，咱这人马不够，很容易落得身首异处。再者说，咱是占了天道的，所有百姓和州府人马心都是向着咱家兄弟的，所以，咱占着天时、地利跟人和，所以，就趁着这个势头，尽量多拿下一些城池，以逸待劳。王仙芝觉得此话听得，所以就直接集结人马，杀奔曹州。

曹州也并不是尚家哥儿俩相中的城池，终究还是因为盐务过苛，所有人都受不了了，一听说濮州这那王仙芝已然拿下，曹州这边也就都动起来了。各路盐贩、穷苦乡党一夜之间拿起武器，将曹州官员杀掉，响应濮州那边的义军。但曹州的义军并没有什么作战能力和方略，就给濮州飞马来信，请求天补均平大将军莅临曹州主持大计。于是在曹州城头，两路义军终合兵一处。恰在此时，黄巢来投。

黄巢此时也并不是自己一人来投的，从长安出来，他半路就遇到了自己两位子侄，带给他一个五雷轰顶的消息：黄老爷在盐业特察时，由于没有交上指定的五十金，被盐吏关进了大牢。老爷子七十多岁还多病，再加上急火攻心，没多久就归天了。好在黄家还有子侄黄揆主掌家治，但随后的事情黄家无论如何也想象不到，盐吏说黄老爷子私藏反心，枭首示众，所有家资悉数充公。说话间即把黄家查抄。黄揆说，他让弟弟黄攒将家人带去邻县一避，然后骑快马来找叔叔黄巢。黄巢一拍大腿，双拳捶胸，呼天抢地，咬牙切齿，直说：我黄巢不报此仇，誓不为人！黄家三代也算安分不争，黄老爷最后落得如此下场，黄巢只恨，恨自己读哪门子诗书，这几十年里，都莫不如早些揭竿而起。

不过此时也不算晚，黄巢于是领黄揆回到淄青，笼络亲朋乡党五千余众，趁月黑风高，直接杀进衙署，将盐吏碎尸万段。淄青五千余众，在安葬了黄父之后，不拘礼仪，将城中所有酒菜摆于街上，数千人豪饮，最后所有人直接将酒碗摔碎，打起白色大旗，拥护黄巢为"冲天大将军"，誓均世间所有贫富，誓将大唐所有不平踏烂。一时追随者众，周边州城府县，本就受灾严重，对朝廷怒火难平，于是有粮的捐粮，有钱的出钱，有人的充丁，一时白色义军风光无两。

黄巢本想这就直奔曹州去投王仙芝，但此时黄揆劝叔叔，说现在咱家羽翼未丰，到时候看人眼色，并无好处。于是黄巢为壮大自己，在原地招兵买马。没有多久，居然招来一白面书生，说是善于骑射。黄巢听说一书生前来投军，都气乐了，就问，你个白面后生，能会个啥骑射？那书生不慌不忙，一指十丈开外一旗杆，说，我可在这里将那旗射断。黄巢也是射术超好之人，他知，在此处能射断旗杆，那就是说，在军中指哪打哪，取人首级如饮水一般。黄巢将他的弓借与书生，书生弯弓放箭，只见那箭直飞而去，射中十几尺之外的树桩。所有人大笑，直说这后生吹牛皮也不看看跟谁。哪想，正在所有人大笑之时，只见那旗杆，无声无息中，"咔吧"一声，断为两截。刚才还在哄堂大笑的众人，在愣了一愣之后，又是一阵通天的叫好声。黄巢深知，这实是一员猛将，只是面皮生得清秀而已，笑着走到桌案前，直问他，你这后生报上名来。后生言，葛从周。黄巢直接让他当了自己的偏将。

这里募兵还没完，那边说城东又出了动荡。黄巢怕官军回马来袭，于是急急赶去。正巧碰上一个酒缸碎于当街，只见一酒肆里一个黑脸大汉正在大喊："我看哪一个不给咱酒吃？"这还不算，另一边又冲来一个黄脸大汉，这个更浑，居然说："哥哥，别把缸子给咱都摔没喽，挺好玩的玩意儿给咱家也留一个。"黄巢下马走进酒肆，说，你们这般胡闹，有没你家大人跟着啊？黑脸大汉大喊，胡话，咱家就是大人，与你何干？黄巢笑说，我担心你在我跟前走不过三招。那黑脸的哇哇大叫，说自从从家出来还没人敢跟自己说这种混账话哩。黄巢说且慢，如果走不过三招，如何？黑脸的愣了一下，说，那咱受你绑了，爱咋发落咋发落。转头又说，那咱家要是把你赢了呢？黄巢笑，那就给你好酒好菜管够吃，谁家也不许管你。一言为定。二人三击掌，于是跳到当街。

黄巢自小是学过武艺的，虽然说一直都在科考，但这武艺是不能丢的，黄老爷当年想的就是，科考中不中第不打紧，打紧的是，别万一贩盐贩粮的再受了人欺负。于是对黄家三子从小都教了棍棒拳脚，后来黄巢倒是受到老师的颇多照顾，学了很多杂七杂八的招式。在当时，节度使、刺史横行，学拳脚者众，都想有朝一日可以独霸一方，成了势力。黄巢虽说原来也没有这般野心，但还是在赶考的间歇，访了不少高人，学了不少本事。所以，这会儿他面对这黑脸大汉，心里还是有底的。那黑脸的，上来先是当头一拳，黄巢一闪，躲了。然后突然拳变一掌，由上而下，黄巢再闪，又躲了。一掌走空之后，黑脸的身子一沉，就是一个扫堂腿。黄巢向上一蹿，跳出两丈开外。黑脸的急了，说，你这躲来躲去的，梁上风范，那不能算，必是真拳真脚真武艺，方能算胜。于是再战。

再战一轮，黑脸大汉又是当头一拳，黄巢心想，你也就只是这一招半式。于是双手向上，去迎他的黑拳。只听半空中一声脆响，黄巢大手将黑拳握住，顺势往怀中一带，紧接着再一闪身。那黑脸的可惨了，几个趔趄扑于当街。

一看到这，那黄脸的不干了，也哇哇怪叫扑将上来。黄巢往左一闪，顺势伸出一腿，那黄脸的直接趴在黑脸的身上。黑脸的正想着爬起来呢，直接被黄脸的撞晕。片刻之后，黑脸的、黄脸的都清醒了，看着黄巢面露羞愧。"那，那，那你且绑了咱家吧，对，还有他。"黄巢哈哈大笑。"我且问你，你二人姓甚名谁，何方人士？"那黑脸的直说："俺叫孟绝海，他叫班翻浪，都是青州人氏。这次吃酒是因招兵的人不让咱家报名，所以起了火气，拿店里撒气。""哦？你二人是想当兵？""正是。""那，可知我是谁吗？"二人猛地抬头，看到这一汉子身高如山，掌大似蒲，声带瓮气，又似铜钟，莫不是天神下了凡吧？

黄巢哈哈大笑："孟绝海、班翻浪，你二人不用去招兵那里，我决定收了你们了。"孟绝海虽说有蛮力，但并不傻，自知是见了冲天大将军，于是让班翻浪也下跪，直呼大帅。此时，又见有人下跪，黄巢却见一青年后生，面色浅黑，直呼大帅。"你又是谁啊？"此人称自己名叫孟楷，是孟、班二人的同乡，也想投到大帅帐下。黄巢乐得如此，觉得孟楷机灵，就叫他做了自己的亲兵。

此后数日，黄巢亲自募兵，先后收了彭向虎、邓天王及张归厚、张归弁、张归霸三兄弟等诸多豪杰，于是大家聚在一处饮宴。吃酒兴起，黄巢说，以后跟咱家吃酒，最少要喝三碗，然后直接将碗摔碎，以张豪气。于是所有人纷纷响应。帐内帐外，一片杯碗碎裂之声。

淄青招兵且不再表，话说黄巢已领五千余众到达曹州。加上王仙芝、尚君、尚让兄弟的五千余人，再加上庞勋起事旧部，整个义军已达两万余。于是王仙芝主张攻郓州、沂州等富庶之地，将地盘扩大。此时，多有部众千里归之，少则数百，多则几千。王仙芝的义军已成规模。

对于黄巢，王仙芝自是欢迎的，但是黄巢初来已然现出说话直来直去的性情。此时尚让跟主公私言道："此黄公，日后必不在你我之下，要有所束缚才是。现看他手下孟绝海、班翻浪等将，皆死士也，不得不防。"王仙芝怎么会不知道黄巢是他们的威胁呢？可现如今，唐廷的招讨还未到达，还不知道唐廷对他们的态度如何。如果一旦开兵见仗，这些忠勇之士，必是可用之能人。依王仙芝的性格，未被逼到此地步绝无可能走到造反这一步。但世事就是如此难料，现如今这世道，即便你再想小富即安也是万万不可能的。

虽说黄巢几次打仗自是勇猛无二，但整个义军还是在王仙芝兄弟三人的掌控之中的。黄揆有时候也会问黄巢，这种情势下，何不自立义军，何必投奔呢？黄巢不苟同，说大丈夫成事不拘小节。现今王仙芝树旗在先，均平大将军名声在外，乱世之下，君子必顺势而为，不可苟且小利。于是黄揆不再多言。

且说合兵之后，义军已达五万之众，于是王仙芝挥师连下郓州、沂州，并在沂州休整养兵。眼看王仙芝大军连下多城，唐廷自是有些慌乱，于是在乾符三年（876），终于派出宋威任各路行营招讨使，节制河南各路节度使共同"讨贼"。先不说这个宋威的兵马只有区区三千，骑兵也不过五百，单说这各镇的节度使，哪是他一个小小宋威就节制得了的。各镇节度使在义军面前，想到的无非是保存实力，让宋威先拼，他拼没了再上去收拾残局。

宋威虽是虎将，奈何义军也相当勇猛。一方面，宋威手下兵力果然有限，还是得仰各镇节度使的鼻息。邠宁节度使李侃从来就不是个吃素的，向来对唐廷阳奉阴违，对宋威起兵讨贼，也不过支了一千多兵卒，于是其他节度使也有样学样。凤翔节度使令狐绹也礼节性地派出五百甲骑，装装样子。虽说这些兵卒都是正规军，但义军也丝毫不差。另一方面，这些节度使，从来都是对起义军轰赶为主，最好走到别人的地盘上去，自己乐得清闲。将义军当烈马一般，最好别踏了自家青苗，如果实在躲不过，就派出些兵卒前去装装样子，临行时都有嘱咐，打两下，跑为上。这种情势之下，就难怪王仙芝起兵后能势如破竹了。

当年庞勋部众在桂林起事，一路打到老家安徽。无非是一路之上节度使的鼎力配合，不少节度使都派人去送些散碎银钱，条件就是，尔等自去别人地面，不要扰咱便是。这无非就是一出劫掠大戏，本来庞勋部众只是因为思乡心切，被逼反了。不想各镇节度使竟是这般态度。于是一路劫掠至中原，唐廷一看果然说不过去了，最后派出内卫近兵才将庞勋拿下。但各镇节度使的嘴脸，唐僖宗怎会不知？只是时下的唐廷，早不是那个大唐盛世之时了，自安史兵乱之后，各镇节度使保存实力，偏居一隅、不理世事之心日盛。

话表两头。唐廷出兵之事，自是飘进王仙芝的耳中。如何应对，王仙芝自是召集尚君、尚让兄弟前来商议。时下虽说已然合兵一处了，但王仙芝与尚氏兄弟还是没把黄巢当成自家兄弟，也可能根本就没可能当成自家兄弟。所以，尚氏兄弟给王仙芝的第一条计就是，让黄巢先去迎敌。我兄弟三人，自去西进河南，避实就虚，由黄巢顶缸。

找大帮兄弟商量的时候，孟楷听出里面的玄机，但还是被黄巢一瞪眼直接给撵回座上，硬是接了这正面迎敌的活计。与黄巢他们不同，王仙芝与尚家兄弟预先分兵前往河南。黄巢率一众兄弟在沂州迎敌。

宋威完全没想到义军会分兵，只在沂州城下迎敌，却未看到传说中的王仙芝。于是转头问副将，副将称在大军围城之前，曾看到有大队人马出城向北去了。宋威深感不妙。但怎知，此刻孟绝海、班翻浪已于东西两门出城，转到宋威军侧方，只等黄巢号令。

宋威不知身处险地，只是一门心思攻城。但这个时候邠宁节度使李侃和凤翔节度使令狐绹的策应军还未到指定位置，还没有形成对沂州城的合围。探马回报说，令狐、李二位大人所派援军，一路由于痢疾耽于半路，另一路由于天降大雨，被河水所挡，正在着手架桥。由于之前已有两万兵马来援，宋威心里有底，于是等不及这两路节度使的兵力到达了，在他眼里，这些所谓的义军都是各种乌合之众，所以，他想在两路人马到达之前杀进城去。正欲举手号令三军攻城，却发现城头出现一白袍小将，也不多言，只是张弓搭箭瞄向这里。宋威哼地蔑笑一声，心想，这些反贼好生狂浪，我离沂州城头少说也有三百尺之距，一弓一箭，怎么可能伤得了咱？只不过虚张声势罢了。

却不知，那白袍小将一张手，一支雕翎疾飞而来。谁说三百尺射他不到？也不看看那城头到底是谁？那正是黄巢手下如今一等一的小将葛从周。在攻郓州之时，葛从周充当先锋官。还未等黄巢大队到达，仅凭葛从周三箭，就将郓州城头两员守将射杀，城中唐军瞬间大乱。葛从周带一千人马，直接杀进城去，等黄巢到时，葛从周出城回报的时候，一袭白袍已经被染成红袍。黄巢也并不张榜安民，只说，有着唐兵衣着者，尽杀之。有藏匿唐兵者，屠全户，灭全族。整个郓州城，火光之下，人尽哀号，其状不可谓不惨。但经此一役，葛从周声名鹊起。因其弓箭有力，总杀人于瞬息，被将士称为"白电将军"，说葛将军的箭就如闪电一般。

宋威从未与义军交过手，哪里知道葛从周的厉害。还没缓过神来，箭已经快到面门了。低头一闪，那箭直接把宋威背后的"宋"字大旗射断。宋威军一阵骚动，就在宋威军卒没搞清怎么回事的时候，孟绝海、班翻浪分别从左翼和右翼杀出。宋威军本来人就不多，再加上大旗被射断，左翼右翼再被冲乱，宋威也在军中不知去向。顷刻间，两万人马被孟、班二人的骑兵冲得死伤无数，只剩少数兵卒护着宋威向西南遁去。

这时令狐、李二节度使的援兵也到了，一齐护送宋威向西南逃。这时候黄巢号令三军，穷寇不追。就在沂州城义军大获全胜的时候，王仙芝和尚氏兄弟也杀向河南。前几日，尚让查地形、探兵力，做了好一番功课。后三天，王氏大军直接突下二州，直逼东都洛阳。这时候李侃和令狐绹的大部援兵也进驻了东都，王仙芝其实也未想攻入洛阳，那样伤亡必定很大，于是见好就收，直接回师沂州了。

大胜之后的沂州城，张灯结彩，鞭炮齐鸣。虽然孟、班二人对王仙芝领尚氏兄弟去夺了河南两座州城心怀不忿，但黄巢还是看得明白的。王为主，黄为次，所以，顶住大军的活计自然是黄来干。只是黄巢也没想到葛从周居然如此了得，本来可能打个几天几夜的战事，不想一场战斗就解决了。想必宋威和两镇节度使有了教训，以后这仗会更加难打。

但王仙芝胜利班师，黄巢还是要倾城欢迎的。王仙芝入得城来满脸堆笑："想不到贤弟如此了得，只让那宋威照了你一面，就逃了。"黄巢笑着连连摆手："大哥见笑了，大哥见笑了。"

王黄相谈甚欢的同时，各自也开始盘算自己的小九九。谁都看得出来，王仙芝明摆着拿黄巢当盾牌，朝廷来兵只管由黄巢顶着，相反，王仙芝领着尚君兄弟在河南开疆拓土。没有几个月的时间，王仙芝已然将河南八个州县纳入管辖。这几年都知道河东连年大灾，水灾之后是旱灾。

但相比山东灾情的严重，河南却收成不错。让黄巢众兄弟镇守山东，王仙芝早就谋划了，一则是河南地方油水多，王仙芝也好跟兄弟壮大实力，黄巢这种人，注定不会是俯首帖耳之辈，所以王仙芝才会听取尚让的意见，盘踞于河南。另一边，山东多饥民，而且是黄巢的老家，他定是不会将饥民推出门外的，所以，可以消耗一下黄的资具。其实，王仙芝还有一个打算，就是一旦他抵不住唐廷兵马，还可以向南进入湖北，众多兵马也好过活。再则，万一唐廷认怂了呢，出了招安之策，那河南也注定是在招兵最靠前的地区，义军中，王仙芝无论年纪还是资历，都在黄巢之上，所以，招安之事，都是在王仙芝计划之中的。但是当务之急，就是要打，而且一定要打得硬，将官兵打得惨，打得越惨，有可能得到的实惠会更多。

王仙芝盘踞河南，已经危及了潼关，进关的重镇不容有失，于是李侃和令狐绹以潼关要塞为由，将所派之兵引向潼关附近的陕县。加之宋威残部还有山南东道节度使李福选步兵骑兵两千余，驻在邓州，成为东都洛阳的屏障。本以为黄巢才是最难搞的，他们万万没想到，其实王仙芝出手的时候更可怕。八月某日，王仙芝突然西进，一举突破邓州防线，攻入邓州，将守军唐将董汉勋、刘承雍杀死，还擒获刺史王镣。这一役，使得东都为之震动，星夜间，洛阳军民出逃者众。这一仗，算是彻底打出了义军的气势，也完全遂了王仙芝的愿，想必在唐廷看来，王仙芝才是最难搞的义军统帅。

相比之下，黄巢就没有用一场战斗给自己标榜，只是看守山东郓、沂二州，同时将势力扩展到淮南诸地。看起来，无论如何都是王仙芝风光无两。这时候,只有十几岁的唐僖宗李儇连重阳节的聚会都取消了,赶紧找田令孜商议对策,讨论如何对付河南、山东势力不断扩大的王仙芝。

为了给自己扩充实力,王仙芝此后还是让黄巢按兵不动,然后自己率军分别攻入郢州、复州,年末又攻入随州、申州、光州、舒州、庐州,将黄巢一直想进兵的淮南也收入囊中。这个时候,在沂州和郓州驻守的黄巢,再加上王仙芝这半年时间攻取之地,以及多方来投军入伙的人,义军总计达到三十余万之众。气势之盛达到什么程度,可以举一个例子。在攻打蕲州的时候,刺史裴偓连出城抵抗的勇气都没有,只管出城投降。不仅如此,他还口口声声"敬仰大王的气度",誓言为王仙芝进表请官。此举正中王仙芝下怀。不过这种极尽谄媚之相,义军中所有人都没太当回事,心想一个只会出城投降的刺史,在唐廷小皇帝那里还能有什么分量?怎么可能进表请官就请得来呢?笑话。

但是,所有人都想错了,并不是裴偓他有多大能力,只是那唐廷的小皇帝李儇已然被义军的破竹之势吓破了胆。再加上那田阿郎在中间撺掇,唐廷只是出一身官服、一套授信,封那横行河南、山东的响马、土匪一个小官,这又有何难?对于李儇来说,唐廷的官,封了就封了,到时候能不能拿到实惠就另说了。所以,这个时候的唐廷,只想息事宁人,瞬间安抚这些狂人才是上策。

于是,那裴偓果不其然拿来了招安的皇诏。官职还真不小——左神策军押牙兼监察御史,这个时候的王仙芝表面上不动声色,心中却早就如沐春风了。神策军,其实不过是唐廷近卫的一种,到了这时候,唐廷的这个所谓的神策军的官员，多半是由各地的乡绅捐些银两得来的所谓"儿孙的前程"。押牙，其实也不过是一个仪仗里领军的那个头头，听起来好像是一个挺像样的官员，但其实也根本没有什么实权可言。再说那个监察御史就更可笑了，所谓的监察御史，不过是一个虚有的官位，这种官员只有被皇上钦派到地方，查办什么事务才算是有用。如果没有那"钦点"二字，这个所谓的御史，无非也就是个芝麻大的闲差罢了。但是义军之中对此多有不知啊。他们之中很多都是像王仙芝和黄巢这样的，只是在地方做一个贩盐的小商人，对于上边这些官家的权力大小，自是知之甚少。

于是，义军自起事以来，所有的首领史无前例地来到蕲州这个弹丸小城。起因竟然是王仙芝说，唐朝皇上要来招安大家了。所以，所有人都为之一振。整个蕲州城，都好像沉在过年的气氛当中。王仙芝自是大排筵宴，然后尚氏兄弟还给他试了做好的官服。一片大红灯笼高高挂起的光彩中，黄巢也赶到了。听起王大哥受的这个官职，黄巢脸色开始泛青。对于黄巢来说，唐廷的这些官职大小，自是谙熟于胸，要不然他三十几年频频奔去长安为的到底是什么？但黄巢不懂，这才不到一年，那个站上高台振臂高呼，要跟兄弟们一起均贫富，让所有人都过上好日子的大哥，居然这么轻易就被这么一个芝麻绿豆大的小官给俘获了。黄巢更想不明白，一旦这次接受了招安，他们兄弟以后何去何从？难道去给监察御史大人当门客吗？不可能。但是，监察御史大人是一个文官哪，怎么可能有兵马呢？就算是神策军，那也是长安的规制啊，不可能让他们这一帮穷苦弟兄就这么进了皇城，没可能，黄巢深知，根本没这个可能。无非是用这个官职把他们兄弟稳住，然后择地杀之。

想到这些，黄巢就不纠结了，他要大闹招安会场。但怎么闹，他腹中却没有草稿。但苦读诗书三十年，黄巢怎么可能没有些许文采呢？所以，在招安大会开席之前，他跟孟楷、孟绝海、班翻浪早早就确定了离王仙芝最近的位置。到晚上掌灯的时刻，院中的仪式就开始了。王仙芝自是穿戴整齐，举起酒杯向所有人致意，说："想我王仙芝，在我起事的这两年来，很多兄弟跟着我吃苦啦。"此刻，王仙芝还假惺惺地落了几滴泪来，但马上话锋一转："但是，咱兄弟，今天开始，就是朝廷的人啦，再也不是那些苦力贩盐的伙计，更不是那到处抢夺的响马，咱家是监察御史啦，哈哈哈哈哈……"于是所有人举杯开怀大笑。

恰在此刻，一声杯碗碎裂的声音，将所有人定格在这一刻，所有声音被瞬间吸走。人群拨开，只见一红脸大汉，在人群后哈哈大笑，对，正是那个浑身戾气的黄巢："是啊是啊，咱们兄弟，打天下不易，很多兄弟都没命看到这一天。可是，我黄巢想不明白一条，兄长去年起事之时，你口口声声说的是均贫富、去苦楚，可如今呢，你是穿上了官服，锦袍玉带，可这一众兄弟呢？他们能当那个神策军了不成？不可能。难道说咱家兄弟都去你的御史府上当你的门客吗？"王仙芝做梦也没想到黄巢能在这么关键的时刻来这么一出。但是呢，黄巢说的还都对，所以他只好皮笑肉不笑地支应："哎，都得酒肉，都有去处，哎，有酒肉，有去处，大家放心，哎放心。"黄巢冷笑，转向蕲州那个投降的刺史裴偓："裴大人，咱家问你，这皇诏上，可写了咱家兄弟的去处了吗？啊？！"裴偓完全没有准备，根本没想到黄巢会问到他这里，就也只能支支吾吾："哎，这个，哎，想必，皇上他，都有考虑，都有考虑……"黄巢转过头对着各路兄弟，冷不丁大喊一声："咱家跟兄弟们说，那狗屁的皇诏上，根本没有咱兄弟任何一个人的名字，不信你们可以去看！"台下众兄弟开始骚动。"如果没有去处会是个什么结果呢，你们大家说？"台下此刻已经有人坐不住了，直接有人站起来质问王仙芝了："王仙芝，你说，到底怎么安排的咱家兄弟？莫不是帮那狗皇帝要了咱家的性命吧？"一听这话，台下一些兄弟刀就出了鞘了。眼看着要有血光之灾，王仙芝赶紧给尚君、尚让使了个眼色。

尚氏兄弟于是出来打圆场："哎，黄兄弟理论得有些道理，但是呢，皇上他老人家，也不可能认识咱家所有的兄弟不是？以后还会有招安的皇诏陆续前来的，大家一定放心，不要焦躁，不要焦躁……"恰在这时，黄巢看到院外的影壁处已经闪现了人影，仔细听，还有短刀出鞘的摩擦声。黄巢心想不好，再将王仙芝逼急了，他定要做那小人之事。于是给孟、班二人使个眼色，然后对孟绝海耳语几句。于是孟绝海连说："你这黄巢小厮，叫你不要吃酒不要吃酒，尽说些哪般胡话？快，跟我回馆驿去醒酒！"然后黄巢假意酒醉，直接趴在孟绝海背上一顿狂吐，弄得孟绝海身上尽是污物。孟绝海假意大骂："哎，你这球人，吃酒没个德性，快给我滚回馆驿去吧！"孟绝海用力一甩，将黄巢甩给班翻浪，班翻浪早就眼神领会，直接将黄巢扶出。尚君适时打趣，哎，想不到黄巢兄弟也有这般放浪时刻，真是。但是却暗暗吩咐人，赶紧去馆驿埋伏，将黄家兄弟斩尽诛绝。

另一边，就在王仙芝府外，孟楷已将马匹备好，等黄、孟、班三人出来，直接翻身上马，狂奔出城，馆驿的东西自然是不能要了。直到奔出城来，回到黄巢的大营，直接升帐议事。黄巢用最短的时间跟兄弟们说了王仙芝招安之事，最后他说："我决定，咱家不跟他们一个锅里吃饭了，我决定，杀去淮南，或者更南的闽越之地，开创一番大业，兄弟们如有不想的，现在可以离开。"哪想，大帐内外，一片齐呼："我们跟定冲天大将军！我们跟定冲天大将军！"于是，黄巢决定事不宜迟，马上拔营起寨，趁着夜色，连夜退去。直到夜半三更，从馆驿直追出城外的尚君尚让二人，看到的只是空无一人的黄巢大营。

回到蕲州王仙芝的招安现场，裴偓已然走了，经过黄巢这么一闹，王仙芝也不可能再行什么招安之事了，因为兄弟们并不傻呀，这明明是成全了他王仙芝一个，别人都是炮灰的结果。他也深知，一旦招安，他的这些兄弟，很有可能会分散到各处，如果头上真的没有什么官职，那结果就只能是被各处唐兵节度使"消化"掉。但眼看着到手的官帽没戴上，王仙芝定是恨极了黄巢。黄巢一看就是那种坏人好事的人。但事情到了这个地步，即便王仙芝再有心为朝廷效力，也实在没什么动力举起接印信的手。唯有接着举起大旗，接着造反。

这种情况下，裴偓是看出门道来的，这种所谓义军的分赃不均，所有造反的头领都遇到过，只是无论唐廷还是他裴偓都没有料到王仙芝居然在他们这帮兄弟里这么没有号召力。一个黄巢，发了一通酒疯，就把一段招安的好事给弄吹了？裴偓自是不服，于是之后一再去催王仙芝，王仙芝只推是头风犯了，需要静养。招安之事，就这么放下了。今后应该如何行事，王仙芝直接将尚氏兄弟招进府来。

尚君觉得，黄巢犯了招安的大忌，这种情况下再行招安，那就可能犯了众怒，军队哗变也是有可能的。所以，现在只有用实力说话，南下荆南，夺取实地。尚让也是这么想的，同时他还觉得，义军现在也不得不分开了，他们南下荆南，还得同时留意黄巢他们的动向。别这个时候朝廷再心血来潮，直接去招安了黄巢，那就全白忙活了。

乾符四年（877），王仙芝率军攻入鄂州（今武昌），城池不比河南富庶，却也安逸。只是王仙芝一直不服，就不信他王仙芝以后当不得"楚王"吗？月内，又挥师进攻宋州，因为此时宋州守备空虚，全都以为王仙芝直接奔了鄂南呢，想不到王仙芝直接一个回马枪。只是攻城之初，居然遇到了对头黄巢。黄巢其实也以为王仙芝奔往鄂南了呢，所以来取宋州。这种不期而遇的攻城，大家没有交流，但之前交战之时的默契还在。王仙芝派人直攻城南和城西，黄巢直接去取城东，并在城北设了埋兵。果不其然，攻城之初，城内守军就守不住了，直接从北门逃出，于是在仙人谷被黄巢伏兵所杀。

城攻破了，但黄巢并不进城。他不想遇到那个假仁假义之人，黄巢助王仙芝取城，之后，拨马就走。黄巢手下人都气不过了，哪里有这等好事？只是，黄巢派蓝旗快马给王仙芝飞来一封书信，王仙芝打开一看，信上只写了八个大字：趣义难同，兄长珍重！王仙芝看罢长叹一声："黄巢兄弟，吾去矣！"

之后的攻伐，大约就是王仙芝去取鄂南、荆南，黄巢率众回去山东，然后再取淮南。转年三月，王仙芝再攻安州、随州等地，再取复州、郢州，所过之处，兵不血刃。由于蕲州招安未成，唐廷就着实以为王仙芝诈降，就接着再拟讨贼诏书，号令各节度使、刺史合力围之。所有人都将王仙芝当成了出尔反尔的小人，但只有他自己知道，自己是有苦衷的，却又没法向任何人说。所以，就只能坚持战事，奔向他那个心心念念的"楚王"。

唐僖宗此时还是一个未通世事的少年，登基之初只有十四五岁的样子。所有的事情，事无巨细，都听从宦臣田令孜的"教导"。所以，这次王仙芝被定性为诈降之后，田就早早又拟了一篇二次讨贼檄文，文中言辞慷慨，洋洋洒洒。醉翁之意，这篇檄文又多多少少成了双刃剑。一方面，说王仙芝如何出尔反尔，小人矣。另一方面，也骂那些个节度使，你们眼睛都是出气儿用的吗？都干什么吃的？侧面就是希望他们卖力讨贼，其实无非是想消耗他们。安史之乱后的大唐，再不如那个君临天下的时代，中央的皇上与地方的节度使在各种事情上充满了博弈。就拿这种作乱来说，上面想着如何消耗一下下面，下面想着如何将祸水引向上面。只是，谁能想到这小皇帝根本没啥主意，更没人想到，其实王仙芝对那个光宗耀宗的乌纱是何等的渴望。

自从跟黄巢"分兵闹唐"之后，王仙芝思考再三，还是决定投唐，对，他此时一刻一分都不能等了。明显的，黄巢的兵马与之相比要强力不少，而且硬仗明显都是黄巢打的，王仙芝只是在河南和湖北讨到些便宜。借尚家兄弟之力，趁现在还有谈判的筹码，莫不如就这么跟唐廷讨论着归附过去，然后讨个一方刺史最好，如果不成，那有个神策军的虚职毕竟也是好的啊。到时候再到哪个地方，军队一扎，什么刺史、节度使讨不来？于是王仙芝还是派出了尚君和蔡球二人，一个是自己的绝对心腹，另一个是绝对的虎将。一个可以全权代表自己，另一个可以保尚君人身安全。于是刚入冬不久，王仙芝就派他们出发了。这次为了避免节外生枝，他派二人直接去往长安，直面"圣上"，再讨招安。

此事想得不可谓不周全，而各方节度使和刺史发现这一队人马的时候呢，莫不将路口让开，只当是"没做处置，不小心让贼人溜过去啦"。这种情况其实早在王仙芝的意料之中，各镇节度使在"讨贼"的态度上，无一不是消极的。要不然，怎可能容忍他在河南、湖北冲得几进几出？攻到府城，基本没有什么抵抗，主事的官儿肯定是逃了，剩下一些守城的，也多是老弱病残，怎忍加害呢？于是贴榜安民之后，稍加整顿，再往下一城去。

只是，王仙芝和黄巢虽然处事风格迥异，却渐渐有了一个共同之处，就是从不守城。攻下一处府城之后，无非多征些给养，然后就拔营起寨，去往下个城池，根本不会留下将领和兵卒来守城。并不是不想，只是因为兵力和将领真的并不是那么充足的，如果攻伐这一路，见一城占一城，那基本到最后，王仙芝和黄巢手里，也就基本没什么将领可以带兵了。所以，他们就这些坚决地决定了：绝不守城，夺粮即走。所以，离开之后的城池，那些地方的官员和守将，又都会回来，然后城池除了丢了些吃食布匹之外，无他影响，恢复如初。所以，这也就是自从起事之后，虽然王、黄二人攻无不克，却终究没有一个像样的落脚之地的原因。

各镇节度使呢，他们才不急。只要是唐廷有心镇压，那就肯定用得着他们，所以，多要些钱粮自是必然。如果没有王、黄二人这么闹，各镇节度使哪里来的口实去要这么多的好东西呢？所以，这种起义，之所以久久不灭，问题就在于，并不是所有人都希望他们被征服，或者说，可能也只有长安城里的小皇帝才希望起事的义军被灭吧。

不过，王仙芝还是百密一疏了。他少计算了一个人，那就是宋威。对，就是那个招讨使。偏偏就是因为王仙芝在最关键的时候服软，所以招讨使就根本没了意义。然后招安之事又居然被那裴偓抢了去，宋威先是在河南被王仙芝打得大败，连丢了八城，然后王仙芝就降了，而且不是向他宋威投降。可对招安的降将，宋威就算再有火，也不能坏了主上的招安大计。真真是有火发不出的憋闷，招安之功又讨不到的委屈。最重要的是，朝廷上下一定会记得的是，正是因为他宋威的讨贼不利，才使得那个贩盐的泼皮王仙芝成了朝廷的"命官"。说不好哪天，王仙芝还可能升到他宋威头上去，就因为这，宋威在邓州休养之初就火往上撞。正在这时，他突然听说，王仙芝派出一队人马穿州越府去往长安。嘿，宋威这叫一个气，各镇节度使就真的拿这些人当"藩邦朝供"的队伍了吗？你们不动，我动；你们不劫，我劫！于是，这宋威出得城去就把那尚、蔡二人拿了。

在一通皮开肉绽的刑讯之后，居然从尚君的行李里找出了夹带的"二次请降书"。宋威简直气上九霄。这还了得，第一次，你把我干败了，我服，我们没准备好。但我刚准备好，哎，你来个投降，我就瞬间打不了你了。然后你招安现场反水，然后再打，又把湖北诸州打花了，我这正准备跟你好好见一仗呢，你居然又降？这事儿谁准我宋威也不准了！宋威气急败坏，将降书烧了。接着顺手将尚、蔡二人的脑袋直接砍下。让你王仙芝再没机会投什么降，你就只有一条路，向我宋威投降，由我亲自取了你的脑袋，方解我心头之恨！

所以，乱世之中，你好像得罪谁也不能得罪宋威这种人，意气用事，而且奸狡无边。王仙芝这么一个好好的"再招安"直接就这么黄了。王仙芝并不是傻子，当然也是有自己的耳目的，第一时间知道宋威坏了他的好事。一气之下，王仙芝将帅营的一个柱子用刀劈断！"不杀宋威，王仙芝羞于再称大将军！"

话虽这么说，宋威再来，可不是之前的那个完全不知晓王仙芝是何人的宋威了。相反，他这次步步为营，将王仙芝先围后困，在知晓义军从不守城的情况下，宋威坚壁清野，先围攻，后断粮，使得以抢粮为生的王仙芝好生不爽，只好攻往罗城、荆门。最终，王仙芝被招讨副使曾元裕杀得大败，义军死伤两万余人。

本以为此次可以手刃王仙芝的宋威，突然等来了一个坏消息。远在长安的唐廷还是得知了王仙芝二次投唐的事情，原来，王仙芝其实派出了两支队伍，一支是明队，由尚、蔡二人"阳谋"去往长安。另一支，由王仙芝副将亲信朱招一人带信前往长安。谁知，尚、蔡二人被宋威半路掳了去杀掉，但朱招还是进了长安，并将二次投唐的书信呈与唐僖宗。僖宗一听就怒了，好个宋威，连皇上你都敢要？王仙芝这明明不是要投唐吗？干吗非得刀兵相向呢？哦，你还趁我不知道，把投唐的密使尚、蔡二人给杀了，你这不是逼着王仙芝反我吗？

小皇上一气之下，免了宋威的招讨使之职，将他削职为民，由此次围剿有功的曾元裕接任。不仅如此，小皇上在田令孜的授意下，将曾元裕的独子和老母"接"到了长安，并且专门选了一处宅子养着，还说：

"只等将军凯旋同庆。"曾元裕深知,这定是那老官田令孜的诡计,实是将老母和儿子当了人质了。于是,不敢不好好卖命,战场之上,连连大捷,直将王仙芝一众人马围入黄梅。

曾知,黄梅附近有一山,名曰"考山",一处山谷形似葫芦,名为"劫王"。于是命所有军兵,将王仙芝的部众围入山谷。此时正值二月,湖北山中虽冷,但还是渐暖的季节。王仙芝的军队并无棉衣,不想,却在二月中的时候,山中突降大雪、冻雨。王仙芝所剩不足四万军卒瞬间陷入交困。曾元裕早命人断了王的退路,此时,又断了王的粮道。围困一周之后,王仙芝的部众冻死大半。王仙芝自知,考山一役就是自己的归路了,就示意尚让赶快乔装成樵夫,逃命去吧。尚让本不想走,怎知,王仙芝趁他不备,抽出长刀自刎而亡。

劫王谷,在这一个雪夜之中,先是被大雪铺白,接着又被血色染红。王仙芝,终究没有成为什么楚王,只是在这楚中故国的山中,成了那个向往公侯的"残鸟"尔尔。起事不到两年的均平大将军,终被考山所考,被劫王谷所劫。

第三章　黄巢转战定长安

王仙芝死后，唐廷着实长舒了一口气。但是，大麻烦黄巢还在。而且，这个麻烦好像越来越显得比王仙芝还大了。王仙芝死的时候，黄巢正在攻打亳州。这是他跟黄揆他们议定的既定计划，那就是，直接攻占江淮地区，与老家淄青地区连成一片，这样就再也不怕什么狗屁招讨使了。大不了跟皇帝小儿对半分江山，平起平坐嘛。

打亳州，黄巢再次用了葛从周。因为，他也确实好用。只要葛大侠往城门对面一站，那城门上基本上都看不到人了。怎么？都缩回去了，有的连裤子都吓尿了。敢情这位就是三箭定郓州的葛大将军哪。这位可有百步穿杨的本事，只要是能用眼睛看到的，那箭射上去，就直接钉死。谁不害怕呀，想不到黄巢的队伍里居然还有此等身手的侠客。这时候的亳州城头,充斥着葛大将军的各路拥趸。

虽然说,大家全都害怕,但仗总是要打的。城头,兵还是要有的。总不能被这些白袍的造反队伍吓破了胆吧?道理肯定是对的,但是,你要知道,唐廷向来用人朝前、不用人朝后,一旦把黄巢给灭喽,难说不会有个兔死狗烹的结局。那就还是留着贼人比较好,至少朝廷对各地还是有各种供养的,总之是一个劲儿地递小话儿。但这个前提是,你手下还有兵。所以,那谁还打呀?义军从东门来,那就从西门跑,总之不能正面冲突就是了。所以,你想这个亳州城,会是坚硬如铁的吗?在义军们看来,这顶多算一块大大的烧饼,区别就在于,是咬着吃,还是烩着吃。

所以,亳州城在葛大将军未发一箭的情况下,攻城的义军只是撬了撬吊桥,就直接进得城来了。瓮城里,连个放箭的兵都没一个。这真叫不设防,无可防,防了还不如不防。所以,你可以想一下,这一路来,所有州县对黄巢大军的"待遇"。反正不正面迎敌就是了。再者说了,宋威战王仙芝在前,不也确实被贬了嘛,打胜的都丢兵权,那打败就更不用说了,小命都有可能混丢喽。所以,争取不战就是上策。

进得亳州的时候,这黄巢才听说王仙芝自刎的事。你说黄巢一点儿不动容吗?也并不是,虽然想法不同,黄对王动不动就要投降、就要招安非常反感,说好的均平大将军,哥们儿弟兄跟着你干,不是为了把你的头上加个帽子的,那是必须把皇帝小儿直接拉下马来,让田阿郎游街示众才可罢手的。但无论如何黄巢也不希望王仙芝就这么死了,况且是死在一些鼠辈手里。当初会师的时候是何等的畅快,不想,这老王就这么不声不响地走了。但黄巢转念一想，即便王仙芝现在活着，也注定与自己想法不同，即便是把小皇帝掀下马去了，到最后也免不了又是一场楚汉争雄的局面，这样看，王仙芝这么走了，对黄巢还算是了了一个心病的感觉。不过坏处也来了，这下唐廷就将所有注意力都放到黄巢身上来了。

但这个时候的黄巢，仿佛一下子打开了任督二脉，几次阵前讲话都强力地鼓舞了士气。在亳州之后，黄巢军直扑濮州、商丘、开封、阳翟、叶县，而且保持了全胜。义军仿佛一夜之间势如破竹，谁也挡不住的架势。在河南境内，黄巢更是如入无人之境，所有的对手都打了个遍，在一片哀号当中，黄巢还是决定南下。黄巢想明白了一点，北方来看，除了关中地区，其余地方都多年为灾害所害，本来老百姓就挺苦了，再这么征战，最后各家节度使、刺史只能把损失都加到老百姓头上，老百姓就更没活头儿了。但转身进入关中，唐廷的实力虽然不堪一击，但百足之虫死而不僵，很难一击即倒。这就莫不如直接南下，江南之地，虽然开明较晚，但是气候还是好一些，庄稼也好种些。再则，这几年的灾害，江南很少被波及，所以江南多的是偏居一隅的乡绅，过的日子赛神仙。所以，黄巢打定主意向南方进军。

但问题又来了，这些地方条件最好的当然是江东。所以很多人都非常喜欢江淮节度使的位置，所以占住江东，何不学一学当年的吴侯"小霸王"孙策？但好东西，自然盯着的人也多。虽说之前黄巢杀去安徽，并未吃亏，但已然领教了江南子弟的厉害。想占到一星半点的便宜，还是要花些气力。相比之下，湖北、湖南就好很多。自庞勋起义之后，广西到湖南一带诸侯并起，谁也听不得谁的，动不动就打打杀杀。但毕竟那战斗力与黄巢手下虎狼之师比，自是不在一个等级。所以，黄巢决定直接杀去湖南。

之前的湖北，已然被王仙芝搅和得鸡犬不宁了。虽然王仙芝死了，但湖北元气大伤。黄巢根本没费什么气力就杀到长沙了。但他并未直接攻打长沙，因为他的目标其实是江东。所以他在长沙城前虚晃一枪，然后直扑洪州（今南昌）、信州（今上饶），两城拿下之后，黄巢并不满足，想一鼓作气攻下浙江，那里才是钱袋米仓。但是，在接下来攻入浙江的过程中，黄巢被镇海节度使高骈杀得大败，黄巢怎么也想不到，这江南渔耕之地的人居然这么能打。他哪知，这高骈，家里有在朝为官之人，早早就接到线报，需要高骈一举将黄巢灭于浙江，好向皇上为高骈请功。于是高骈举全浙江之人力物力，将与江西交界一线防得密不透风。而且借着山势地形，还给黄巢军设下诸多埋伏。想那孟绝海，作为先锋官，也根本没把小小的浙江放在眼里。也是，这一路之上，黄巢军也并没遇到什么像样的抵抗。几乎所有人都放松了警惕，都将唐兵想象成豆腐、猪脑一般，软若胶冻。只是那高骈，也略通些兵法，孟绝海在他面前，只剩武夫之勇了。高骈在衢州附近设下一座口袋阵，先用猛将郭征边杀边退，将孟绝海引入口袋之中，然后箭雨滚石伺候。孟绝海在部下掩护下，只带领十几个兵卒冲出重围，四千多义军将士死于谷中。

浙西这一仗的惨败，使得孟绝海回到营中差点儿自刎谢罪。这心腹爱将，黄巢怎么舍得？将孟绝海拦下，好生安慰几句，令人扶他回帐了。这一仗下来，黄巢军锐气受挫，如果短时再战，有可能被杀得更惨。正在黄巢踌躇之时，门外小校来报：营门外尚将军求见！黄巢一愣啊，哪里来的尚将军呢？如果是尚氏兄弟，应该早在劫王谷一役里随那王仙芝而去了呀。再三思考，黄巢还是答了一"请"字，让求见者入营。

透过主帐大门，黄巢看着尚让，远远地、意气风发地向他这边走过来了。黄巢根本没想到，一来没想到尚让经过那样的一场恶战，居然毫发无伤。另一点，尚让居然能投奔他黄巢而来。黄巢再怎么不欢喜，也要假亲假近一下嘛。"哎哟哟，这不是允长嘛。这种时刻，怎么找到我的大营来啦？难得难得，快坐快坐。"黄巢吩咐左右上茶，只是尚让向左右一摆手，表示不必。然后直接冲黄帅说事。"扶张哥哥，一向可好？"这一句哥哥，黄巢眼泪下来了，当然，这也不算是真的难过。"哎，你一句哥哥喊得我好生心酸，想那咱共同的哥哥仙芝兄，就这么去了，怎能让人不难过啊？想当初，咱们哥们儿兵合一处，大碗吃肉，大缸喝酒，好不快活。不想，这一来，与仙芝兄阴阳两隔。"如果真不知道王仙芝和黄巢矛盾的人，可能这一哭，能把别人都弄哭喽。可尚让是什么人哪。"哥哥，人死不能复生，哥哥节哀啊。"尚让象征性地劝了劝，然后话锋一转："我这次来找哥哥，其实是有一件大事。"哦？黄巢示意左右退下。这时候尚让才跟黄巢说："大将军，我有一计，可使我军转危为安！"黄巢先是一怔，接着是大喜。他知道，这个尚让，一直都是王仙芝的军师。如今王仙芝已死，而这时候尚让说有一计可令黄巢脱困，那自然是他的"投名状"。"那，黄巢愿闻其详。"这时候尚让也不再谦虚礼让，只是走到书案旁，用毛笔在手上写了两个字，然后展给黄巢看。黄巢定睛一看，果然大喜，连称先生真神人也，我知己也！这时候尚让才欣欣然擦去手中的二字：广南！

大家全都知道，尚君、尚让二兄弟，其实是广南府生人，对广南熟悉自不必细说。只是，绵延如此多年，从汉朝开始，广南就开启了海运，商贸发达，商贾云集，财富更是多如云。尚君、尚让二兄弟在广南儿时找先生求学，那时候他们还分别叫尚君长和尚允长，老先生说，这"君允之道"实是广南子弟理应崇尚之道，直呼二人好名字。这时候尚让就说，想那明皇，内娇宠妃，外养安史，搞得天下大乱，如今国力羸弱，何来君允之道？又哪来崇尚之理？这句大逆不道之辞，气得先生差点儿没死过去。当时广南节度使张亢听说了，这还得了，居然敢骂先帝，于是派人缉拿尚氏二人归案。但事前就有人通报给了尚氏兄弟，他们直接就溜了。他们想要走就走得远点儿，最好离中原近一些，省得广南府再派人来找茬。于是在河南濮州落下脚来，然后二人改名，一个叫尚君，一个名尚让。那思思是，如果君有昏聩，就理应让由贤者居之。这一晃光阴似箭，尚家兄弟也从广南出走十几年了，现在尚君在河南被宋威所杀，尚让在乱军中求得一生，索性就直接来投黄巢了。

尚让这次意思再明显不过，就是劝黄巢直接杀奔广南，居于南方，再图中原。这一点，饱学诗书三十年的黄巢怎能不懂呢？所以哈哈大笑，并牵起尚让之手，并肩走到帅案前，然后直接升上帅帐，众将稍歇云集于帐中。

帅帐里，大家都不大敢吭声。明显尚让是王仙芝的军师，大家都不太明白黄巢葫芦里卖的什么药，需要他们怎么配合黄帅的表演。但是他们都想错了，黄巢此刻想的是，唐廷虽衰，但势力仍大，不可掉以轻心，这个时候，帐中缺少尚让这种有勇有智的将才。张归弁三兄弟这时候已然进入黄帅帐下多时，虽说中途听说过尚让此人，但还是没有打过交道。归弁便说："黄帅，难道是想让属下将这厮拿了不成？"一听这个，孟绝海、班翻浪都兴奋得哇哇怪叫。黄巢瞬时冷脸，一声咳嗽，刚才在怪叫的众人便都没了声音。黄巢跟大家明确说法，尚让，今后就是义军中的上将军，除了我黄巢之外，他就是你们的大哥。众人虽面面相觑，却又不得不接受。这是黄巢的高明之处，明着说尚让是除了他之外的副手，其实，黄巢早就知会孟楷，一旦发现尚让有二心，直接令左右将他斩杀。现在黄巢这么一说，完全打消了尚让的疑虑，敢不将妙计献上吗？

果然，尚让之后献出妙计：先去佯攻浙江，摆出与高骈决战的架势。但是半途之中，主力暗暗潜入福建。所有人听说这则妙计之后都不得不点头称奇，谁都知道，福建是唐廷守备的弱处，而高骈一心想用黄巢的人头来给他仕途开路。这种情况下，与其与有完全准备、丧心病狂的高骈对决，还不如顺势去取福建。事实上，也确实如此，当葛从周从浙江最后撤到福建的时候，高骈帐中直呼上当。福建，八山一水一分田，只要进了福建，就很难再抓到黄巢的人影了，而且也非常好藏兵、养兵。

这种情况高骈也没有什么好办法了，本想在几百里雁荡将黄巢首级献向长安的，但现在黄巢将兵力散在福建各处，易守难攻。高骈的奏章一飞到长安，小皇帝僖宗就又乱了，他连忙向他的阿父田令孜请计，该怎么办才好。田令孜说，咱莫不如照葫芦画瓢，对王仙芝的那一套，加加减减，再给黄巢用上。这些人造反，无非想的是功名利禄，不怕他黄巢不上钩。

第三章　黄巢转战定长安

黄巢进入福建，占据建、漳、泉、潮四大州，在通商较早的地区，已然是一片富裕小康的景象了。黄巢，半生科举，再加上这几年接连征战，难得将歇。黄巢在泉州靠近山海的舟船上，被这暖气这么一吹，难得的舒爽。即便如此大将，也难得将心思收束到做一个偏居的山寨之王了。可是黄巢还是有警醒的，他想到了王仙芝的下场，但他觉得他跟王仙芝有绝对的不同。王仙芝，是一个市井小辈，从没见过什么大场面，一旦有长安的公公拿着皇王圣旨来宣，他就整个人都堆成一团了。黄巢可不然，黄巢可是那么多次在长安见过大场面的，科举多年，什么样的官吏没见过，什么样的车队没瞧过，所以，那么一点点的蝇头小利是不可能撼动冲天大将军的。但是，这种难得的安定和祥和还是给黄巢的心在不知名的地方重重的一击。难道还真的想把大唐翻过一个个儿来吗？那得费多么大的周章啊？黄巢今年年近花甲，又有多少个年头来享受暖适的生平呢？

就在黄巢这样想的时候，皇上的圣旨果然来了。一反当年王仙芝对皇上圣旨的态度，黄巢并没有降阶而迎，而是派出孟楷出门去接长安来的公公。顺便再看一下圣旨的内容，然后将公公送到馆驿歇着，孟再回来禀报。少顷，孟楷回来报说，这回小皇帝给了哥哥一个神策军副史的官职，还有一个什么长安枢密使内廷行走。黄巢是听不明白什么东西，反正肯定是个官职。他直接去宣了尚让来。尚让听了微微笑着捋了捋胡子说，且听将军是否有招安之意呢？一句话把黄巢给问蒙了。谁不想当官称王呢？问题是，这句话由一个之前招安未成的部下问出来，黄巢一时不知怎么作答了。"啊，咱家当然是不想招安啦。可是呢，我最近看这闽越之地,还有很多未开化之地,人民清苦,如若在此再开战事,实不忍心……"尚让又微微笑起,一下子把黄巢的思路打断了。"大将军,莫不如,直接要一个闽越节度使,如何?"一句话,直接说到黄巢心里去了。征战虽说也好,但毕竟殚精竭虑、打打杀杀,还是不如做个自在王比较不错。"这,你说,这小皇帝能同意吗?"尚让只回:"边打边求。"黄巢瞬间哈哈大笑。然后直接遣孟楷将那长安来的阉人送出城去,再将闽越节度使的意思表达一下,接着,就听来的是招安的马蹄声,还是隆隆的战鼓声了。

878年,黄巢并没有等来小皇上的招安令,但他等不了了,他得用真实的实力给自己的官位铺路。必须把唐廷打疼,对方才能乖乖把招安令送来。不过唐廷这次并没有就此屈服,也可能是觉得福建这个地方又穷又多山又清苦吧。所以,黄巢很快就决定:集结兵力直扑广南。攻入广南,也并没有遇到任何像样的抵抗,大军就直接进入了广州城。广州开埠很早,一直都是大唐对外交易的重要通道。自秦以来就一直都是偏居一方的富庶之地。黄巢攻占广州之后,又想起了小皇上的招安令,就又召尚让前来。尚让刚刚回家省亲归来,广州一直都是他尚氏的大本营,这次前来,义军中的很多官职都被尚氏一族所占据。这个时候,正是他尚让巩固实力的关键时刻。所以,这个时候黄大将军差人来让他过去,其中的意义,他未动身就猜了个八九分。

"将军,这个时候,我们可不可以不等了,干脆向小皇上要一个'广州节度使'的位子?这样一来,我们一直占据着这广州的位置,钱粮不必发愁,只需要一个名义即可。"尚让这么说,无非也是一石二鸟,在他尚家所在的广州长驻，那很可能到最后，他黄巢的大小事情无不得请示他尚家的意见才行。但这个时候的黄巢，早没了当初扯旗造反的豪气，现在的他，只想着如何能偏居一地，做他个自在的王。于是这封书信派人送了出去，不久，就得到了回信。黄巢本来兴冲冲地展开来看，却被那"黄布"上的字气得面色铁青。"想我天朝上国，对东南诸番，何等荣耀，岂容一个反贼来做什么节度使、代表大唐？岂非反了朝纲，毁了我大唐开世以来的荣光？……"那皇上的圣旨上，丝毫没提招安的事，相反，还希望他黄巢"反背倒绑着直直地行入长安，跪在皇上面前，请求宽仁，饶尔不死……"，还没看完，黄巢一把将那皇旨扔出了门外。尚让此时正在门外候着，广州的黄巢府邸，背倚越秀，前望珠江，只是黄巢根本没有这个心思赏什么风景，他现在只需要唐廷的承认。

尚让自不会再给黄巢上什么北上的建议了，因为湖南已然来了压制他们的人了。那就是原来的泰宁节度使李系，现在官拜湖南观察使。所谓的观察，无非是观察着广州的动态。然后将南岭的要道全都封死，明摆着要将黄巢军钉死在广南一带。据尚让估计，义军在广州休调几月，那时候钱粮也都收上来了，然后再给各位将军修建府邸，到那时候，暖意融融，还有哪个愿意离开广州这繁华之地呢？但是，有一样尚让漏算了，那就是广州潮湿阴雨的天气。黄巢军进广州城的时候还是四五月，虽然天气也闷热，但还不至于太过难受。但到了六月以后，广州的天气雨天居多，阴暗潮湿。而黄巢军卒多为北方人，山东河南的居多，水土不服自不必说，另外还有很多疾病都找上门来，最严重的居然是脚气病，很多军卒病到走不了路、起不来床的地步。除此之外，还有风湿和霍乱，这个时候都侵扰着黄巢大军。

起先黄巢对脚气病什么的还不太在意,但后来发现军中得脚气病的居然有十之三四,这样就严重影响了黄巢军的战斗力。如果一直这样下去,黄巢军就很可能烂在广州了。所以,黄巢被逼无奈,驳回尚让的"盘踞广州,以谋大计"的决策,打算向北奇袭湖南的李系。但这又谈何容易,岭南去湖南的要道都被重兵把守,攻取的难度超乎想象。

但这没难住冲天大将军,他将向北的力量集中在了西江。广南直接去湖南当然是重兵把守,但是之前庞勋起兵的桂林兵力空虚。于是黄巢派孟楷带兵着便衣悄悄潜入桂林,并在重要的江湖口岸屯集大量的中型渔船。本来这些肯定是兵家重点防控的东西,可偏偏广南西的守将关煮,是一个只知吃肉喝花酒的大草包。孟楷没有半月就将大事准备停当,只等汛期一到,湘江涨水,大军便可沿湘江直上,攻取湖南。八月,西江果然涨水,黄巢召集大军,出广州,入桂林,杀关煮,乘船沿西江向北直插李系的背后。李系一看情势不好,直接从南岭将军队全部撤回长沙,然后坚守不出。任凭黄巢派再多人讨敌骂阵,李系也还是坚守不出。

黄巢这次转战广南之后,心情开始大开大合,不再拘泥于小节,甚至于唐廷是不是给他个什么节度使他都已经不在意了。有求于人的人,必定被谋所虑,始乱于心。于是,黄巢这次并没有在长沙城内待几天就决定拔营起寨,直奔江陵。黄巢这一招大大出乎唐廷的意外,江陵可是江南腹地,不容有失。唐廷有心将之前拒黄于浙江的高骈调入江陵,又害怕高骈于浙江之外再吞了江陵最终成了气候,正在迟疑的工夫,黄巢已将江陵踩在脚下了。江陵之后,黄巢也未做太多停留,接着就直插荆门。不过在荆门黄巢可吃了大败仗,对手是江西招讨使曹全晟和山南东道节度使刘巨容,这二人合作拒黄,初见成效。刘巨容此人,善于用伏,于是在荆南一带广设伏兵,将义军多有消耗。事实上曹、刘二人完全可以在湖北就将黄巢绞杀的,但刘还是留了一个心眼儿,难得朝廷这么重视咱家,一旦黄巢兵败人亡,很难再有此等钱粮不断拨来了,日子也就难过啦。这明显黄巢义军主张向东逃跑,刘巨容并不在东面设防,而是放纵黄巢东去。这一下,似龙归大海一般,安徽的各州似乎再无能阻挡黄巢的兵力。

黄巢自进入安徽之后,再次进入无人能挡的境地。他现在的想法只有一个,杀,尽量去杀这些个鸟人,否则一走一过,都放过了这些个势利的小人。于是,黄巢此刻开始,血不封刃,大开杀戒。洪州、饶州、信州、宣州都倒于黄巢的刀下,所过之处,州府县各级唐吏均杀尽诛绝,一个不留,至此,黄巢"血王大将军"的名号被疯传。有河南、山东一带的儿歌流传很广:"小乖郎,不耍蛮,再哭再闹见血王。"可见当时其名声已到令人闻风丧胆的地步。其间,还有不少长安来的使者来见黄巢,又有不少拿着招安令来的,允诺的官职从侍郎到节度使,无一不全。但黄巢看都不看,直接将皇诏烧了,将来者杀掉。甚至尚让、葛从周来劝都不听。其实连黄巢自己都不甚清楚,他何时开始变成这样的。现在的他,只想着一件事,就是无论如何,都要杀进长安,将那小皇上脑袋切下来,方解心头之恨。

黄巢杀得兴起,沿路官兵百姓无有敢挡其车马者。于是在安徽立了威之后,黄巢径直杀回河南,直接攻进了蔡州城。眼前就是曾经朝思夜想的东都洛阳，黄巢认为只有自己进了这里，才有可能威胁到唐廷小皇帝的帝位。这次，他要的不是什么节度使、刺史，而是皇帝，他黄巢要当皇帝。

而此时的小皇上唐僖宗李儇到底在干什么呢？难道是天天抱着奏折和军报食不甘味吗？当然不。小皇上有小皇上的世界。这一年，小皇上也已经十八岁了，算是一个成年天子了。但是他的性情，还跟小孩儿无异。成天斗蛐蛐、养蝈蝈、打沙包、蹴鞠、斗鸡、斗鸭、斗大鹅，玩得这叫一个不亦乐乎。你问他听说过黄巢吗？他也不能说没听说过，只是听田令孜说过几回，后来黄巢去往南地，他就没听说过什么关于黄巢的消息了。最近好像已然派出不少大臣去打了，之后怎么样，他不大知道，也不想知道了。每天，这小皇帝不玩尽兴了都不行，玩到天黑了，看不到蛐蛐蝈蝈了，他就让宫女们给他们掌上一院子的灯，夜战。一直玩到实在没劲了，小皇帝才会回寝宫歇息。按说田令孜是不可能不知道黄巢的厉害的，因为相比于对王仙芝的招安，对黄巢的无数次招安，都是他老田一手操办的。

可问题是，黄巢的胃口太大了，居然还敢要"广州节度使"这样的官职，果真封了这样的官职，岂不让夷邦笑我天朝无人了吗？所以，才有了黄巢在广州得到的那一纸讨逆书一般的皇诏。老田也并不是没出力，从宋威到刘巨容，他将大唐所有能带兵的人都选了一遍，即便小有胜绩，但都挡不住黄巢的势力。这说着话黄巢就要打进洛阳了，这下老田不能不跟小皇帝说了，不然贻误了大事，他老田也是顶不住的。

老田进到李儇的寝宫，走到床边喊小皇上起床。日高三竿，但小皇上根本没有起来的意思。床上一转身,连说:"阿父莫吵。"然后就又睡了过去,这直把老田急得要哭。老田没办法,只好搬了把椅子在边上等着皇上起床。这总等着也不是办法啊。眼珠一转,计上心来。老田让下人赶紧回府去取"重要公文"。其实,哪来的什么重要的公文,那只是老田前日刚买来的一只黄头蟋蟀,那是陇右的一位刺史送进长安的。本想在小皇帝寿诞之时献上讨赏,现在没办法了,军情火急,只能如此了。

如果不是赶上传午膳的时间,那这位位极人臣的老田,很有可能等到晚上掌灯。小皇上等到天黑才起的时候也不是没有,只不过,下午才醒的时候比较多,而且一睁眼就开玩,一直玩到夜半三更,什么时候玩累了,实在睁不开眼睛了什么时候算完。所以,老田这时候心里是苦的,但是他对黄巢这种造反的情况也完全没法控制。事实上,自从先帝时安史大乱的时候,内臣对这种情况也只能是建议的份儿。但唐廷的这些个皇上可不这么想,他们认为,这些所谓的内臣,都是一些能人,平时总能弄到一些奇珍,那平个乱对他们来说算个什么事儿呢?至少肯定有点儿好主意的吧?

"皇上,这黄巢的贼兵已经兵临洛阳啦。请皇上赶快派兵,要晚了,那东都危矣呀。"小皇上正穿衣服想着晚上约的斗蟋蟀这事儿呢,完全没听见老田说什么,然后回过神儿说:"阿父,你说什么,我没听清。"老田就躬身再讲了一遍。"哦,那个黄什么呀,之前不是派了不少大将去清剿吗?后来还给了几道招安令,后来呢?应该差不多了吧?他怎么又要去洛阳玩?他惦记上我洛阳什么好玩的了?"老田一听都快气乐了。"皇上,那黄巢的贼兵厉害呀,转战闽越、广南之后,又从湖南、安徽杀回河南了，这河南要是守不住，那……"小皇帝完全没太在意，直到听到"河南要是守不住"。"那，那什么？难道还敢来攻我的长安不成？"老田闻听此言猛地一抬头，又重重地点了点头，牙缝里蹦出一个"嗯"字，才将小皇帝震到。

"难道，难道他不知道我长安有几十万神策军，不知道我长安有潼关天险吗？"这个时候小皇帝还在想着跟老田辩理。"可是，皇上，如果黄贼占了洛阳，那河南的饥民，有可能都会归顺了他呀。事实上，从安徽进入河南的时候，黄贼业已有五十万之众啊，还请速速定夺呀，耽误了，可不得了啊……"几句话，让小皇帝将手中的盛装黄头大蟋蟀的瓶子放下了。"阿父，我知道，你是必然有计的。速速说来听听？"小皇帝这话讲的，就好像是一时蟋蟀斗败了要向阿父请计。

老田就知小皇帝会这么说，然后直接抛出他的这一计："老臣觉得，张承范、王师会、赵珂、齐克让四人可用，分别有潼关指挥使、关塞押粮使、前部先锋官可处置。还有，河南败来的齐克让，已经在潼关守着了，只需要给个招讨使的官职即可安抚。"小皇帝闻听此言，眼睛一亮，然后直接又抄起了蟋蟀瓶子。"这些都准奏，都依阿父。"老田连忙拦下李俨。"哎哎，皇上，这些年征战，各地兵力缺乏，此次平乱，潼关重地，还请拨出三千神策军由张承范统领为好。还有，呃，还有……""还有什么？""还有就是钱粮方面，也需要皇上圣裁。"一听说要钱，小皇帝有点儿小慌张，然后马上又转慌为稳，直接将案上另一个蟋蟀瓶子拿给老田。"阿父，要不这样，这个花头老蟀，现在年纪大了，最近斗败两次了，我不要了，你就像上次一样，把它卖了，换点儿钱去征讨吧，行啦，我去后花园啦，再有什么事叫管事的'小两'给我带个话就行了，不用你这么跑一趟的。"说完小皇帝就人影不见，只听见去往后花园的回廊里那黄头蟋蟀的巨大响声。

老田有点儿呆了，之前在剿灭黄巢的过程中，他也提过钱粮的事，但看小皇帝不懂，想来也不想允，就在那装愣。老田一想，不如趁这个机会把他手里的大蟋蟀弄来一只，最少也换个几千两银子，征讨的事，自有各地节度使呢，但这几千两银子可就真真实实地落在老田的兜里了。现在想来，这小皇帝把之前的事想起来，直接运用自如了。老田这回再支个四五千两自不在话下，但此次不同啊，黄巢军，虎狼也，这说话就进洛阳了，几千两银子，够几个兵卒吃喝的啊？老田自己挖的如此大坑，现在就算没办法也得自己去跳啊。只能拿这蟋蟀瓶子，然后再想办法跟老几位恩威并施了。

几位被点到名的，张、王、赵、齐四位，一听说老田想让他们来挡黄巢，死的心都有，但又不得不应召，因为这诏旨可是皇上下的，只要你还认可你自己是大唐的一分子，那皇上的诏你不能不奉啊，奉诏，最多可能会在潼关败给黄巢，但你还是有机会逃的。现时不奉诏，那，立时赴死，一点儿间歇都不会有。可这么多年以来，剿黄剿黄，黄巢是越剿人越多，越剿唐兵越少，钱粮也越来越少。也不能说去剿的将帅不卖力，一来是黄巢部众果然凶猛，二来是，哪一个去剿黄的人没有私心？所以，张、王、赵、齐这四人也是这样。这四人中，王师会是老臣，其余多是新将，还想靠着剿黄巢升官晋爵呢。但这东西哪那么容易，齐克让在河南，那也是独当一面的人物，被黄巢在河南兜了几个圈子，还不是落得个退守潼关的下场？再说那三千神策军，所谓神策军，无非都是些养在皇上周围的"少爷秧子"，多数是看捐个官没有门路，去神策军镀镀金，然后再转各州县任些闲职。这些人多半是各地乡绅的少爷们，他们斗蟋蟀的功夫，那完全不在小皇帝之下。靠他们能挡住黄巢？那太阳从西边出来都不行，干脆得从天下掉下来才行。所以潼关看起来兵精粮足，其实，败菊一枚，不消一碰，就散了花了。

话分两头，各说一方。黄巢兵临洛阳，根本没费什么功夫，攻城两天就告拿下。而且洛阳城内官员乡绅巨贾还组成了欢迎队伍，出城五里迎接"黄天帅"。黄巢一听这叫法都想乐，哪里来的这些个东西，城里官员跑的跑、死的死，他们无非是怕了我黄巢了，怕我进城之后屠了他们。"好，他们送来的所有东西全都收下。"出城相迎的乡绅巨贾好容易松了一口气，但接下来黄巢的话可把他们吓得魂都没了。"这些个人，以前跟唐兵的关系也是这么搞的，把他们全都押在城外，不用回城，然后告诉他们的家里人，一人一万两银子来赎人，明日午时，要是钱没拿来，就到城东门城头来领他们的脑袋，身子肯定是不给了，我黄巢没收了。哈哈哈哈……"黄巢这一阵狂笑，整个洛阳城仿佛立时进入颤抖之中。

再说潼关守将。张、王、赵、齐四位凑在一起商议如何破黄，四个人同时想到了设伏之计。于是开始在潼关周围选择合适的地点，最后齐克让在潼关西南五里的地方找到一个地方叫"禁坑"。说是禁坑，其实无非是选石采石的地方，但经过多年的开采之后，石头开采殆尽，留下一个非常大的深坑，如山谷一般。多年之后，禁坑周围草木繁密，非常适合设伏。于是齐克让表示，自己可以选一小队人马，亲自充当诱饵，否则黄巢那厮并不见得中计。

四天之后，一切准备停当，而且四人在机密的条件下，视察了禁坑三次，最后确定了设伏的时间和各路人马的将领。最后，齐克让去到潼关外围的小城诸岭驻扎，然后天天训练军兵，有一种决一死战的架势。然后另外三人，开始用大量的物资囤积在潼关。周围各村各镇，无论人、马、牛、羊，还是粮食、铁器，一律拉进潼关。为了转移黄巢军的注意力，他们几个把这种转移物资的活动弄得尽人皆知，就等着黄巢军兵到时往口袋里钻。事实上，潼关只留了张承范一队人马守城，王师会和赵珂尽力去协调禁坑设伏之事，而且绝对防止走漏任何消息。

准备了大半个月，终于还是等来了黄巢的部队。齐克让在诸岭城头准备更多守城的滚石和火器。事实上唐兵也根本没那么好打，只是看你想不想打，能不能坚持打。唐廷能想到张、王、赵、齐这四个人，也真是尽了最大的努力了。只是他们根本想不到，仅仅一个葛从周就够他们颤抖几天的了。而且孟绝海和班翻浪兄弟，喜欢攻敌侧翼，这个信息，唐兵是不甚知道的。他们只知道黄巢作战勇猛，而且气性极大，使用激将法，如果能把黄巢引入禁坑，就算大功告成。

开战当日，齐克让故意在诸岭城外亲自迎敌。这令黄巢军也吃惊不小。一连三位部将催马过去，都被齐克让斩于马下。先锋官葛从周就想过去直接一箭给老齐来个"透心凉"。但黄巢觉得还是自己过去，因为齐克让这厮他也听过很多次了，而且很多场仗的对手都是老齐，黄巢也想见见这厮到底长个什么样子。还有，黄巢有心一刀将他劈于马下，然后一鼓作气拿下潼关。他根本没有想到唐廷会一连派来四位重臣。葛从周有心拦住黄巢，怕万一有个闪失，但此时的黄巢，信心爆棚，只想一刀将齐克让拿下。

一看是黄巢出战，齐克让大喜，于是让众将为他擂鼓助威，催马过去迎战黄巢。马上功夫，齐克让是不输黄巢的，但他有心事啊，他必须得败呀。如果能一下赢了黄贼也行，但看样子五十招之内赢下来是不太可能的了。所以，齐克让眼睛一个劲儿往后瞅。黄巢心想，难道他还要使暗器不成？没过一会儿，齐克让果然大败而逃。然后黄巢就没追，他也担心有伏兵。齐克让一看黄巢没追，寻思怎么也得把黄贼引入禁坑。于是回马再战，没战一会儿再败。这么一来，黄巢有点儿想明白了。唐廷可能后边还有大将，这个齐克让是想消耗我一下，然后再上来一个更厉害的敌我。"那，我黄巢不砍了你才怪。"这下老黄可杀起兴头儿来了。即便齐克让再败他也就急追，因为他看出来了，齐克让好像是有伤，其实这都是老齐的计策。

简单说，齐克让一口气就往西南跑下去了，然后所有人马在后边急急跟随。黄巢一想，如果让这帮人逃进潼关，那再逮他们就难了，所以急走急随。葛从周就怕这样，于是也引大队来追。没追多久，天黑了，大风也有点儿起了，黄巢这时候才感觉到有点儿不妙，不好，恐怕有伏。但这个时候已然晚了。黄巢已然进到禁坑里了。葛从周即便从外边大杀大砍，都无济于事，外边围的唐兵实在太多了。这个时候，孟绝海、班翻浪二将杀到，然后引一部分兵去爬旁边的小山。那小山，看似不高，实则望山跑死马，而且道路崎岖，异常难走。夜幕降临的同时，大雨也席卷而来，天幕一下子就黑下来了。黄巢后悔，难道我黄巢要绝命于此吗？正想着，大雨倾盆而下，将所有人都浇得分不清东南西北。再攻不进禁坑，那黄巢不被滚木砸死，也必被乱箭射死。

正在此刻，葛从周突然远远望到闪电闪现之处，山头上有一人在摇旗摆阵。其实，那是冒雨布局的王师会，葛从周不想知道那人是谁，他此刻只想将那人一箭射死，将黄巢救出禁坑。于是葛从周从箭囊里抽出三支箭，张弓搭箭，三支箭齐齐射出。正在指挥部将的王师会哪里会想到这么远还有可能有人有这种臂力能将箭射到山上来。他更没有想到，箭不仅射上来了，而且力道十足。"砰、砰、砰"三支箭一支射中头盔，一支射中小腹，最后一支直钉在嗓子上。王师会惨叫一声，坠下山崖。主帅中箭，唐兵一阵大乱。葛从周趁唐兵大乱之际，冲入禁坑，将黄巢臂挟而出。齐克让做梦也想不到，王师会会在这么关键的时刻被箭射杀，贼兵里怎么会有这种勇猛的将军？

禁坑的义军声威大振，于是孟绝海、班翻浪二位将军趁乱掩杀，将大部唐兵杀得大败，唐兵死伤大半，余部逃往潼关。他们哪里想得到，潼关此刻正像一支大蜡烛一样在风雨中燃烧。之前张、王、赵、齐四将，将主力部队都囤在禁坑了，想要设一奇伏，将黄巢斩杀。不想，禁坑大败。与此同时，张归弁三兄弟在尚让的带领下，奇袭潼关。在之前早就混入城的细作的策应下，他们首先将城内粮草点着了，大火、急雨，再加上尚让他们的箭雨，城内本来就只有四千兵卒，这样一来，瞬间只剩下两千不到。张承范一看情势不好，直接从西门出逃，不知踪影。这时候的禁坑方面，齐克让也不知下落。只有赵珂苦苦支撑，最后还是被张归弁一剑锁喉，一命归西。义军大获全胜。只在潼关休整一天，然后人马急急奔袭长安。

长安这边，一听说潼关失守，田令孜直接进宫找小皇上，小皇上一边哭一边闹着说不想走，田令孜直接找近卫将小皇上拖上辇车，从金光门开溜。田令孜自己是成都人，当然把退路早就想好了，一旦黄巢攻破潼关，直接将小皇上挟去成都，他就可以挟天子令诸侯了。而且进入四川之后，黄巢也不太可能发兵入川，因为川路太险，他们不至于冒那么大的风险。但老田早早就将皇上入川的秘密驿道修建好了，只等黄巢叩关。他们这次仓皇出逃，只带了四位王爷和几位嫔妃，大概带了一些值钱的东西。其实，老田老早就将金银细软运往蜀中了。那时候，他其实只想将这些钱运到蜀中，等到退隐的时候可以在蜀中做个呼风唤雨的自在王。

哪想，后来越运越多，最后居然将小皇上也运了去。

皇上出逃的事，长安城一夜周知。那守将还有什么守城的心思？连张、王、赵、齐四位将军都拦不住的"狼兵"，长安城这几个守将还拦个什么劲啊？不过守将们是不能投降的，因为，那注定死路一条，所以，能遁者遁之。长安城只剩一位金吾卫大将军，所谓的皇城守将张直方，直接率领百官去灞上欢迎冲天大将军。谁想，迎来的却不是黄王，居然是尚让。尚让直接安抚大家说，黄王起兵，为的是天下太平，我们入长安，也不会讨扰百姓，希望大家安分守己、安居乐业。这一刻，"迎王"的队伍里居然多得是喜极而泣的人，他们中有太多山呼万岁的文武百官了，他们根本没想到，传说中的狼兵、黄王，居然根本不杀他们，而是让他们出榜安民。其实黄巢并没急于进城，而是向后延了一天时间，他得准备一下心情。站在潼关的风口里，他眺望着尘土升腾的长安，不觉吟出那首当年他出走长安时的反诗：冲天香阵透长安，满城尽带黄金甲！

他此时又想起了那位多年前在函谷关遇到的道人，还有马攘姐弟，如果不是因为他们，他黄巢可能永远想不到走造反这一条路。想不到黄巢三十年没求到的功名，这几年之间，何止是功名，连天下都归了咱所有。想到这，黄巢在风中美得高歌一曲，他唱道："本非龙凤羽飞升，盐使小吏赌生平。岂是篱笼竹中物，一朝冲腾到天宫！"

881年，黄巢在长安正式登基称帝，改国号为大齐。

第四章　枭雄朱温初登场

黄巢进长安时，长发及肩。并不是黄巢想这样，主要是他们这拨义军也完全没有那个情调去搞什么头发，当时一般都是把头发盘起来在上面绾一个髻，但黄巢军上至将帅，下至兵卒都不是这样的。他们长发飘散，多少有点儿野人的样子。再加上他们一般都穿一身白或者一身红，往往被百姓们称为狼兵。但这次黄巢要在长安，好好坐下来理一次发。尚让还为他专门找了宫里最好的理发师。因为，堂堂大齐皇帝，不可能就这么披头散发地登基坐殿。与此同时，黄巢那帮弟兄也都把头发胡须理了理。然后所有人，齐聚含元殿，山呼"万岁万岁万万岁"。

黄巢志得意满，但他还是忘不了逃进西蜀的小皇帝。所以，他在大封群臣之后，专门把"太尉"尚让叫到偏殿说，兄弟你能不能辛苦一趟，把那个小皇帝追回来，让咱看看到底啥样，然后咱家在殿上把他开膛摘心，给大家下酒，岂不快哉？尚让当然明白主上的意思，只是万没想到，追击唐廷的任务会交给他。他只有领命，然后跟左军都御使孟绝海，还有右军都御使班翻浪，在西门外点齐人马，向西追杀下去。

但黄巢并没有想到，其实西逃的小皇上居然也给他黄巢设了伏兵。这个伏兵，还是田令孜又找到了两张王牌，一个是拓跋思恭，一个是朔方节度使唐弘夫。这二位，一直都是盘踞宁夏的一方诸侯，若不是小皇帝急急逃往蜀中，他们才不可能被唐廷允许进入陕西呢。但是，无论小皇帝、田令孜，还是黄巢、尚让，都低估了这二人的实力。平时对朔方都不甚了解，一般长安的人也很少往那边去。也正因为蛮荒、缺水，造就了二人坚韧、认死理儿的性格。但他们有一个共同点，都对唐廷忠心耿耿，小皇帝出逃让他们断后，毫无怨言。另一方面，小皇帝却在出逃途中问田阿父，这二将是何人？靠得住吗？会不会降了黄巢再随他们杀来？果然，老田也给不出什么答案，一来是老田根本对此二人不了解，二来，都这个时候了，有人能站出来就不错了，反正也是逃，他们降与不降都一个样，反正是火速逃到成都要紧。

尚让和孟、班二将，一月时间中都是在汉中路上狂奔，誓将小皇上拿回长安。但是他们根本没有想到，不但被唐廷忽略，而且也被他们忽略的拓跋思恭和唐弘夫二人，居然会在途中设下伏兵。距那三国时候的落凤坡不远，有一峡谷，名曰澹溪，从来少人行走。拓跋、唐二人将此地布置成小皇帝必定由此经过的假象。而且，他们途中策反了两个暗桩，将这个消息带入尚让营中。尚让表面上看起来并不重视，却将人畜无害的澹溪谷弄得人间险境一般，谷中伏了重兵重重。本是想伏唐兵的，不想，在一个月黑风高之夜，谷中突然起火，火势蔓延至义军守地。原以为只是偶然起火，谁知后来，起火点越来越多，而且这种火是一种松香造成的，一般的水很难扑灭，而且一抹就是一条火线。所以，瞬间就将谷内义军重兵烧得惨重。义军一下子元气大伤，追击小皇上是不可能了。这还不算，唐兵趁着澹溪谷大胜随后掩杀义军。义军一路逃一路抵抗，中间虽有落营扎寨之意，但宁夏来的这拨唐兵居然有一些人有"遁地之术"，一旦扎营必然被袭，而且多是深夜来袭，这下一退八百里可挡不住了。尚让就算是有韬略，却也没见过有玩遁地术的唐兵啊，这一逃可算是节节败退了，一直退守到长安。而且即便到了长安，也不忘了安排大量的人马，将城墙内外的地面都用夯土加固，因为这一路吃了太多这种亏了。

　　黄巢听说尚让被一帮宁夏来的唐兵杀得大败，多少有点儿诧异。尚让不说是文韬武略，也可说是千人敌，却被一帮从来没听说过的宁夏兵打成这样，孰能料到？可尚让上殿面君，跟黄巢这么一说，黄巢也多少有点儿惊了，心想，这唐廷要是真有这路将帅兵卒，何至于逃进蜀中啊？当年姜子牙与殷商交战时，传说是有天兵天将助阵，这回这宁夏兵会不会是助唐的天兵呢？这话在黄巢肚子里转悠了几个个儿，但他没敢跟任何人说。可是这种猜测被说得有模有样，谁没听过评书讲古啊？所以长安城内传得神乎其神，将唐弘夫和拓跋思恭二人说成是天兵天将下凡。于是就有人在酒坊茶肆开始讲这种东西，因为很多人爱听啊，虽然现在是改朝换代成了大齐朝了，但是大家对大唐还是很有感情的。

第四章 枭雄朱温初登场

这种谣言一出,黄巢可就坐不住了。他派尚让查清此事,逮到的人一律杀之。尚让本来退回来就一肚子火,让他去肃清谣言散布者,这事儿他还做不来吗?于是他在城内大肆搜捕造谣者,其实,那些所谓的造谣者也不见得是什么奸细,只是有一些人是靠讲古为生的,大家爱听这种东西,那就添油加醋讲给大家听呗,也都是些艺人下九流,哪禁得住尚让这么一搜啊?一下子逮起来了四五百人。这还不算,尚让还要将所有官邸、衙门都搜查一遍,防止有人渗透到公职部门。尚让是多多少少有点儿担心的,他们进长安以来,管理机构多半是沿用的唐廷的一些"可用之人",所谓效忠黄王的官吏,但谁知道哪一个是对黄王有二心的呢?所以,这次彻查,查出来的事儿越多,越显得"太尉尚大人"是一个杀伐果断之人,而将那个从汉中败回的尚大人的"黑案底"抵消一些。

可是,尚让突然遇到的这么一件事,连他自己都没想到。居然就在尚书省的大门上,突然出现了一首诗:"徐福渡东遗黄儿,贩吏盛盐走街村。怎料上神错霹雳,含元殿前滚球墩。"大概的意思就是:你一个黄巢,无非是当年徐福东渡的时候留下的黄口小儿后代,贩个盐卖个米走街串巷的,以为自己当了官一样;也不知道哪位上神错落了神力,将黄巢霹雳成了一个能杀能打的金刚,但即便这样,也无非是含元殿前石狮子脚下踩的那个小石墩子,成不了什么气候。而且所谓"滚球墩"明显是说黄巢是一介平民武夫,江山根本不可能坐长久,免不掉最终"滚蛋"的命运。

看罢此诗,可把尚让气坏了。这尚书省的大门上,明晃晃地题着这么一首反诗,那还得了?必须查出来到底是谁写的,然后诛他的九族,于是他把所有与尚书省有关的，能接近这个门的人全抓起来严加审问。这一下子，可就抓了五六千人。但这事儿就怪了，怎么审，没有一个人招供的。情况反映到黄巢那儿，黄巢被这诗气得嗷嗷怪叫，最后直接下令，把这五六千人脑袋全砍喽，一个不剩！

本以为杀一儆百，长安就会安定下来。但是，黄巢忘了，城门外还有一帮会遁地术的宁夏兵哪。果不其然，入夜，宁夏兵偷偷摸进城来，有人说又用了遁地术，有的说，是这次被杀的五六千人的亲属，对黄巢实在怒不可遏。反正总而言之吧，宁夏兵就这么偷偷地进了长安，由于事发突然，宁夏兵很快就进了南部主城，主要的皇宫宫殿都是北城嘛，所以，黄巢一听说这个，就让葛从周他们在南城与宁夏兵进入巷战，然后他们匆匆从东门逃出。一听说黄王这么悄悄地逃了，长安百姓一片欢腾，而且他们还为唐兵们指路，告诉唐兵，黄巢往哪里跑了。还有更多的老百姓去城里捡一些箭来送给唐兵，唐兵瞬间声威大振，一口气将黄巢赶出城外二十里。

黄巢很生气，不仅仅是因为被唐兵杀得大败，这也只是其中的一部分。他更生气的是，长安城的老百姓居然心向唐兵。黄巢不但看到他们拾箭送与唐兵，更有甚者，用地上的砖头瓦块追打黄巢军。班翻浪在掩护黄巢出东门的时候，就被飞石击中，脑袋血流不止，黄巢退出二十里来，去探看了一下班翻浪，虽然说没有大碍吧，但可把黄王气疯了。"想我黄巢，进长安的时候并没有为难任何一个百姓，相反，我还任用那些投诚过来的官员，还告诉手下善待百姓。但是，不但尚书省大门上有人写反诗骂咱，现在唐兵一来，就反倒对咱家义军箭石伺候，这长安里的人都是吃粮食长大的吗？善待了他们还有错了？想那唐廷，小皇上宠信田令孜，将这天下弄得饿殍遍野，我黄巢领了这个头反唐，现在居然得了这么一通飞石？岂有此理！"黄巢暗暗憋着一肚子火气，想着如果一旦有机会杀回长安，必将这些"飞石党"杀之后快。不过想想也就罢了，从长安被人撅出来，哪那么容易就杀回去的。这个时候的黄巢，开始想念起在福州的日子，阳光暖暖，百业兴安，偏居一方，自在怡然。现在的他，能想到的，只是再杀回福州去，有机会的话，跟唐廷分庭抗礼。

正在这个时候，尚让求见。黄巢宣他入帐。尚让进来，示意黄巢让左右退下，然后从袖口中掏出一封密信。密信是由尚让派出的打探消息的人发出的，大概的意思就是，唐廷小皇上已然到达成都，但是他们逃得很唐突，并没有做任何准备。最重要的是，他们根本没有为宁夏兵准备任何援助的给养。那也就是说，唐弘夫和拓跋思恭只是金玉其外、徒有其表。黄巢看到这里，眼睛一亮，马上示意尚让擂鼓升帐……

另一边再说唐弘夫，这边虽然说收复了长安，正常的情况应该是急急通知成都的唐僖宗，可以銮驾回京。但问题是，他们从宁夏过来的时候，其实是告诉他们救急，入陕勤王，只给军队带了五天的口粮。这几日杀进长安，根本没有粮草的补给。长安这么大个都城，本来人口就不少，几万人马突然进来，哪里来的那么多的口粮供给呢？所以，唐弘夫这会儿愁的，正是官兵的吃食问题。为了应急，没办法，他们只能杀马充饥，但这究竟不是个办法。他之前已然派出将官出城去集粮了，但一直未归。正在这时，却听见有人来报，说南城有集粮的回来了，说是马庸的部队。但是说马庸将军因为集粮事急，留在陕南集粮了，就先派手下把集到的粮草送回长安。唐弘夫这下可乐了，一下子好像是看到了救星，宣手下速速让他们进城。

进城之前，唐弘夫派人也审看了，确实是粮草无疑，却并未发现粮草车下绑着的兵器。待到粮车行至西市，粮草车里一下子闪出几百号黄巢兵，直接冲着南门掩杀，最后夺下南门，占领瓮城，放下吊桥，只见一金袍大将，满眼放着红光，从南门杀将进来，见人就杀，遇人就砍。这一刻的黄巢，已然疯魔。不消一日，长安城里再次被血色染红，早上街道上，多的是收尸和清水冲街的集尸队。黄巢一路杀回了含元殿，一屁股坐在殿当中，呼呼地喘着粗气。这时候，不断有人来报，南城收复，北城收复，西城收复，东城已将唐兵众人逮住，只是让拓跋思恭给逃了，唐弘夫在乱军中被砍死。

黄巢将一身血色的征袍脱下，甩在一边。尚让和葛从周不断将城内各部情况告与黄王。黄巢对他们一摆手，然后又招招手，示意他们耳朵凑过来。"我跟你们俩说，这个鸟长安城，没有一个是好人！把有活气儿的全都给咱杀了，杀，一个不留！"尚让一听脸色大变，不敢相信，黄王这是想让我们屠城吗？他用疑问的眼神看着黄巢，黄巢直直地盯着他的脸，说："对，你没听错。一个不留。"

在此后的七天之内，长安城，天都被映成了红色。城内百姓，未能及时出逃的人数，少说也有八万之多，这些人悉数被黄巢兵斩杀殆尽。另一方面，这么大一个长安城不能没有人哪，黄巢还得当大齐的皇帝哪，所以就从咸阳、陕南等地将百姓整族地迁入长安，这个过程里，也容不得商量，违抗者，斩。所以，长安城的百姓，被整整地换了一茬人。历

第四章　枭雄朱温初登场

史上称之为"洗城"。

长安是夺回来了,但是黄巢杀人如麻的事实令附近十里八乡所有人都不敢进入长安了。这就带来了另一个问题,那就是吃食,没有粮运进来,吃食从哪里来?葛从周兼职了押粮官的角色,因为这个特别重要,需要心腹和得力的人才行。葛从周就算是再勇冠三军,这没粮的戏,他也照样唱不起来啊。于是他去请示黄巢,黄巢正在烦的时候,一听说城中没粮,黄巢略加思索,就又让葛从周附耳过来,说:"你可将之前斩杀的那些鸟人,多撒些盐,将他们集到仓库里,充为军粮。"闻听此言,葛从周脸色瞬时铁青。黄王居然让军卒们吃人?虽然葛从周有话想讲,但还是不得不从命。从命之后,葛从周这话也就咽回去了。还有什么可跟黄王说的?既然不得不执行,就不多说了。

经过黄巢对长安的充分"洗城",长安城已经很少有人起来反抗黄巢军了。更不会有什么反诗之类的,这种吃人肉喝人血的主儿,你还题反诗?黄巢此次再返长安,不但用尽了铁血手段,还给自己皇帝的封号改了一个拉风的名字:承天应运启圣睿文宣武皇帝。各路官员面见黄巢也极尽溢美之词,黄巢瞬间躺赢在自己营造的香风暖雨里面,怡养在后宫,很少再出现了。长安的血雨腥风之后,似乎天下太平了,但是,黄巢还是有隐忧的。一个是,唐廷的小皇帝还在成都,并未做追杀。另一个是,由于多年的杀伐,进了长安之后,大家都想歇歇,而且城外的根基并不稳固,那么多的兵卒,粮食问题并没有得到解决。所以,黄巢的隐忧很快就成了现实问题。

黄巢有一部将,长年征战,无人能敌。而且,此人对黄巢历来忠心耿耿，所以，黄巢一直对此人非常信任。此人姓朱，名温，宋州砀山人。参加义军的时间非常早，早在义军在曹州的时候，朱温就加入了，但当时只是一个小小的军卒。朱温为人不声不响的，但所有人评价他都是为人忠诚可靠。所以一直跟着黄巢攻城拔寨，战功无数，数年间就从一个低级的军曹成为义军的统领，进长安之后，黄巢封百官，将朱温封为"忠义将军"。此后，一直将朱温放在东渭桥守卫。

东渭桥是长安的门户，由于黄巢在攻伐各州府的时候并不留守军，所以，攻入长安之后，各路勤王的军队，多云集于此。听从手下谋士之言，朱温在东渭桥摆下一座大阵，称之为"径游"。径游阵说来清奇，所有人只要进入阵中，不经高人提点，必然发现路径和军卒都挤压般袭来，而且很容易产生幻觉。有的人看到泰山压顶，有的人看到神仙指路，实则掉入陷坑，有的人看到美女，实则被阵中猛虎所伤。各路节度使虽然兵力不俗，作战也可谓勇猛，但从来没见过运用如此战法的军队。所以，黄巢虽然粮草补给不足，乡下根基不稳，但由于东渭桥并未失守，所以，大齐皇帝陛下也能稳坐长安。

但是呢，朱温也一样，一直在为粮草供应不足问题向黄巢请命。他心想，哪怕让我去乡下种点儿麦子呢，也比现在这样儿干等着强。最好长安能给东渭桥官兵拨备足够的粮草，大家吃饱了才好迎敌。但如今的黄巢，早不是当年那个一心均贫富的冲天大将军了，朱温几封急信递上去，黄巢都只是扫了几眼，然后就去后宫声色犬马了。事实上，黄巢也没有什么好办法，血洗了长安之后，哪个老百姓能跟着黄巢这样的人，为他种粮食？哪天脑袋混丢了只是其中一样，搞不好哪天就被撒上盐面

第四章 枭雄朱温初登场

儿充作军粮啦。百姓嘛，保命是自然，入土为安也是不能让步的事儿。所以，黄巢此时一来没心思应付朱温，另一方面，他也根本想不出办法来。

可朱温为臣，手里没粮，又能有什么办法呢？只能把一封封的急件递给黄巢。但是，黄巢身边的右军知事孟楷把朱温这一封封的急件都悄悄收了起来。一方面是他不希望朱温的求助得到黄巢的关注，因为所有兵卒都饿着呢，如果一旦黄巢把手里的粮食给了朱温，那其他人就很可能哗变。另一方面，孟楷也有私心，他明明知道朱温是一个一片忠心的人，所以，他觉得与其让别人哗变还不如让朱温手下的军队哗变，对朱温立的这些军功，他早就看着不爽，最好军队哗变，一下子把朱温斩了，然后孟楷再带兵去平乱，这一下子孟某人就离封疆大吏不远了。事实上，暗地里，他已然跟朱温的手下大将薄畴商量好了，一旦东渭桥哗变，就直接将罪责推到朱温身上，让他百口莫辩。此计不可谓不毒，但好在朱温不但忠勇，而且对待手下人也算宽厚，所以，军中的耳目众多，虽然他们并不是朱温有意安插下来的。

当朱温得知薄畴与孟楷私通之后，暗自将薄畴拿下，并暗审了薄畴。得知毒计的朱温，浑身打了一个冷战。"想不到我朱温征战这么多年，身上伤疤无数，现在守在东渭桥还要受这种小人的算计。"正在这个时候，朱温的某一封求助信终于被黄巢看到了，黄巢居然就给回了，信中安抚了一下朱温，说大齐天下初定，朕万事缠身，实在调剂不出粮草来送到东渭桥。那，朱爱卿，其实可以将一些反民拿来，诛杀之，然后充作军粮。朱温一听黄巢也想让他跟着一起吃人肉，直接气疯了。"哪一朝哪一代的皇帝是靠吃人肉平定的江山？自我守东渭桥以来，从长安来逃难到河南的人一眼望不到头。以前唐廷小皇帝昏庸，但也只不过是河南、山东一带的旱灾和水患，那时候，可是河南的百姓往关中逃啊。"现在，明明富甲一方的关中，百姓居然往水患未除的河南逃，哪来的道理呢？即便这样，黄王还想让咱将那些百姓定为反民，然后杀之充作军粮？天理昭昭，难道以后就跟了这样的皇帝坐天下吗？正在纠结的朱温，却等来了他的谋士尹梁，此乃一奇人也。朱温只是在征战中俘获这样一个算命先生，其实看起来也只是一个叫花子，可想不到，这人居然算出朱温日后定可大富大贵，位极人臣。目前看，这些命算得真的很准，目标一直都在实现中。但尹梁还有一些奇谋，比如，他还深通兵法，尤其善于布阵。东渭桥的那个"径游大阵"，就是出自尹梁之手。

　　此刻尹梁入帐，正撞见朱温在长吁短叹。"将军，是否还是在为军粮之事愁苦啊？"朱温忙说，先生来得正好，我最近遇到如此这般之事，你觉得我应该如何办理才好？尹梁微捋长须说："主公，您不觉得，时机已到吗？"哦？一听时机已到，朱温立时兴奋起来。之前在朱温主攻江陵的时候，朱温对前途很迷茫，于是来尹梁处问计，其实也就是算卦。尹梁就曾说过一句话："封王拜相不足道，一朝升麟未可知。"难道我朱温还能当皇上不成？尹梁笑曰："天机不可泄露……"此时此刻，尹梁突然脱口一句时机已到，朱温怎能不兴奋呢？

　　"先生快讲，我接下来应如何处置？""主公，此时，你当降唐啊。"一听"降唐"二字，朱温脑袋嗡了一下子。当初投奔黄王，就是为了立天下、打江山，怎么还可能降唐呢？"哎，"尹梁打断朱温，"此话谬矣，君子不立危墙之下，迷局之中，自当有所取舍。"朱温马上站起来，对着尹梁一躬到底。"还求先生教我！""主公，还请附耳过来。"朱温帐内的烛火，彻夜亮着，二人的降唐大计，也由此进入正题。

另一边，河中节度使王重荣的帐内，摆着朱温那边用箭射来的密信。一帐子的人，五六个，都是王重荣的心腹，王让他们都看了一遍密信，让他们说说看法，这到底是朱温的诡计，还是他真的想降唐？经过一阵热议之后，王重荣确定，这次朱温的举动绝不寻常。因为，那径游大阵已然将他去往长安勤王的路阻断，朱温已然有很大的优势，又何必卖这个惨呢？王重荣也听说朱温缺粮的事，一方面，他将粮草分散管理，断绝了朱温劫粮的可能，另一方面，命军中细作前去东渭桥大营附近打探朱温的动向。结果，得到的信息是，朱温并没有大范围调动兵力的情况。兵者，诡道也。朱温大阵已然布得神奇，不是没有可能再来一个诈降的计来。但两日之后入夜，朱温派一心腹将官又带来密信一封，约王重荣于十里外小镇——丘街一聚，以详谈降唐细节。信的结尾明显是用血按的手印。对于唐末时期的人来说，诈计有可能，但是用血染密书这种事，他们是干不出来的，因为，那种对神明的敬仰，让他们根本不可能忽视这种情节。于是王重荣放下戒心，决定次日傍晚，在丘街聚首。

丘街只是一个不足两千居民的小镇，在盛唐那个没有战火的年月，这里的人都以种植菊花为业，而且这里的菊花还在每年秋日时节销往全国各处。虽然说，王朱聚首并不是什么大不了的事情，但是在唐末时期，难得双方都存有以和为贵的精神，所以，王重荣临时征用了这个小镇子。为了表示聚首议事的决心，朱温专门选择了在王重荣的地盘上的小镇来做降唐之议。当然，这种密议，自然会保密，密之又密。所以，在这种情况下，朱温不大可能带很多兵马来丘街。但王重荣还是显示出了很大的诚意，虽然还未到秋菊盛放的时节，但王重荣还是挪了一些菊花的盆景来点缀整个议事大厅。

傍晚时分，朱温带着尹梁还有两个护卫、六个随从前来议事。一看此情此景，王重荣的心放下了。一行十人，果然勇气可嘉，一旦王重荣有擒朱之心，那朱温是不可能逃出生天的。这一点，尹梁在来时已经给朱温做了功课。议事，最重要的就是要显示诚意。朱温此次，不但相当于孤身前来王重荣的地盘谈判，还给王带了很好的礼物。陕南地区，盛产火柿子，于是朱温就带了几盒柿饼前来，在柿盒里摆放着金银。王重荣不知，一打开礼盒，居然发现火红的柿饼旁边是闪闪的金银。朱温连忙说："将军，这小小柿子不成敬意，主要是讨一个好彩头。所谓'柿柿顺意'。另外，盒里的金银也只是在下所藏的一部分，更多的还在帐外的木箱中盛放。"朱温一再表示，当年随了黄巢，只是因为在家乡摊了人命官司，如果不逃，必人头落地，随了贼兵也是不得已。但是自从黄巢进了长安之后，所行不义之举，大家都眼见心明，故，在东渭桥生起降唐之意。所谓人往高处走，水往低处流，谁会跟着这样一个残暴的人，而放弃了跟随皇上、报效国家的机会呢？一番话讲来，王重荣也表示深解此意。二百两黄金、六百两银子都收下了，也算是代朱温向朝廷表达的一份心意吧。另一方面，王重荣表示，仅仅出一些金银是远远不够的，主要是要在之后的日子里，让开东渭桥要道，并跟随唐军杀贼讨逆，以彰我大唐国威，显示忠诚。

第四章　枭雄朱温初登场

王重荣的要求都在朱温思虑之内，朱温对一切条件全都应允。所以，丘街之议，还是给了王重荣很大的信心，其实也是给唐末乱局一个重大转折。

结果，没有几日，发生"东渭桥之变"，朱温向黄巢发出讨逆檄文，并郑重表示归降唐廷。之前，王重荣已然将朱温意欲降唐之事快马加急发往成都。正在烦恼之中的李儇，还有他的阿父田令孜，就好像看到了救星再世一般。田令孜喜出望外，一个劲儿地给唐僖宗叩头，表示天佑大唐，大唐可以中兴啦！虽然说李儇还是玩性不改，对朱温降唐之事也不是太有兴趣，但还是觉得，这毕竟是一件好事情。于是问田令孜，应该给这个朱温一个什么官职才好？田令孜思考片刻，说："皇上可封朱温为左金吾卫大将军、河中行营招讨副使，另赐他名'全忠'。"一听封这么大一个官儿，李儇觉得有点儿夸张了，就这么一个小逆贼，至于吗，我封他这么大个官儿？别的大臣得怎么看我这个皇上啊？但在田令孜的一再请求下，唐僖宗还是答应了。

田令孜此刻深知朱温对大唐的重要性。因为，无论从各节度使的角度，还是从神策军这边，都没有一个甘心全力为朝廷卖命的主儿，这个时候的朱温，就像是在一池子鱼中间放下一条大鲇鱼，一来是把水搅浑，二来是让各节度使也看一看，这个降将都如此卖命，你们如果想要朝廷再给什么供给，那就必须跟朱温一样绞杀黄巢才行。左金吾卫大将军，听起来也算是朝廷命官，但是呢，现在朝廷远在西蜀，根本不可能由朱温控制中枢，那中枢还是归田家掌管。那另一个"河中行营招讨副使"就更好解释了，这个所谓的官儿，还是受河中节度使王重荣的节制，所以，朱温你就算有滔天的本领，也还是在王重荣的一亩三分地里转悠。另外赐名"全忠"，这个深意就更大了。一方面是给朱温一个强烈的暗示，你必须忠于唐廷才会有未来；另一方面，是给全国的节度使们听的，你看看，就这么一个卖命的家伙，就可以得到如此之多的封赏，为什么？因为他"全忠"。

所以，没多久，朱全忠将军就走马上任了。上任后不久，他的工作就是将径游大阵撤掉，将所有军卒换上唐军的衣服和号牌，然后配合王重荣杀进长安。

王重荣在往成都呈报朱温降唐表书的同时，还向唐廷强烈建议起用一个人，那就是振武军节度使李国昌的儿子李克用，而唐廷正值用人之际，对王重荣劝降朱温之事非常欣赏，所以就顺势允了王重荣的表章。李克用接到诏命，就立刻率一万七千骑兵攻下了华州来策应王重荣。黄巢这边，听说朱温降唐，气得连骂了三天。后来又听说李克用奔袭华州，于是就命尚让前去迎敌，不想，尚让根本敌不过外号"李鸦儿"的李克用，不但华州没救下来，还被李克用一路追杀，兵临长安。

本来渭桥方向的激战就已经很危急了，黄巢以一敌二，王重荣和朱温发疯了一样地进攻，这下又来了一个"万人敌"的李克用。李克用外号李鸦儿，其率领的军队都是一袭黑衣，被人称为"乌鸦军"。所以，黄巢就算是再能打，也敌不过王朱李三人的轮番进攻。所以，黄巢军渭桥失守。黄巢深知，守渭桥的已然是黄巢军的主力，一旦渭桥失守，长安必失。为此，黄巢在宫内大肆搜掠，带上他心爱的宠妃和大量的金银，径直出城。在撤走的时候，黄巢还顺势在宫里放了一把大火，几百年的唐宫美苑一时间火光升腾。这一路地撤退，黄巢军早已没了当年秋毫无犯的军规，撤离的过程中，烧杀抢掠，无恶不作，这支所谓的义军，早就褪去了他们义薄云天的颜色，如狼一般，疯狂流窜。

李鸦儿从北面攻城，朱温和王重荣主攻东门，后来发现东门久攻不下，又转到了南门。南门突破之时，朱温眼见城内大火燃起，然后一拨黄巢军由东门冲出。为了不让身后的唐兵追上自己，黄巢军一路将掠来的金银撒了一地，后边的百姓争相抢夺，延缓了追击的速度。

黄巢军一口气出了潼关，河南境内的第一重镇就是蔡州。这也是黄巢、王仙芝以前频繁攻克的地方。今时已不同往日，驻守这里的，是蔡州节度使秦宗权。秦也是员骁将，一直以来都对黄巢不服。他认为黄巢不过是一个投机且略懂拳脚的武夫，经不得战事，也完全看不懂战局。秦觉得，黄巢之所以能攻入长安，完全是因为各镇节度使养贼自保。但是，以孟楷为先锋的黄巢军一到蔡州，秦宗权就感觉到了不对。他突然发现，这黄巢的军兵，怎么还吃人哪？他哪里知道，这个时候的所谓义军，完全把"义"字丢到九霄云外去了。吃人，完全是因为太缺军粮，黄巢发明的吃人，他自己当然也吃，所以手下军兵吃起人来无不争先恐后。这种气势完全把秦宗权给镇住了。这哪里是人哪，这不完全就是一群狼吗？

这个时候的黄巢军已然完全没有退路，他们只能克服万难，一定拿下蔡州才行，无论守在这里的是人是妖。吃完人肉的黄巢军，一个个披头散发，哇哇怪叫，好生可怕。蔡州，无非弹丸小城，哪里见过这阵势啊？之前义军时期，他们也都见过黄巢和王仙芝，那时候黄、王都是一袭素衣，对人都恭顺有礼。为什么黄巢军进了长安之后，就像变了一帮人一样，或者说，被什么东西改造了一般？

这仗还没打，无论主帅还是兵卒，都对对方心生畏惧，这仗还怎么打？两军阵前，没过几招，蔡州兵就望风而逃。这完全就是被吓破了胆。是啊，谁也不想成为这帮狼兵的下酒好菜啊。蔡州兵一逃，秦宗权就摇起了白旗。按说，他也应该接到朱温急报，不日甘陕各地唐兵都将驰援蔡州，请秦将军坚守三日。秦宗权望着线报苦笑，朱温哪里知道，蔡州的军卒，也只不过是坚持了一个照面的时间。他这个时候想投降黄巢，并不是因为他想不明白唐廷和黄巢哪一方更强，而是他完全被黄巢这拨狼兵的气势折服了。他瞬间就成了黄巢的"迷弟"，没错，从对黄巢不屑一顾，到成为黄巢的拥趸，也只是用了一场激战的时间。

投降了黄巢，投名状自然是有的，黄巢命秦宗权将自己蔡州的副使手刃了，这还不算，还让秦宗权当着他的面，就酒而食其肉。黄巢真的没想到，唐廷还有这种跟他气场相合的人，黄巢明显对秦宗权放心了不少。因为秦无论如何不可能回头再投唐了，即便只是逢场作戏，但是唐廷的任何一个人无论如何都没法认同秦宗权跟他们是一类了。这就是黄巢对投降他的人的终极考验。想加入黄王的队伍，吃人肉是必经一关。至此，秦宗权也就成为了狼兵的一分子，成为黄巢威风八面、攻城略地的马前一卒。

进入河南，黄巢明显加快了行军的节奏。已然出了长安，就不能给唐廷的人任何的反应时间，更何况，现在他们有了朱全忠的辅佐，自然对黄巢的很多战法了如指掌，所以，兵贵神速，不等唐军反应过来，他们就将很多城池收入囊中。于是,河南的诸多城池,许、汝、唐、邓、郑、汴、濮都被黄巢攻下,黄巢军声威大振,一时河南无人能敌,整个河南,仿佛都被黄巢军踏在脚下,成为黄巢疯狂报复唐廷的工具。

　　黄巢正喝得迷迷糊糊的时候,他根本想不到,当初他最最中意的将军朱温,现时已改名朱全忠。为了表示对唐廷的全忠,正在东渭桥边营里与刚认不久的"舅父"王重荣开始密谋一件惊天的大事。而这件事,将在未来许多年中,决定唐、宋之间几十年的政权走势。一场群雄聚集的风雷大阵,正在朱全忠的胸中酝酿生成!

第五章　全忠发迹张小姐

在剿杀黄巢的战斗中,后来居上的朱全忠,不可谓不忠勇。但你可能不会知道,当初,投到黄巢帐下的那个朱温,又是何等的忠义千秋、神勇无敌。也正是黄巢对朱温的无底线的信任,最终将长安的门户——东渭桥丢失。叛变的朱温,令大齐国都长安的东大门洞开。王重荣和朱温混合的唐兵,径直向长安冲杀。最终逼得大齐皇帝黄巢,那把龙椅还没坐热,就不得不仓皇出逃河南。

其实,对于朱温来说,最不想看到的,就是黄巢出走河南。一方面,河南是黄巢的发迹之地,很容易就可能让他死灰复燃了。另一方面,朱温也是有私心,因为他自己的家乡就在河南砀山。就在黄巢东出潼关的时候,朱温无限担心的,其实是他还在砀山的老娘和哥哥。

第五章 全忠发迹张小姐

朱温本身就是砀山人，父亲是一个十足的赌徒。朱温的父亲朱诚都已经三四十岁的年纪了，虽然说家里有妻子和三个儿子，但他还是从来不往家里拿银两，而只顾着从家往外拿东西去当铺。当得银两之后，再进赌局去耍几把。所谓十赌九输，最终朱诚被追债的大正月里给堵在村口了，朱诚趁人没留神，直接就开溜了，一直躲进了大山里。等到正月之后，有人发现朱诚被冻死在山洞之中。虽说他是个赌徒，但总比没有这个人强吧。朱诚的妻子王氏听说朱诚被冻死的事，气得直哭。但是那也没办法，站了一院子的债主子，王氏带着三个未成年的孩子，根本无力还掉这么多的赌债。后来没办法，只好带着三个孩子改嫁给地主刘崇。说是填房，其实说不好听的，就是佃户，就是刘家的家奴一般。王氏在刘家没有什么地位可言，所以这朱家三兄弟就更没什么人待见。

朱家这三个儿子，老大朱裕，老二朱存，老三就是这个朱温。你听听这哥儿仨的名字，就大概能知道这家一定是吃了上顿没下顿。除了温饱、生存和富裕，好像也真没有什么更高的追求了。朱温自懂事起，就在给地主刘崇扇扇子。老大朱裕，为人厚道，而且学会了一些做账的活计，就给刘崇家当了个小账房伙计。老二朱存，脾气跟他爹朱诚很像，觉得自己根本就不应该是受穷的命，早晚会富贵起来。王氏每天在洗衣房和厨房给刘家洗衣服、做饭，所以，基本也管不了这几个孩子。老大朱裕由于天天在账房里，所以也就跟两个弟弟没有太多接触。那成天的，就是这个老二朱存带着老三朱温玩。这一来二去的，朱温这个习性就有点儿随了他二哥朱存了。朱温每天日上三竿不起来，藏在草垛里睡觉，谁也找不着他。朱存虽说性情也挺顽劣，但至少还能去镇上干点儿力气活儿，多少拿点儿钱回来帮衬一下家里。这个朱温可不是，自从小时候到现在，他一直都认为，自己生来就应该是一个富贵的命。他跟他二哥不一样，朱存有时候说这话多多少少有点儿心虚，但朱温不是，他就是坚定地认为，他本人就是人中龙凤，早早晚晚出人头地。

每天中午时分，基本上谁也找不着这个朱温在哪睡，他每天睡觉的地方根本不一样。他会在某一个房檐上，发表一下他的人生感言："我朱温，人中龙凤也，早早晚晚出人头地。所以，你们这帮乌合之众，最好现在对我好一点儿，否则，我以后当了大官，我杀你们全家，就跟杀了一只臭虫没什么分别。现在，离我一飞冲天的日子可不远了，所以，今天我得好好吃饭、好好睡觉、好好吃酒、好好赌钱，最后，把我的身体养得棒棒的，有朝一日，八抬大轿抬着我，夸街而过，让尔等都对我毕恭毕敬。"房下的人，无非都是刘府的下人、丫头，哪个能跟朱温一般见识啊。

朱温与朱存肯定能玩到一块儿去啊，而且从来都不务正业。朱裕一直都在刘府上下忙活。但是朱存、朱温哥儿俩根本不拿刘府的这些活儿当回事，还真的拿自己当起少爷来了。刘崇觉得这二人年幼丧父，也确实可怜，所以也就没太管教。毕竟是后爹嘛，管教自然也得亲娘来。但亲娘王氏怎么舍得打呢，只能任由朱存、朱温二人自由生长。

在缺乏管教的情况下，朱存、朱温二人当然是没上过私塾、没念过书的，但大眼瞪小眼地，很多常用的字，还是可以大概认全，基本也就是这么一个文化程度，入仕为官，考取功名是根本不可能了。而且很多账房、书写的活计也根本干不来。那就让他们去做些卖力气的活儿吧，哎,这俩人根本不屑于干。用朱温的话讲,老子以后是个出人头地的主儿,让我扛大包?想都别想。到了十八岁成年之后,刘崇一想,也别为难这俩孩子了,现在孩子大了,想管也管不了了。所以,就尽量管他们温饱,但其他就由着他俩自生自灭了。

朱存、朱温最后发展到早上去东街偷鸡蛋,下午就去西街抢面条,晚上再去街面上跟摊贩那里讹几个钱来,再去赌局过上几把瘾。这还不算,甚至有时候当街调戏民女。看哪家的姑娘好看,就尾随到人家家,然后进门就要提亲。没权没势的老百姓,哪里斗得过这种泼皮无赖呢?最后就没办法,让他们张口出个价儿。朱存、朱温就这样,虽然身上也没惹什么大的罗乱,但也被整个十里八乡的人厌恶,被人称为"砀山两枝花"。

砀山后来还有歌谣给他俩编排了一通,说什么:"砀山温存两枝花,不知今朝赖谁家;哪日二朱暴毙死,街边嫌弃恶狗拉。"您瞧瞧,都把砀山人恶心成什么样儿了?所以,自从朱家这二位被砀山人嫌弃之后,可再也没有后来混得好了。谁看着这哥儿俩,商户早早关板打烊,生意都不做了,也得躲着这俩讨债鬼。没办法,朱存、朱温总不能没进项吧?所以,最后,还是刘崇可怜他们,听说宋州刺史张蕤最近要行围打猎,就缺这种把野兽轰进包围圈,然后等野兽被射中,就过去给捡一下猎物的人,就把他俩介绍过去了。

所以第二天一早,他们就去到人家的猎场那里帮助围猎,那里有很多像朱家哥儿俩这种人,然后穿上人家给配的衣服,自己再打点儿树枝树叶,就往自己身上盘,给自己伪装成植物什么的。然后耳朵听着号令,如果后边官家有人喊"围",再看旗子的方向,向左挥一下,就是往左走三十米,向前就是旗子上下三次,什么时候喊"停",他们就停下了,喊"伏",他们就原地趴下了。这种活儿,还不如杂役呢,杂役还有中间休息的时间呢,这种情况下,出来之前,给你身上肯定带上足够的水和干粮,干一天活儿,中间不许跑,跑了没工钱,最后到日落西山之后都去猎场的官家处领工钱。朱家哥儿俩干了两天,在大林子里趴得腰都快断了。但这活儿根本不可能让你休息,所以,朱温就有点儿浑身难受。一看周围没人,他就想起来方便一下。因为他瘦,所以一棵大树正好挡住他,这时候,突然飞来一支箭,从他耳边嗖地划了过去。

朱温当时就吓蒙了,动都不敢动了,他一激灵,全尿裤子上了。这时候听后边官家喊"围",然后旗子往右挥了一下。朱温明白,肯定得往右走三十步啊,可问题是,他现在裤子湿了,没办法,只好硬着头皮往右走。这时候,突然出现一位妙龄少女,一身白衣,从朱温身边蹦蹦跳跳地经过,吓得朱温又一激灵。刚开始少女还没看见朱温呢,因为朱温身上还缠着树叶呢,但后来她看着了,还发现朱温居然尿了裤子,一捂嘴,扑哧一下乐了。这时候,少女也捡到了射中的猎物,那是一只灰色的野兔。少女说:"呵呵,你没事儿吧?"朱温看着这生得国色天香的少女,整个人都傻了,心想这个世界上怎么可能有这么美的人哪?愣了一下之后,朱温傻笑着回:"哦哦,我没事儿。"少女说:"还说没事儿,你耳朵上都流血啦。"朱温完全没感觉到,自己耳朵被那支飞箭擦出了血。"而且,你还尿了裤子。哈哈,你这小孩儿,真有意思。"朱温本来想争辩说自己只是个子小,其实都十八了。但自己现在一身树叶,而且身上不是灰就是泥的，还刚尿了裤子，所以，就啥也说不出来了。

这个时候，只听见战马嘶鸣，一队人马停在朱温和少女跟前。为首的一人气宇轩昂，向少女唤着："惠儿，你找到那只野兔了吗？"少女回头答道："爹，我找到啦。可是……""可是什么？"那人问。"可是爹爹，这里有一个小厮，被你的箭擦破了耳朵，而且，他还尿了裤子。这个小野兔，我们赏了他，给他压一压惊，也好回去将养一下，好吗？"这时，那人哈哈大笑说："我的惠儿，就是天性纯良，好，就依了你。"少女将那只射中的野兔交到朱温手上，又蹦蹦跳跳地上了那人的马，然后一队人马又飞奔离去。只剩朱温整个人呆在那里，手捧着那只带着箭的野兔。这时候后边有官家的人上来直接将朱温按倒跪下，恶狠狠地说："还不快叩谢刺史大人！"朱温连忙跪下低头："叩谢刺史大人！"

一直到整个马队都跑没影儿了，猎场官家也都撤了，朱温还在那地上跪着没起呢。这时候朱存到朱温跟前一踢朱温："哎哎，人都走了，你差不多起来吧。"朱温这时候才恍恍惚惚地站起身来，眼望着荡尘而去的马队，问朱存："他们所说的刺史，就是宋州刺史张蕤吗，你说？"朱存说，那肯定是啊，那是咱这次围猎的东家啊。"那这个绝美的女子，刺史大人称她为惠儿，那她会不会是刺史的千金啊？叫张……惠？"朱存一听朱温这话茬儿不对，赶紧一手指头捅醒了朱温："你这个憨头！想啥哪？人家刺史的千金，能看上你这个愣毛儿青？别做梦了！"

自那次围猎以后，朱温就算坐下病了。每天再也不跟朱存去街上左偷右讹了，成天就在家吃了睡，睡了吃，然后手拿着那支箭，望着墙上那张被剥下来的兔皮失神。"哎呀，张小姐，张小姐居然看到我耳朵出血了，这根本就是在意我。还看我尿了裤子，然后就把这只兔子赏给了我，这……完全就是对我有意啊。"然后念叨着就睡着了，一会儿睡醒了，接着自说自话："哎，你说，那天围猎的人那么多，她张小姐怎么不偏不倚地，就跑到我跟前，然后就把这只兔子给了我呢？这是不是就说明，她对我有点儿意思？"朱温他娘王氏，实在是被朱温吓着了。敢情就跟去围猎一次，这魂儿就被摄去了？口口声声什么张小姐，什么兔子，什么箭，什么裤子的，疯疯傻傻了一般。虽说之前朱温去街里偷偷摸摸、赖赖讹讹的，肯定是被街坊四邻指指点点，但是，那时候的朱老三至少是个正常孩子啊。与其这样疯疯傻傻的，那还不如换回那个泼皮朱三呢。虽然说，成天给人家赔不是，说好话，那也总好过，三儿子真真儿地成了个疯子吧？

王氏跟朱裕和朱存一商量，还是跟本家刘崇说一下这个事儿，这已经超出了娘儿仨的能力范畴了。刘崇一听这事，脑瓜子也疼，好容易盼着朱温不再出去惹是生非了，这回可好，快傻了。最后，刘崇找到砀山最有名的一位先生，给很多人都看过病的，而且还会教书，教过很多生员，都去长安中了科举，当了不大不小的官员。但对朱温这样的，人家真心不想给瞧。这相思病算个什么病呢？勉为其难地，这人来看了看朱温。朱温还是疯疯傻傻地自说自话，那人就在朱温耳边嘀咕了几句就走了。临走时跟王氏说了一句，如果这句都没用，那这人就算是废了。

这郎中走了，但朱温还是那样，基本也不太吃东西，三天只喝了一碗粥，这人再这么下去就算是废了。然后王氏在朱温耳边尝试着问，大夫在你耳边说了句啥？你跟妈学学。这话一出，朱温眼睛登时一亮，一下子坐起身来，直勾勾地瞅着王氏，然后嘟囔："是啊，他跟我都说啥了？"王氏一听，完了，这请大夫的钱算是白花了，朱温根本想不起来了。正想发作的时候，朱温"啊"了一声，说想起来了，大夫说的是："人家张小姐不可能嫁给你，除非你朱温有一天成了节度使。对对对，说的就是这句。"这句说完之后，朱温这成天唠叨的话又变成了："不行，我得当节度使。不行，我得当节度使。我当了节度使才能配得上张小姐，才能配……"王氏一看，这还算是有疗效了吧。到了晚上掌灯时分，朱温开始吃饭了。虽然到晚上入睡的时候，闭上眼睛还是："不行，我得当节度使。我得配得上人家张小姐。"

一夜无话，次日天明，朱温居然早早起来，往常可必须是日上三竿才能起的主儿，而且得王氏叫个三四次才行。这次，早上五点，朱温就起了。起了然后干吗呢？给刘家烧水、劈柴、生火、做饭，且忙活了一上午带一中午。中午吃着吃着饭，就又吃不下去了，跟王氏说，不行，我得找我哥去。王氏一听他说找他哥，反倒乐了。她知道，朱温是去找朱存了。这至少说明他正常了，虽然街里坊间地去放浪，但总好过这种没来头的失魂落魄吧？

在桥头的一棵大槐树底下，朱温找到了正在吃鸡腿的朱存。朱存一抬头发现是老三，直接给他一个鸡腿吃。朱三居然不接，还说，哥，我找你有重要的事要商议。朱存乐了，咱俩这天天在街上混，能有什么重要的事商议？难不成真的要去宋州刺史府上提亲不成？

"我想去投义军。"一听朱温说完"重要的话"，朱存吓得脸都青了。"你知不知道，咱要是去投义军了，就算是叛逆，要满门抄斩的，你懂不懂？"这个朱温当然懂，但是，这也是他目前唯一能想到的有可能当上节度使的办法了。朱存思考再三也不想去，朱温一句话打动了他："哥，咱都快二十了，难道一辈子窝在砀山这种穷地方不成？就咱家这底子，想当个一官半职，门儿都没有。咱拿啥去攀人家官家呀？咱除了造反，还哪有可能享受荣华富贵呢？没可能。哥，咱除了这一条路，没别的路了呀。难道你想像老大一样，在刘家账房里窝一辈子？"朱存听罢这话，直接一句："嗯。老三，你具体说说咱下一步应该咋办？"朱温说："一不做二不休，咱跟刘崇去借二十两银子，然后……"朱存一惊："你别是要杀了砀山的县令，拎着人头去投义军吧？"朱温被二哥的话气乐了。他说："你得了，咱干吗杀县令啊，县令对咱家挺好的，对百姓也算不错。咱就是人高马大，有把子力气，有啥不会的，咱可以学，咱就是想造他大唐的反，就是想当大官，光宗耀祖。"朱存频频点头称是。

刘崇一听朱存朱温想讨些银子到外地去"务工"，乐得送这两个肉头离开砀山。要不然他刘家在砀山都连带着被人指指点点的。不过王氏还是有些舍不得，这俩儿子一起走，就好像是心头肉少了一大块。不过还好，朱裕表示不跟他俩去，说是等着他们的好消息。其实，无非是不相信这哥儿俩能闯出什么名堂来。说着话，朱家二人带着二十两银子走到了大门口，王氏扒在门上依依不舍，一个劲儿地跟他俩说，无论到了啥地方，记得一定给家里来信，一定一定。兄弟二人这才跟自己的娘亲洒泪分别。

从砀山县出来，到哪里去呢？朱温早就听说，一共有两股义军，一股是濮州的王仙芝，一股是居于曹州的黄巢。朱温思考再三，决定去奔曹州。此时的王仙芝先一步来到曹州，兄弟二人先进城，并未去义军的征兵点。他们想再看一看。后来，黄巢率众浩浩荡荡进入曹州，朱温一眼就相中黄巢，说此将军必成大事，比他之前见的王仙芝强百倍。王仙芝虽说也是大将军，但眉宇之间有一股阴郁之气，不像黄巢，人高七尺，眉间放光，这是能笼络人心的气度。于是朱存、朱温就都到了征兵处，都报了名。说来也巧，这时候黄巢刚好带着孟楷视察征兵，正好遇到朱温二人签字画押，就顺口问朱温，你为何来投军啊？难道你不知道咱这是造反吗？朱温脖子一梗，说："反正现在在家也未必有活路，还不如报到冲天大将军门下，杀出他一片天地才叫爽气！"一句话说得黄巢哈哈大笑，于是将兄弟二人招入他的亲兵卫队，先期进行武艺演兵。

亏了有这个武艺演兵，否则，就朱存、朱温二人，怎么可能上得了战场？那朱存，才跑几十丈路就累得不行，非得跟军曹说想歇歇，结果被军曹狠狠抽了十五鞭子，没过十天，就健步如飞了。朱存是属于"人怕逼"这类的。但朱温不是，虽说他也累，他也不想受苦，但一想到张小姐，就好像浑身都充满了力量。他每天寅时就起身，早早地起来练操习武，没过多长时间，这兄弟二人的武艺都大有长进。

此后，朱氏兄弟二人跟着黄巢转战南北，出河南，转山东，去江淮，入闽地，居岭南，朱氏兄弟无处不拼杀。其间，朱温屡立战功，被提拔为队长、副将、参将，最后到将军。在岭南黄巢军被疫病所缠，朱存就没挺过来，把命丢在了广州。在中原乱战的时候，其中几次，朱温都主动请缨去攻宋州。其实无非是想攻入宋州，能见到他心心念念的张小姐。其中最近的一次，朱温攻宋州，有探子告之，宋州刺史张蕤已经退隐，现在人在何处，无从得知。这种四处征战的生活，非常劳苦，有时候还会负伤。这个时候肯定是需要一个女人陪伴最好。很多属下也给朱温征来一些妇女，有些也很有些姿色，但朱温全都回绝了。义军从岭南再次杀入中原的时候，不知不觉中，朱温已然有两世为人之感，中途送走了兄长朱存，自己感觉自己已然死过一回了，所以，更把生死置之度外。

一次，黄巢命他去攻同州，他很容易就攻下了。然后黄巢就封他为同州节度使。其实黄巢封的这种节度使，根本不作数的，所以，朱温也没特别当回事。当然，属下和兄弟们饮宴自不必少。此刻你说朱温高兴吗？他也高兴，但就是美中不足，有那么一丝的不足，如果此时此刻有张小姐来分享他的成功该有多好啊。"你知不知道啊，我朱温如今真的成了节度使啦，可是，美丽的张小姐，你到底在哪儿啊？"入夜，朱温想着想着，眼泪已然打湿眼眶。

这个时候，兄弟们为了祝贺朱温荣升节度使，就给他送来了一位美人。据说是在攻同州的时候在城外掳来的，说是这样的美人，朱温一定会满意的。朱温听了这话，只是苦笑一下罢了，心想，进了帐之后，就将那妇人打发了去吧。可是，等他一进入他的大帐的时候，他猛然间感觉，眼前这个妇人的背影，怎么会那么像他日思夜想的张惠张小姐呢？他试着咳嗽一声。没想到，竟惊了那帐中的妇人。那妇人转过脸来，朱温一看，这不正是他多少次梦中见到的张小姐吗？"我的天哪，我朱温不是在做梦吧？难道，难道张小姐如今真的在我的帐中了吗？"心中这样想着，眼泪却根本止不住了。张小姐一看来人哭了，而且对她没有歹意，就问朱温是谁。

听张小姐问他是谁，朱温蹲下又哭了。再抬起头的时候，已是满脸泪花。"张小姐，难道你不认得我了吗？我是朱三啊，你不记得了吗？就在三年前，在宋州的围猎中，你爹射中了一只野兔，然后你看我耳朵出血了，就将野兔和箭全都送与我了。我就是那个人哪，自从那次见了张小姐之后，朱温茶饭不想，一心想当上节度使，好去宋州找你。但不承想，我两次去宋州寻你，都说你爹退隐不知去向了。"朱温此时已然泣不成声。稍稍缓了缓心神之后，他又说："你知道，这些年我是怎么过来的吗？"这时候，他从他帐中床上的枕头底下扯出那张兔皮，可能是因为每天睡觉都枕着它，都有些掉毛了。然后，他又从箭囊中把所有的箭倒出，最后把粘在最里面的那支箭费了好大的劲才拔出来。张小姐接过那支箭，看到箭身上写着一行小字：宋州刺史，张。

张小姐根本没想到，仅仅是见过一次面的人，怎么可能会对她如此用情至深？于是在帐中，将自己这几年的情况讲与朱温。她父亲张蕤早就退隐了，可还是住在宋州城中。但后来宋州城破的时候，她父亲就急火攻心去世了。她和母亲也没了进项，而且宋州城破之后，黄巢军一直在搜捕各级官员和家眷。很多官员的家眷都被充了军妓。所以张小姐和母亲几次三番逃难，根本不可能带出什么银两，饥一顿饱一顿地最后逃到了同州，才算是稍稍安定下来，后来开了一个小成衣铺，靠之前闺中学的成衣手艺勉强度日。但这次义军又破同州，在逃难途中，被义军掳来了军营。

朱温感叹，果然是天意。如果没有这次攻同州，咱们应该也没有可能这样相遇。"张小姐，我朱温是个粗人，当年，只是一个围猎的伙计，但你要相信咱，朱温对张小姐的心是金刚炼成的，过去，现在，将来，都是不可能改变的。我朱温，今生只中意张小姐一人，如违誓言，天诛地灭！"张小姐在军中惊吓之余，能遇朱温这个同乡，已是幸事。况且，他又如此中意自己，这种惊吓之中的惊喜，还真的挺让人一下子缓不过神来的。这时候朱温又说："张小姐，俺为了你，后来发了一个毒誓，俺朱温朱老三，以后一定当个节度使，然后去娶张小姐。如若不然，俺终生不娶！"这一番话讲来，张小姐就算是再铁石心肠也被感动了。眼前这个朱温，虽然没有什么文人雅士的文采，但那种炽热而浓烈的情感，让张小姐在经历丧父、逃难、人生坠落之后，仿佛见到了生命中的一缕阳光。所以，张小姐最后在帐中对朱温说："将军您大英雄也。小女子根本没你想象那般美好，但只要将军不嫌，做您的一房小妾，小女子也心甘情愿。"朱温一听这话，高兴得简直要飞起来。傻乐了差不多半炷香的时间，然后直接蹲在张小姐跟前，对张小姐说："你以后可不许说什么给咱做妾这种话了，俺朱温从今只有一个媳妇，就是你张惠张小姐！"然后朱温一下子将张小姐一扛上肩，在军营里大呼大叫："太高兴啦，我终于要娶到张小姐啦！我朱温今天是这全天下最幸福的人！"

被他这么一闹，整个大营里，除了哨兵之外，几乎所有人都来围观。兵卒们还说呢："哎，这女子不是刚送进将军营房的那个吗？怎么，这就要成亲了？"有帐中知道点儿消息的人互相告知，所有军卒都被感动了。然后他们此刻集于大帐营前，将长矛不断地捶地，然后齐声高喊："将军威武！将军威武！将军威武！"

朱温此后战事更加攻无不克，有了张小姐的助力，朱温就像是换了一个人，深谋远虑，沉着老练。在一些战事胶着的时候，他很喜欢跟张小姐来讨论一番，看看战场的各种情势如何演进。哎，想不到张氏在闺中之时还真熟读了不少兵书策略，所以，很多时候，还真能给朱温出一些很独到的计策，使本来作战就勇猛的朱温更加如虎添翼。

后来朱温在张氏的劝谏下，在作战的空当，遍访名士，最后才请出了一位惊世奇才尹梁。所以，攻伐战法上，朱温更倚仗尹梁，而一些战略上的事情，他更喜欢跟张氏商量。

后来，朱温在战事中发明了一种叫"拔队斩"的战法。简单说，就是战斗中，将所有军卒分成众多的小队，然后身后有很多督军官，一旦一个小队打了败仗，表现最差的赏军棍或是处斩。而更残酷的是，只要这一小队打了败仗，督军官一经确认，就将这一小队人全部处斩。这也就倒逼着军卒们用最勇猛的力量来作战。另一方面讲，朱温也是用一种极残酷的手段，将军中体弱多病或是技术战术修为差的人以杀戮的方式除掉。所以，朱温的军队是战力强悍的一伙狼兵。就算是义军中战力最强的班翻浪来了，也未必在演练中能胜过朱温的这些小队。所以，朱温的队伍，被人称为"狼中之狼"。

但是呢，这"狼中之狼"也有不好用的时候，比如之前所说，在东渭桥的时候，缺少粮草。朱温就算是将这帮狼兵养得再英武，也没法做无米之炊。所以，最后当黄巢让朱温杀戮过路的百姓，将尸体充作军粮的时候，朱温对黄巢的不满就已经到极致了。自从进了长安之后，黄巢的性情就大变，而且朱温所有的密信都被孟楷截留了，根本到不了黄巢那里。所以，朱温是真的觉得跟着黄巢有可能死无葬身之地。一方面，他跟尹梁研讨之下，决定去王重荣那投唐。另一方面，回到府内，他还跟张氏研究此事，张氏听了，先没说话，只是给朱温缓缓倒了一杯清茶，然后说："难道将军以后就只能做黄巢那厮的节度使吗？这个所谓的节度使，跟真实的节度使，可是差了十万八千里啊，将军。"听了张氏一席话，朱温一下子心里就亮了。所以说，投唐的大方向，也不见得是依了谋臣所言，而是朱温顺了贤妻的助攻罢了。

第六章　克用诨名李鸦儿

朱温降唐之后，正在河南与王重荣谋划如何剿杀黄巢。朱温并没有忘记，在他们背后，还有一个从山西杀入长安的李鸦儿。而朱温此刻并没有心思来防备李克用，但并不代表不重视他。相反，他将研习他的任务交给了尹梁。如果说黄巢带领的所谓义军是狼兵降世，那李克用的这支沙陀军，就是豹子翻身。至少在燕云之地还是没有对手的。

要讲起这李克用的身世，就说来话长。本来李克用他们家是不姓李的，他们都不是中原人士，而是沙陀族人。沙陀族人一直生活在甘肃以西的大漠之地。由于祖上生活都非常艰难，所以一直以猎食为生。他们虽然与驼队生活，但有时候也会猎杀大的动物，比如一种叫驼牛的东西。世世代代过这种清苦的生活，他们自然不愿，于是在他们族长朱邪氏的带领下，他们计划从甘肃迁往玉门关以东。但是，哪那么容易，在半路上，他们遇到了吐蕃与唐兵的混战，一时间他们也分不清应该跟随谁。但吐蕃最后战胜了，占领了陇西地区。于是朱邪氏领族人就归顺了吐蕃。但吐蕃却从来不把沙陀族人当人对待，比如起战事时，他们只会将沙陀人顶到最前面去"送人头"。在多年的征战中，沙陀人死伤大半。最严酷的时候，沙陀族人最后就剩下两千多人。

一看这种情势，朱邪氏就将沙陀人又领回了陇西。但他们忘不了，他们的忠义被吐蕃人利用了。而这受骗的代价，就是留下了与唐朝争斗的历史，与大唐为敌。所以，在那之后的几十年里，沙陀人根本没有机会再入玉门关以东地区，无论如何对大唐俯首称臣，无论派使者去长安说多少好话、进贡多少珍宝美味。所以，朱邪氏一直都很内疚，觉得他们对不起族人，也对不起大唐。他们一直想向大唐效忠，但苦于没有机会。

事情的转折来自庞勋起义，庞勋带的大队中原军卒去桂林之地戍边，时间已满，但朝廷却好像将他们这队人忘了一般，戍边日期一拖再拖，最后由于思乡心切，在第三个年头上，这队人马反了，实在是被逼反的，他们决心自己从桂林走回山东去。那这一路上，谁挡杀谁，一路上势不可挡。当时的唐廷派出了几路征伐部队都被杀得大败，而各镇节度使都作壁上观，只等朝廷军队与义军杀出个结果，节度使再出来收拾残局。五次派兵围剿失利之后，唐廷终于想到了沙陀人。你们不是一直想对我大唐表忠心吗？那就去把忠心倾泻到庞勋一众身上吧。

朱邪氏领旨谢恩之后，立时带队赶往桂林。毕竟是个天不怕地不怕的民族，况且，这一仗是沙陀人的安身立命之仗，不容有失。所以沙陀人玩命地围剿，庞勋终于被杀得大败，在此后虽有少量的反叛力量起来造反，但已然形不成对唐廷的重大威胁。经此一役，沙陀人族长身死，而且族人死伤三千余人，而对于当时只有五六千人的沙陀人来说，近乎灭族。

朱邪氏征伐有功，有大功，而且剿贼惨烈，唐廷此时注定不能无动于衷，所以，仅仅赏一些金银已经表达不了唐廷对他们的赞赏之情。于是，唐廷做出一个常规型的动作——赐朱邪一族国姓，改姓李。而他们的居住之地，唐廷也为他们选好，就在云州以北七十里之地。这种赐国姓的封赏，在大唐的历史上非常多见。但对于久被忽略的沙陀人来说，这简直是无上的荣光。况且，还得到了他们久违的封赏之地。

沙陀人虽然看起来进入玉门关了，但其实也相当于没进。因为云州之地本来就是边关，然后他们的驻地还是在云州以北七十余里，这根本就不叫收服，其实是另一种形式的发配。而且唐廷在暗地里也给历任云州刺史有所交代，说这沙陀人不能充分信之，只将其搁置于此，一旦有用，中枢和云州同时发命，方可调之。

这时候沙陀人的首领朱邪赤心被唐廷委以重任，被封为振武军节度使，而且由于被封国姓的缘故，改名为"李国昌"，寓意大唐"国运昌达"。而李克用是李国昌的三儿子，"克用"的寓意自然也是甘为大唐兴盛"克敌辅用"的意愿。

李克用自五岁起就开始学习骑射，长到十八岁的时候，马上马下功夫，传说已可"千人敌"。而且射箭的功夫尤其了得，他可以将远在一百米外的飞鸟射死，其精准度可说无敌。但在小的时候，他最喜欢的还是射大雁。由于每年大雁都组队南飞，李克用就喜欢在中途同一地点设一营寨，所有弓箭了得的勇士都将与他比试高低。在他十七岁那年，他射下了十只大雁，一整个雁队都快被他射尽了。只有一只最能飞的头雁，他却没有射中。一时间，李克用憋了一口闷气一样难受，于是用一弓同时将三支箭射向空中。那只头雁应声掉落，但发现雁身上只有一支箭，正在这时，一支箭从天而降，将他队中的一个随从自百会穴穿入，随从当场七窍流血而亡。可是一共有三支箭，于是大家就乱了，有一队护卫专门保护李克用，却一直没发现天上有箭掉落下来。有人猜想，也可能是那支箭射中了哪只大雁，大雁带着那支箭飞走了。于是整队人马宣布撤队。

可是当整队人马走出一里左右的时候，突然所有人听到头顶有箭飞驰而来的声音，大家又慌忙躲避，李克用见状哈哈大笑，说："尔等怕甚？你们都太看中俺克用了，俺怎可能有这般神力，这一支箭，怎的射出一里地远的吗？"然后仰天大笑。可正在这时，一支箭从天而降、穿云切雾，直中克用身前兵卒的头盔，然后经过回弹，正中李克用的左眼。李克用当时大叫一声，掉落马下，昏死过去。

李克用被送去看医，大夫忙说，不行，此眼怕是保不住了，必须摘去。于是李克用从此成了独眼将军。就在李克用将养伤势的时候，也不知怎的，李克用府邸的周围，树上、屋脊上落了好多乌鸦。有用人在夜半更深的时候，居然看到一只带有金黄边缘羽毛的乌鸦，将射中李克用的那支箭，从厅堂之中衔走了。于是坊间传闻四起，都说这是天降祥瑞，所谓"神鸦点将"、天神下凡。李克用根本就不是什么将军，而是天神下界，来救黎民，所有的说法传得神乎其神。一时间，"李鸦儿"和"独眼龙"的诨号不胫而走，此后，无论唐廷还是各地节度使，都知道云州以北七十里有一位盖世英雄"李鸦儿"。

李克用作战勇猛自不必说，而且此人忠义有节，一直都乐于收养养子。每每战事之后，他都会将战场上无主的幼童收养起来，女孩子就收为养女，练习功夫，等这些女子长大之后，就在内宅保卫女眷。而那些男孩子，自不必说，一定是在军中舞枪弄棒，学习兵书战法，以"猛将军"的格局和方向来培养这些义子。李克用一口气收养了十二个男孩子，加上他的独子存勖，被坊间传说成"十三太保"，不仅如此，李克用还豢养私兵，再加上"太保"们，李克用的家兵就可以当军队来用。在以后的争斗之中，"十三太保"和家养私兵都起到了异乎寻常的重要作用。

李克用的宅军规模越来越大，虽然唐末都有养牙将的惯例，但是李克用毕竟是沙陀族，唐廷是不可能容忍他来养牙将的。于是他就请示他爹李国昌，奏请朝廷说，云州以北，近年一直都有契丹人出没，由于身处边北，所以云州防务守备相当被动，特申请养一支"飞虎军"，在边北机动迎击契丹人随时发生的袭击。这话说得冠冕堂皇，但唐廷也分明能听出来李家肯定是养了些私兵私将，但就咬住一样，养可以，但不给拨钱粮，军费自己解决。怎么说呢，李国昌对于从云州请回来的诏旨肯定是不悦的，毕竟是为他大唐守边关，养条看门狗，扔根骨头都不行，这"看门狗"的尊严已然低到了尘埃里。一听这话，李克用怒不可遏，跟李国昌说了很多过头的话。当然，关上门，自家人不大可能让唐廷知道。

可唐廷毕竟还是同意了飞虎军的建制，至于钱粮从何处来，边北之地自然会有自己的办法。于是，李家父子的这支武装就这么堂而皇之地建立起来了。

唐廷也并不傻，为了牵制李家父子，说李国昌是振武节度使，所以，平日里必须在云州主持防务。其实云州的防务，什么时候轮得上李国昌发号施令？一直都是云中防御使支谟独掌大权。而这个时候，支谟对李国昌说，听说你的三子雄武异常，可考虑封为"云中牙将"，带一支二百人的骑兵在云州内巡视。话是这么说，支谟还称李克用为"飞虎子"。但实际上，是将他们与云北七十里的飞虎军隔离开，分而制之。这种计谋，李家父子怎能不知，但毕竟还是慑于唐廷的威严，不得不从。

事情的变化开始于乾符五年（878）的一次换防。支谟戍边多年，告老还乡。接替他的是大唐名将段秀实的孙子段文楚。而此时的李克用已然长成为一个成熟的将军，并被封为云北兵马副使，镇守蔚州。而这一年，云北之地又赶上大旱，百姓饥迫，军粮紧张，漕运又接济不上。云北各军中多有饿病而亡者，其中百姓多于兵卒，但云北的将士多是云蔚二州人士，乡亲饿死，总不可能无动于衷，所以，军心开始浮动。这个时候，李国昌和李克用二人向段文楚请示，可不可以放一些粮食给周边的百姓，如果百姓不稳，军心不定，恐引起哗变。段文楚不是不知道粮食的情况，但是，他的一个暗线职责是控制李家父子，不能给他们机会囤粮养兵。所以，段文楚就断定是李家父子夸大了缺粮的情况，借旱灾之机，向云州国库套取粮食。所以，段文楚断然拒绝了李家父子的提议。李国昌被撅了个对头弯，自然收不住火气，就与那段文楚当庭吵闹了几句。段文楚一看这家伙根本不给他这个守备主官的面子，怒火中烧，直接赏了李克用四十军棍，杀杀他的威风。

事后，李克用在振武节度使府内养伤，在病床上还气冲斗牛，说实在忍不了这个段文楚，早晚有一天把他脑袋拧下来装上沙子挂到旗杆上暴晒七七四十九天。李国昌当然跟李克用的心情是一样的，他们当然对百姓的疾苦了解深刻，打了李克用军棍，也相当于打了他李国昌的脸。可是，无奈的是，他们是唐廷的官员，而且被赐了姓李，好不容易从陇西风沙之地来到云州，还未过三世，切不可有任何动作惹怒了朝廷。虽然李国昌苦口婆心，但李克用这飞虎子，怎受得了段文楚这小白脸的窝囊气？虽说也不至于怎样，但这梁子也算是结下了。

李国昌好容易将飞虎子李克用劝说好了，伤养得差不多，就将他送去了蔚州。但他不知，真实的事变就在眼前。而这个潜在的危险，居然就在他们沙陀的营中，而重要的节点，居然是自己的亲弟弟——李尽忠。这尽忠与国昌，虽是亲兄弟，但性情可大不同。李国昌偏于隐忍，可能主要是他身居沙陀族长的原因。李尽忠则不然，大煽大叫，没事儿找事儿，起刺儿发难，年轻的时候就爱招惹是非。李国昌深知他这个弟弟不是一个好摆弄的家伙，但好在人总有弱点，李尽忠比较好色，李国昌给李尽忠在蔚州建了一方府邸，送了他六个绝色美女，于是，好酒好肉，声色犬马，也算相安无事。但是，李国昌独独忘了，现在蔚州的守备是李克用在做，那他这个叔叔有没有可能对李克用产生什么影响？李国昌也并不是没想到这一层，但想了想，觉得李尽忠是酒色性情之人，权谋之事，应该不至于过问过多，多送些好酒好肉，生活快乐即可。所以李国昌就对这个亲弟弟并未设防。

李尽忠对权谋之事肯定是不在意的，可因为女人争风吃醋，这注定是有的。段文楚有一个小癖好，在他心烦意乱的时候，喜欢叫一些歌妓入府弹唱解闷。很多时候，弹唱到晚了，就将歌妓留在府中过夜了。有一次，段文楚又唤了一些歌妓入府，其中有一个叫"鸣叶儿"的小妓，是蔚州歌乐坊的头牌。段文楚对此早有耳闻，就命云州歌乐坊将鸣叶儿从蔚州"请"来入府弹唱，然后弹到深夜，段文楚就将鸣叶儿留在了段府，后来索性就收了鸣叶儿做了他的小妾。殊不知，这下子可触到李尽忠的七寸上了，段文楚哪里知道，这李尽忠，早就对鸣叶儿暗生情愫。虽然家里又是妻又是妾，但李尽忠独独对鸣叶儿情有独钟，最后到山盟海誓的地步。段文楚这么一来，就仿佛给李尽忠遥送了一顶绿帽一般。李尽忠何时受过此等羞辱啊？在府中跳脚大骂段文楚道貌岸然、人面兽心。但由于地位悬殊，李尽忠还真拿段文楚没什么办法。

几番入夜无眠，不报此仇誓不为人的李尽忠终于想到了报复段文楚的办法，那就是他的亲侄子李克用。李克用去段文楚那里请粮未果，回府之后大骂段文楚的事，李尽忠早有耳闻，所以，他觉得他这个侄子飞虎将军李克用定能让他大仇得报。几日之后，李尽忠过府去探望侄子李克用。酒肉席间，李尽忠就问李克用："现在云北之地饥民如流，这种情况蔓延下去，哪一天起了兵变，很可能云蔚之局难以维系啊。"李克用心里一直想的就是这个事，一听叔父提起，也是长叹一声。李尽忠一看有机会，就直接对李克用说："如今，那段文楚，美其名曰与你父国昌正副配合，同守云州，实则根本就不拿咱们爷们儿当盘菜。居然还敢打了你四十军棍，这让云蔚之间的众将怎么看待咱沙陀李家？就算军棍这口气咱忍了，可当务之急是飞虎军的粮饷已然吃紧了。还真就不如一不做，二不休……"李克用一听，叔父的主意居然是想让自己手刃了那段文楚。起初还是很犹豫的，但是，他沉心一想，现在饥民饿死无数，段文楚都无动于衷，饥民中，又有很多沙陀族人，况且，几十军棍，这口气，李克用是不可能就这么咽下去的。这种伤脸面的事，必须找机会争回来。几番纠结之后，李克用答应了李尽忠，见机行事，有机会一定将段文楚扣下行事。

还在想找什么机会，机会这就来了。这一阵子唐廷要求边北地区检查城防，尤其提到了对契丹的守备，所以，段文楚数日内将来蔚州观察城防情况。这时候的李尽忠，兴奋得坐立不安，一直往李克用府里跑。都不用李尽忠开口，李克用当然知道他此刻想说什么。但李克用还在犹豫，如果真的把段文楚就这么扣下了，唐廷怎么可能善罢甘休呢？沙陀人目前的大好局面会不会就此葬于咱手呢？但另一方面，李克用也是急切的，此时此刻的飞虎军，人困粮缺，再不批下粮草，那军队就真有可能哗变，那可不是小事情，这个哗变的风险相较于扣下个把段文楚来说，李克用还是更担心哗变的风险。所以，考虑再三，他决定，干了这一票！也好检验一下唐廷对他们沙陀人的态度。

没过几日，段文楚果然到了蔚州。李克用出城十里相迎，李尽忠也去了，他也想看一看这个段文楚是何许人，见证一下此时此刻的他，也好跟陷入囹圄的他做个比较。李克用当然会把场面的活儿做足，几乎是倾城而出来欢迎段文楚。段文楚倚仗爷爷的功劳，目中无人不说，还为人刻薄。但他无论如何也想不到李克用会对他不利。段文楚进入蔚州之后就住在李克用的府邸，李克用每天好吃好喝好招待不说，还供应了城中很多歌舞伎供段文楚享乐。席间，歌妓们依李克用之意，把段文楚灌得酩酊大醉。在段文楚人事不省的时候，李克用命飞虎军几十名护卫将段文楚和与他同来的十五名护卫、军师给捆了个结实。

次日天明，李克用在府衙升堂问话。一觉醒来的段文楚，居然发现自己跪在李克用的府衙堂下，一切就都已明白，破口大骂李克用狼子野心，大唐定将他五马分尸，诛灭九族。段文楚虽然骂，但是被扔进牢房之后，对自己的命运还是担心的，他深知受此大难，无非是因为上次拨备粮草之事给了李克用难堪。此时此刻，他能想到的，就是将他袍带中藏的十两银子偷偷扔给狱卒，托他带个口信给云州的李国昌，要他速速赶来蔚州，救他于水火之中。

段文楚明明知道李国昌跟李克用父子情深，但他现在必须赌这一把，他赌的，就是李国昌对大唐的忠心。如果李国昌也是李克用一般货色，他段文楚也只能受死了。离云州最近的大唐守军，也远在幽州。在云州，与其说是他在监视李氏父子，不如说是他在被李氏父子挟持。

云州的李国昌闻听李克用扣押了段文楚，深知事态严重，他不明白李克用为什么会如此冲动。扣押一方主官，知道的，说是将相失和，意气用事；不知道的，那就是谋反，大逆不道。李国昌没办法，亲率一小队人马赶往蔚州。在出发之前，他还办了一件极其重要的事。那就是向长安发了一封加急信函，信中说："……小儿克用，气盛方刚，不知轻急，其心于公，是前，心挂蔚州百姓，申索粮草，段公不允，而怀抑愤，今私扣段公于蔚州。臣，国昌，世受皇恩，感涕国恩浩荡，此番单骑前往蔚州，定凭三寸气息，说服克用，放下私怨，共谋边北，以隆大唐基业于万一。诚请吾皇，视沙陀一族讨逆、戍边蝇头之功，宽仁小儿糊涂一时，待克用放下刀戈，必携竖子，负荆长安，听候发落。罪臣国昌，西叩吾皇，万岁万岁万万岁！"

时值乾符五年（878），王仙芝、黄巢起义闹得正凶，当时的唐僖宗刚登基不久，朝政还都不懂，平叛王仙芝、黄巢才是要事，这么一个边北被扣的事，不能说不紧急、不重要，只是跟黄巢、王仙芝比起来，这个事都没有那么要紧了。另外，李国昌信中言辞恳切，所以，唐廷也好做个顺水人情，卖李国昌一个面子。这个想法，必定不是刚登基的小皇上想的，而是来自田令孜。边北之地，最好是能平衡下来，趋于稳定。偌大一个大唐，有王仙芝、黄巢就够闹腾了，山西可不能再乱了。

所以，到了蔚州的李国昌没过多久就收到了长安的紧急回复，说，蔚州之事收悉，"朕深感佩国昌之忠心，若臣等，可不涉血光，共谋边北防备之事。此等之事，小事可了，朕可略之。"李国昌一看，李克用这事注定有缓啊。就跟李克用晓之以理、动之以情，无非是，我们沙陀人能从西漠迁到边北，都是祖辈、爷辈的奋战所致，可不能因为一时意气，把事态扩大。

李国昌连劝了李克用三天，你说李克用完全没听进去吗？并不是。而是李克用这时候也有点儿骑虎难下。手下的将官一众人等，对于他扣下段文楚，无不拍手称快。现在就因为老爸几句话就把人给放了？那我李克用以后还怎么统领飞虎军？李克用心想："我的爹呀，虽然你说的都对，但是我李克用还是出不来这口气呀。"而且，这么多年了，老爸已然五十六岁了，他一直都想接了老爸的班，自己统领边北，造成割据一方的事实，到时候唐廷也就不得不给他一个节度使的官来做了。到时候，山西全境的好粮好钱，还不都得改成沙陀李家的私产吗？李克用无论如何都难以理解老爸对唐廷的愚忠。

李国昌眼看规劝李克用不成，就想将云州部将李成熏调来，因为这人与李克用自小交好。李国昌希望他能帮他一起让李克用回心转意。不想，第二天军中小校来报，说李成熏将军说云州守备紧张，无法分身来到蔚州。李国昌一惊，他离开云州的时候，云州守备明明是交给他的副将张周常负责的啊。这李成熏怎么口气就好像是他在守云州一般呢？于是李国昌急急离开蔚州往云州赶。当他来到云州城下的时候，数次唤守将打开城门都没人应声。此时，李成熏出现在云州城头，高声呼唤李大人："本将军依飞虎将军之命，已将那张周常正法！"此刻，李国昌只见张周常的人头从云州城头凌空飞落于他的马前，李老将军眼前一黑，差点儿没从马上掉下去。这么说来，此番事变，"不见血光"已然不可能了。这时候李国昌猛然想到蔚州城内的段文楚，于是拨转马头，急急奔回蔚州城。可是，在蔚州城头迎接他的，居然是段文楚一家五口血淋淋的五颗人头。李国昌心头一紧，一口鲜血从口中喷涌而出，一下子掉落马下，失去了知觉。

李克用虽勇，但还不至于不敬孝道反了自己的爹，因而，他将李国昌接进蔚州城，好生将养。没过几日，李国昌病体渐愈。李克用几次都想求见父亲，但李国昌借口病没好，不见。李克用知道，爹爹定是生了自己的气。于是几次拜见，李国昌才勉强答应。但见了李克用的李国昌，一语不发，也让李克用好生尴尬。"爹爹容禀，那段文楚，明明是来挟持咱沙陀李家的，这次借粮之事，看起来是冲着我李克用，其实无非是冲着爹爹，冲着现如今五万多的沙陀族人。"李国昌"哼"了一声，直接道："借个粮没借到，就是你将段家五口杀掉的理由吗？我已然向皇上打了包票，说此次你扣押段文楚，定不涉血光。你那边令李成熏杀了张周常，夺了云州城。这边还杀了段家一家五口，这算什么？这算反叛，大逆不道！现如今，你让我跟皇上怎么解释，这朝廷要是派兵来伐，如之奈何呀？"李克用最不爱听唐廷如何如何这种话，派兵来伐就干他一仗，反正唐廷永远不会拿咱当自己人，即便你再努力地巴结他们。

李国昌长叹一口气，没作声，摆摆手，让李克用退下了。李国昌怎么会不知道唐廷永远不会拿沙陀人当自己人这回事呢？但又能怎么样呢？你现在恭顺尚且如此，你反了，不是更落下口实被人征伐吗？李国昌如今心有余力不足，当他那日在云州城头看到李成熏的时候，心里就明白，自己的时代已然过去了。李克用说是在夺云蔚，实则是在提前接他的班。现在，他只是作为李克用的爹爹在这儿发矫情，实则云州蔚州的大小事务，已然全听命于李克用了。

虽说段文楚这事一定不算是好事，但是李国昌还是在其中看到了李克用的将才风范。只是现如今怎么收场，他真的是想不好了。如若真的绑了李克用去长安，结果并不会好，非但不会解了唐廷对他们的顾虑，还会往云州加派更多人手来制约沙陀李家的。但就这么听之任之？那就更不好。杀了云州驻守命官，还不提不问，那岂不是反叛了吗？

正在李国昌苦恼之时，朝廷居然在此刻来了消息。朝廷居然将李国昌的振武节度使的官职许给了卢简方，而将李国昌定为"云州招讨使"。这就意味着，云州周边的振武军将很可能归于他人之手。振武军，是李国昌一手打造的一支边防力量，他一直视为自己的"宅兵"一般。这次朝廷的人事调整，明显是对李国昌的不信任，虽然云州招讨使属于云州的主官，但与振武军节度使相比，明显失去了实权。另外诏书中还有这么一句："……克用，猛将也。事务功过，虽有过失，但其情可原。唯要飞虎军入驻云州，听命云州调遣，其罪可免。"这话说的意思无非是，只要李克用将兵权交出来，段文楚杀了就杀了。你李家父子只要将兵权都交给卢简方，那你们就还是朕信任的人。这招棋确实还是有点儿明显了，李国昌怎么可能看不出来？

第二日，李国昌就急召李克用入府，给他看皇上的急诏，说，你怎么看这个事？李克用说，这明明是想下了咱父子的家伙，然后把咱李家彻底给清除了啊。李国昌点头称，看来不能只是听命于唐廷，还是要另想办法的啦。李克用闻听此言，顿时绽放出一脸灿烂的笑容。

时至五月，李国昌与李克用的云州、蔚州兵马合兵于斗鸡台，并发布誓师檄文，称："沙陀李家，实逼无奈。此定代北，平定幽云。代君拒胡，防卫契丹。将在于外，容沙陀李氏便宜行事，难听授命。为大唐防范边北，开疆拓土，略尽绵薄。此向西叩首，万岁知悉。"这意思已经再明显不过了，就是说，咱沙陀李家，情势所逼，在代北幽云之地自立为王了。还是向大唐称臣，但您以后就别约束我了，就这样。

唐廷哪能受得了这个，好好的，给李国昌个机会，去劝李克用回心转意，结果，反被李克用给劝过去了，居然还想盘踞云蔚之地？这还了得？唐廷一边，派出河东、幽州、昭义等镇节度使去讨伐，另一方面，又将李国昌沙陀族弟李友金召进长安，任其为沙陀边北首领。在三镇节度使的共同讨伐下，李国昌和李克用起先还是很能打，攻下了忻州，逼近雁门关。但后来，援军越来越多，李国昌和李克用就算是再能打，也架不住这么多支军队的围剿啊。六月的三次大战，二李均惨败，逃往边北以北的胡人部落。

李氏父子的这次反叛，以唐廷的大获全胜终结。于是云州、蔚州收复，而且各镇节度使、云州刺史、蔚州刺史都加派了人手，而在长安被委以重任的李友金，现实地分化了沙陀族人的力量，最终被委任为振武军节度使，代替了李国昌在边北地区的地位。虽说李友金算是云州的主官，但云州还加派了一个监军之职，这位监军人称陈景思，此人是田令孜的门生，称田令孜为恩师，所以，一直也都是田氏一党。此人是一介书生，虽然略通兵法，但不是能独当一面的人物。那李友金就更没什么能力能将云州治理好了，之前他只是李国昌的一个小跟班。之所以在关键时刻能去长安接受委任，无非是在李国昌的授意之下做的委曲求全之事。

李友金在云州担当主官的时候，几次契丹犯境，李友金都吓得体似筛糠，在云州坚守不出。而那个陈景思就更不用说了，连走上城头的心气都没有。于是两次有惊无险之后，李友金就来游说陈景思，说："现如今黄巢贼兵虽在南境，然随时可能逆北而上，如若黄贼与契丹合谋一处，可是对我大唐大大的不利呀。更不用提你我是否有存亡之危啦。现实的情况呢，幽云一带，最能打的无非是李国昌和李克用父子了。虽然说之前有斗鸡台之变，但也是事出有因，而且此二人一直都对大唐忠贞不贰，从未有要反唐之说，所以就还是可用之人。大敌当前，莫不如你我二人上书朝廷，再次起用二李，哪怕暂且守备蔚州，也好过契丹犯境之时你我无将可用啊。"别的话陈景思可以不听，但打仗这事，是真刀真枪的事情，他怎么可能不担心契丹再犯境？一旦拿了他的云州，到时候小命混丢了都难说。所以，就修书一封，代为游说田令孜，推说李氏父子还是可用之人，国家危困之际，还是应该让其戴罪立功为好。没多久，诏旨下达，称将李氏父子归入蔚州守备，但归蔚州刺史白义诚挟制，一旦北境有犯，看二人戴罪表现。

就这样，李国昌父子就又被起用了。但实际上，所有人都知道，有过斗鸡台之变后，云蔚幽这一圈兵马，无非是在节制这父子二人。如果黄巢后来没有杀进长安，那李克用很可能永无出头之日了。

这话又说回来。李克用最后还是被王重荣上表起用，入陕勤王，王、朱二将围剿黄巢，而且带兵进入长安，秋毫无犯，被长安人称为天降神兵。黄巢被赶出长安，李鸦儿绝对是大功一件。由于黄巢被迫东逃，但并未伤及元气，所以，中原围剿之势已成，李克用驰援长安，已然表现出他的忠心一片。所以，成都的小皇上下旨，封李克用为"河东节度使"，正式接管幽云蔚三州，再加上山西全境。可以说，李鸦儿此刻已然成为中原一霸，也是围剿黄巢的一支中坚力量。

对于朱全忠来说，李鸦儿既是伙伴，又很可能是将来的敌人。所以，朱温每每见到李克用时，都对李克用大加赞赏，有时还用"今世项羽""大唐吕布"来称赞李克用。李克用本来就是一个沙陀人，对汉人的这些历史知之甚少，但他知道是在夸奖他，只是嘿嘿地傻笑，因为他还是对朱温此人心生戒备，暗暗将朱温确定为以后角逐中原的最大敌手，所以，二人貌合之际未免神离，称兄道弟，却暗暗打探对方的兵力部署。一场针对黄巢的合围即将展开，另一场朱李二人的争斗，也正慢慢拉开大幕。

第七章 群雄聚设奇门阵

要想真正剿灭黄巢，必须用好朱温才行。这一点，无论王重荣，还是成都的田令孜都非常清楚。朱温的好处是，他为人谦和，好像跟谁都很好相处，所以，可以统合很多人一起集击黄巢。实际上，朱温身边有两位奇人，一个是懂得判断时务的张氏，就是之前的张小姐，另一个就是懂得兵法、易理的"神人"尹梁。

朱温出了潼关之后，受朝廷的指派，本来应该去宋州防卫。但朱温不然，他喜欢梁州，所以，他一直都在梁州守备。某天，朱温正在地图上研判黄巢军的走势，有人来报，尹梁求见。朱温一听，眼睛一亮。在前一日，朱温就收到了王重荣的加急密信，称务必在河南、山东将黄巢诛杀殆尽。皇上已然等不了了，长安现在被黄巢烧得一片瓦砾，作为大

第七章 群雄聚设奇门阵

唐的皇上，必须得回归国都，主持大计，但有黄巢在那里游弋，让小皇上惶恐不定。现在，是回归长安好，还是不回长安好，成都朝堂也在激辩。所以，小皇上，或者说田令孜大人，希望朱温能尽快解决黄巢。诏旨内还说："……如遇难处，可与朕提。协同各镇，共谋讨贼。"一听这话，朱温其实心里是乐的，虽然眉头还是皱着的。他知道，这方面，必须让尹道长给他出出主意了，但尹道长前几日去终南山云游，只能等他回到梁州再议。朱温此时正在愁苦，忽听尹梁求见，岂能不大喜过望，速传尹道长进府。

尹梁怎会不知朱温为何愁苦？见面寒暄过后，尹梁给朱温眼色，朱温登时懂得，遂引尹梁入密室相谈。密室中，尹梁展开一张阵图，对朱温说，想那黄巢，略通兵法，类似设伏，已然无用，唯用此图，在山东野狼谷奇门村设一大阵。黄巢者，匹夫也，觉得自己略通诗书，对各路阵法精通无二，实则乏善可陈。先前，在东渭桥设那"径游"一阵，黄巢来视察的时候，并未说出任何门道，但此后经常派参军前来劳军，却不忘临走之时观摩一下阵形变化。王重荣早前被径游大阵搞得毫无脾气，但朱温也根本没有能力出阵与王重荣抗衡，所以在东渭桥斗得五五开。要不是黄巢军断粮绝饷，朱温现在还可能在东渭桥的大阵之中端坐呢。哪里来的投唐大计呢？一方面，是因为尹梁设阵的诡谋，另一方面，也是张氏审时度势，在合适的时候在枕边吹了吹合适的风罢了。

朱温一听，尹道长此番又要摆阵，自然兴奋。但不知道此阵与那径游阵何异？尹梁对朱温道，径游阵，实为蚯尾阵，便于在原野似宽，但沟壑逼仄的黄土岭原上布阵，各处旗语通达无碍。而此番奇门摆阵，与此不同，东渭桥的时候，只是朱将军奉命挡住王将军，而不必大费周章，设更多玄迷之法，但此番不同，对待黄巢，困兽之战，一来必有玄迷之术、秘战之法，将之困于山间，让军兵之路越困越窄；二来必须有全唐前十之猛将军，各守一门，黄巢才不致从其中任何一门突而破之。

朱温闻听，自然问尹梁究竟需要什么样的将官。在将军将领上，朱温实际上是不服任何人的。在"拔队斩"的声威下，朱家军生出无数的虎将枭猛，但尹梁却摆了摆手："将军需要调遣的，乃天下之英雄！"朱温这句没太听明白，英雄？我手下的也都是英雄啊？尹梁这回用力摇了摇头，慢慢走到墙上的地图前："主公雄略，岂梁州一小城所能容？主公应该图谋的是……"尹梁用力拍了拍地图的正中央，而那，正是偌大大唐版图的中心。

朱温终于明白了，世事所造之，英雄也。"对呀，我应该有更大的野心才对。怎知我不可以将那小皇帝一脚踢倒，咱家取而代之呢？"尹梁闻听此言，顺势跪倒在地，再三叩首，连说："我主，真龙也。"朱温连说，此话使不得。"先生之意我懂了，我去向小皇帝请一些帮手来，而这些帮手，都是大唐最能打、最有权谋之人，在利用他们打黄巢，耗尽他们的兵力和精力之后，再找机会，将这群雄一网收之。最后，只留我朱某在这里，那大唐的江山，将再无人有能力与我抗衡。"尹梁连连点头称是。

那具体应该如何做呢？尹梁从袖袋中抽出一张名单，上边写着他为朱温向小皇帝请命求来的诸公，其实也就是朱温点来的诸位英雄。首先，朱温看到：李克用，还有其子李嗣源、李存勖。这是一定的，李克用此人，枭雄也，有机会必成大患。可是，他的儿子李嗣源和李存勖，朱温听都没听过。尹梁说，主公可能只知，李克用有一子李存孝，勇猛过人，但主公不知，李克用收养诸子中，这李嗣源最能顾全大局，且思谋甚远，很可能此人以后会是朱氏后代隐忧。而李存勖，是李克用的亲生儿子，在其所谓"十三太保"当中是唯一嫡传。更可知，其勇猛并不逊于李存孝。朱温问，那为何不令其带李存孝来，吾一同谋之？"主公不知，那李存孝虽勇，但有勇无谋，李克用令之占一小县，其性必反，后有大用。"朱温恍然大悟，连连称是。

朱温再看，名单中第二路：淮南节度使高骈，将军杨行密。之前朱温从未听说过杨行密此人，只是在跟黄巢军再次进入中原之后，才听说，杨是在黄巢军进入岭南之后，才逐渐在淮南得了势。之前只是庐州牙将，一直都是高骈的跟班。但之后一直都在闽浙一带活动，势力逐渐有所强大。高骈，神策军虞候，还任过安南都护、秦州刺史。对此人，朱温不能再熟，交手过多次，甚至他的一些战法都烂熟于胸。但高骈此人心胸狭小，想必不大能容下杨行密。尹梁说罢此二人，暗暗与朱温说了一句：杨行密手下有一员大将，名曰徐温，此次调兵，此人必到。朱温连听都没听过这人的名字，所以也就无从评价，也不知尹梁如何知道此人的，个中有何奥妙也完全不知。

第三路：王审潮。尹梁称，此人尚未完全得势，只是参与了中原王绪起义，后被朝廷平乱。现出走浙江、闽越一带。此人现虽未成气候，但后势极大，应予重视。

第四路：王建。此为忠武军一大将，后因黄巢进长安之时对小皇上

121

护驾有功，被封为神策军都尉。目前在长安，此人必求之。

第五路：刘谦。当初黄巢去往岭南之时，狙击黄巢有功，后被封为封州刺史、贺江镇遏使，兵力万余。

第六路：董昌。临安人，曾任义胜军节度使，长期盘踞江浙一带。重要的是，他有一部将，必须让他带来，此人名钱镠。一定叮嘱，务必将此人带来，有布阵之用。

第七路：孙儒。此人现居蔡州刺史，一直在中原地区，与黄巢多有交手，胜负各均。其有一部将马殷，此将勇猛异常。

第八路：刘晟。现为卢龙节度使，其有一子名曰刘仁恭，不仅有勇，更有智谋，此番布阵，不妨一用。

一共八路奇兵，尹梁请朱温将名单誊写下来，递往成都。并在信中写明：圣上欲速毙黄贼，必将此八路将帅集于梁州，由全忠调遣。不然，黄巢难平，国之难安。很快，成都就回信了：以上呈请，准奏。田令孜肯定不知道名单上的人都是何许人也，但他知道，朱温向他要的人，必定是能灭黄巢的强将。很可能这些人中很多人都是朱温在黄巢一脉时对阵过的，都是对黄巢有过致命打击的各路军阀。田令孜肯定是不可能管得了这些军阀的，但他可以假借皇帝之命，将这些强藩集结一处，乐得看他们互斗。最好剿灭黄巢的同时，还可以极大地消耗掉这些地方势力，那长安就坐得更平稳、更安定。

朱温得到这纸诏书，相当于得到了可以号令天下的令旗。首先，他令李克用先期攻袭黄巢所挟的宋州，此州位于中原腹地。最脏最累的活儿，一定是给最猛的将帅来做。于是，李克用并未耽搁，自己从长安启程，西袭宋州。另一路，由其子李存勖从晋州起兵，围困宋州北门。还有一路，从云州起兵，由其养子李嗣源引领，主要是押运粮草，保障后勤供应。三路奇兵突袭宋州，把正在宋州的孟楷给弄蒙了。一来，是从来没见过如此神速的唐兵；二来，是这路唐兵的战法与之前的唐兵完全不同。他哪里知道，沙陀的战法，多来自西域胡人，讲求的是三方突袭，一点突进。在重点的地方用下重兵，而且引军将领也是神猛，一旦被突破，将全线失防。孟楷不敢大意，在宋州城北布下重兵，而且由自己亲自引队。但其他方向他也不敢大意。对于李克用来的方向，他嘱咐迎敌之将不可轻战，应付即可，以攻心为上。

孟楷主要迎的是城北的李存勖。孟楷对"十三太保"也早有耳闻，但第一次见到李存勖。李存勖使用的是一柄重二百多斤的禹王槊，一般之将不能力敌。自小，李存勖就被李克用以真狼训之，而且从小就用这种超出自己体能的兵器。如今二十出头的李存勖，自然对一般的将领无用兵之忧。孟楷，单骑亮银枪，在城北大战李存勖。李存勖并不急着力敌，而是粗粗探求一下来将的实力。后来他发现，此将并无力敌之勇。于是三槊就将孟楷的招数打乱，孟楷一看无法敌勇，故急退入城，不再迎战。

一个李存勖，孟楷都无以硬敌，更何况李克用了。李克用听说存勖在城北将孟楷逼进城去，准备在城西进行强攻。他弯弓搭箭，首先将"孟"字大旗迎风射断，三军气势大振，未消三个时辰就攻入宋州主城。在巷战两日之后，宋州城终于告破。义军主将孟楷在巷战中被飞虎军所杀。当李克用的大旗飘扬在宋州城头的时候，被黄巢派来接应孟楷的孟绝海的军队刚刚走到半路，闻听宋州失守，黄巢临时改变了主意，将孟绝海改派去濮州接应。

守濮州的，是之前义军的常胜将军葛从周。而被委派来攻取濮州的是两员小将，王审潮和王审知兄弟，此二将虽然作战果决，但也未必是"义军第一勇"葛从周的对手。于是朱温决定自己亲自去濮州迎战葛从周。开战之前，朱温还是做了一些功课，他深知，葛从周从未因为作战之事服气过任何人，心高气傲是天性，但并不意味着葛从周没有弱点。朱温得知，葛从周的老母和新婚未久的妻子都在梁州下县小梁城内暂避，就在开战前，轻车微服，前去探问。自然，朱温带了很多布匹珍馐，只说自己是从周很多年的兄弟，来探问兄弟家况。葛母不知朱温是何许人，只是慌忙应着。葛从周之妻赵氏，却一眼看出来者必是朱温。于是在屋外葛母看不到的地方，向朱温大礼相施，称：我们婆媳二人，并不想成为将军的拖累，但求将军保我们全尸。朱温深知赵氏非寻常族类，便问赵氏，如何看待唐兵与义军的交战，交困之战，结果究竟如何。赵氏称，义军已无义可言。现在只求葛从周可以全身而退，归家务农。

朱温称，他可向唐廷为从周兄请命，只求从周不再追随黄巢。赵氏称，她定不得夫君之事，但可修书一封，劝谏从周。其余，尽人事，由天命。所以，此次朱温到达濮州，首先就想与葛从周叙旧，然后将其妻此书奉上。但葛从周何人，不可能做那种出卖兄弟，求取荣华之事。朱温几次叙旧之请都被他驳回。但此后朱温将赵氏书信捎来军中，葛唯恐有诈，几番查看，无论笔迹、火漆，都出自赵氏之手。信中言："从周吾夫，经年战乱，大唐虽危，但其将不可谓不勇，其谋不可谓不深。反观义军，嗜杀而食人，乱纲而无察，攻城烧杀，欺妇劫掠，早无义字可云。今，前有朱温降唐，后有李克用引兵南伐，胜负已明，正邪已分，民心所向。吾夫勇冠三军，无人可言挡，然，不可违民意而背天理，宜息争乱而执天道，君仁臣谋之倾求也！君，前路但可自斟；妻，三尺白绫，殚精日夜，生死可随矣。"

看罢赵氏此信，葛从周掩面痛哭。翌日，葛从周请朱温悄然入城相商。既然黄巢无视百姓疾苦，那此前起事之所谓"冲天均富大将军"已然作古。"从周欲从善如流，引兵投唐，还望兄长引荐。"朱温闻听此言，大喜过望，遂给王审潮兄弟发出箭信，王氏兄弟入城相商，四人在濮州城相聚欢饮。三日之后，成都圣上诏旨到，封葛从周为"濮州刺史，兼河中招讨副使"，听由朱全忠调遣。

第三路，高骈攻蔡州。蔡州是早先蔡州刺史秦宗权镇守。高骈与秦宗权，也算是老相识了。高骈用兵之诡，行事之老辣，秦宗权怎会不知。黄巢冲杀全境，唯浙南一役败于高骈，其勇可见一二。但秦宗权现今已然死命追随黄巢，比早早随黄巢起事的兄弟还要忠诚。蔡州城外，秦宗权与杨行密交战没消几个回合，被杨行密杀得大败。杨行密，身高七尺有余，马上马下均有过人之处。秦宗权深感不妙，于是当夜引兵而退，粮草金银悉数卷走，留下空城一座交由高骈。高骈也不气，悠然入城，告示安民，静置蔡州，听朱全忠各路消息。

其余几路，月余之内，悉数攻取中原腹地。刘谦取曹州，董昌取沂州，孙儒取邓州，刘晟取郓州，王建取蕲州。黄巢各部在中原似已无立锥之地，已处十分危急之境地。此时，朱温再施一计，而此计居然由尚让早年广南旧交，人称"神算"的柳吾子祭出。

柳吾子，广南府人士。祖上多以算命打卦为生，到他已历三代。早年尚君、尚让兄弟在广南出走之际，曾经由柳吾子卜算一卦，称：兄弟二人可向北至濮州，寻一王姓追随。此后，不知是卦象使然还是尚氏兄弟的心理作用，他们就真的追随王仙芝起事了。王仙芝在湖北身死之后，还是这个柳吾子，卜算一卦，令尚让去投正在江淮的黄巢。其后，果然一步一步官拜齐朝太尉之尊。所以，对于尚让来说，柳吾子就是一位神仙。可是，他哪里知道，柳吾子现如今早就被朱温招至麾下。这其中，还多多少少有尹梁的功劳。

如若以玄门论起，尹梁还是柳吾子的同门师兄，只是早年学道，并未谋面。二人同师出湖北天门神迢道长，尹梁学成下山之时，柳吾子刚刚入道不久，上山之时并未与师兄碰面，但他们之间深知对方情势。柳吾子一直身处岭南，除了尚让问卦之外，不问世事，但在尚让到来之前，尹梁已然与柳吾子在武当山碰面，神迢道长将二人唤在左右，牵手论道。"世事轮替，有天道更旧之象，君可顺势，不可逆天。"师父有话，柳吾子自然随师兄下山，助朱温一臂之力。

就在黄巢被中原诸军剿伐得焦头烂额之时，尚让突然听辕门外有人来报，说有一柳姓道长求见，称是尚将军的旧相识。尚让一听，莫不真是柳真人来了吧？他急急迎将出来，果然看到仙衣飘飘的柳道长站在辕门外。

柳吾子见面也没多话，只说，现在将军身处危境，我特来献一计，可破此困境。尚让对柳吾子从来都是深信不疑，求知若渴般问柳吾子是何妙计。柳吾子称，在郓州以东七十里的地方有一虎狼谷，自远古以来就只有虎狼出没，鲜有世人于此逗留。在目前情势下，不妨在此地一避，日后东山再起。

当尚让将虎狼谷的地图展现在黄巢面前的时候，黄巢紧绷了数月的脸终于有了晴天。黄巢对朱温降唐的心情是复杂的。一方面，朱温向来都是他最器重的一员将领，也是黄巢认为身边最忠诚的一个人。他无论如何也想不到，朱温会做出这种事情来。另外一方面，唐廷居然赐朱温名"全忠"，这简直就是最大的讽刺。正是因为黄巢对朱温的无底线的放心，才将军事重地东渭桥交由他防守。如今朱温倒戈之后还成了"倒黄"的急先锋，无论如何都让黄巢无法接受。从长安出走数月，黄巢军基本是初定了河南的，还在蔡州收了大将秦宗权。而这个秦宗权，又是一副忠厚的面相，黄巢却习惯性地防范起他来。

黄巢本想在河南打下一片天地，最终攻取洛阳，然后定都于此，积聚力量，随时准备再入长安。黄巢自起事以来，也吃过不少败仗，但像这种在朱温身上的败，他注定接受不了。黄巢一直想的，就是从哪儿摔的，就从哪儿站起来。逆贼朱温，定有一天将此逆贼碎尸万段，然后再用盐腌上，派众将分而食之。将朱温终化作粪土，以解此恨。

但黄巢最近月余，更加想象不到，坐镇梁州的朱温和王重荣部，不知从哪里找来的各路兵马，冲入河南、山东等地，将他们苦心攻取的城池一个个地击破。现如今，黄巢军只能在山东和河南交界的非常狭小的区域里活动了。眼瞅着大齐的版图正逐步被朱温他们蚕食，黄巢这位大齐皇帝陛下的心，好似油烹。但河南、山东一带，多为平原，易攻而难守，黄巢军想有一个休养生息的地方，实属难寻。恰在此时，尚让为大齐皇帝带来了虎狼谷的地图。

黄巢一听这"虎狼"的名字就莫名地喜欢，因为黄巢军一直被百姓和被他们打败的唐军称为狼兵。现加上尚让给他展看的这张虎狼谷的地图，不知不觉心向往之。更何况是尚让一直推崇的神人柳吾子的力荐，黄巢就更深信不疑。于是很快动员军队，连夜起寨，向郓州方向进军。

另一边，朱温闻听黄巢军已然向郓州方向移动了，登时向柳吾子深鞠一躬。柳吾子连说使不得，"将军如此大礼，小道折寿啦"。但无论朱温还是尹梁，都非常清楚，黄巢此番入瓮，很可能将是他的绝唱。于是连夜派快马去报给宋、蔡、濮、曹、沂、邓、郓、蕲各路将帅，将黄巢动向知悉，并同时发出令箭，命令各路兵马悄然派出四千精兵向虎狼谷指定地点集结。

"李克用部，占'岁岭'；高骈部，占'岩岭'；王审潮部，占'崇岭'；刘谦部，占'岸岭'；董昌部，占'崖岭'；孙儒部，占'岗岭'；刘晟部，占'岑岭'；王建部，占'岚岭'。"将令以密文形式传达给诸将，诸部星夜率兵向指定处行动。

事实上，虎狼谷并不只是一个平凡的山谷。多年来，这个山谷一直被八座山岭围绕，而这些山势都异乎寻常的陡峭、险峻。所以被附近的樵夫起了很有特色的名字，分别为"岁、岩、崇、岸、崖、岗、岑、岚"，而这八座山岭，正是尹梁布局奇门大阵的重要地点。以前朱温布阵，都很磊落，一般都将大阵摆现出来，然后修书约战，邀请对方攻阵。但此次不同往日，这次面对的是黄巢。黄巢对朱温的很多阵法和布局方式都谙熟于心。所以，朱温不可以用对待一般敌手的方式来对付黄巢。事实上，此次布阵，非常秘密，就连八路将帅，都不知道其他诸部的布防情况，以防走漏风声。

这种保密措施下，朱温还不忘分别向八位将帅修书一封，再三叮嘱，切切要在指定时间内到达约定地点，而且必须视"钉山"上的旗语来移动自己的部众。事实上，朱温这么做是有巨大风险的，一旦有一组军兵没有完成指定的军令，那很可能所有部队都将暴露在黄巢的攻击之下。这种结果是朱温不能接受，更是不可想象的。但为了平定黄巢，他必须赌上这一次。

而尹梁，也早早潜入虎狼谷，在谷中的钉山上搭建了一座法台。当然，这都是在秘密的情况下进行的，法台也都是在大树枝叶伪装之下的。尹梁对朱温说，我们已然将大唐所能召集到的最强部队都集中在虎狼谷中了，能否一灭黄贼，且看天命。

另一方面，黄巢与尚让夜半三更到达了郓州城，刘晟留了一支人马，在城外像模像样地组织了一番抵抗之后，于天明前撤走。黄巢将军队在郓州稍做休整之后，在第二天，就率众进入虎狼谷腹地。如果不是柳吾子，黄巢是不可能进入如此险要之地的。另一方面，也属实是情势所逼，在平原地带，黄巢军面对八路强有力的进攻，确实无险可守，疲于奔命。进入虎狼谷之后，黄巢数月未愈的咳嗽都好了很多。尚让称，大王注定洪福齐天，虎狼谷定是我大齐的中兴之地。

进入虎狼谷之后，黄巢也派出了不少探马，发现此谷确实鲜有人迹。而且这里树木丛生，有很多可以用来造房的巨木。尚让大喜，便令军卒们先埋锅造饭,次日将伐更多巨木以造房使用。这种田园的生活延续了七日,黄巢的军兵整天伐木,也累得人困马乏。是夜,正在大家熟睡之际,突听一阵炮响,惊天动地。黄巢一翻身掉下床来,忙叫小校去探,哪里响炮。就在探马四处打探之际,更多的炮声从四面八方传来。黄巢大惊,此时尚让也突入营房,称,圣上,我们可能是中了埋伏了,这虎狼谷里,有伏兵。黄巢气得哇哇大叫,上马抬刀,直接率众人冲杀出去。

月黑风高,黄巢冲杀慌不择路,先是冲到了王建所在的岚岭,此处,王建设了无数的陷阱深坑,义军很多兵卒都掉入深坑,被坑内倒刺刺死。黄巢惊恐万状,王建趁势在后面掩杀,但是追着追着,王建的部队却不见了踪影。此时却猛然从林中冲出一支人马,为首的正是刘晟,与黄巢交战几个回合之后,猛然拨马就败。黄巢极力追赶,看到附近的石碑上写着"岑岭"的大字。简单地说,黄巢左冲右突,八个主岭都被他冲击到了,却丝毫没有冲出去的任何希望。他哪里知道,此时的钉山上,尹梁正在法台上用旗语号令八路军卒,在休、生、伤、杜、景、死、惊、开八门中连番轮战。一个方向且战且退,另几个方向越战越勇。黄巢军在此大阵之中,死伤过半。

正在钉山法台上观战的朱温,看得浑身发热,虽然之前尹梁也教他摆过一些大阵,但此番在虎狼谷设下的奇门大阵,还真是蔚为大观。此阵,非同一般的八卦阵法,却在阵中暗含乾、坎、艮、震、巽、离、坤、兑,而各种兵马,在完全不知对方和己方其他兵马位置的时候,只听从旗语号令,就可以将阵中的黄巢军围困其中,并将包围圈越圈越小。黄巢军在八路强藩的不断消耗下,最终人马已不足千人,却仍然在黄巢的带领下，频繁地冲杀和突击，从钉山上看起来，完全像一股流民一般，毫无突破地挣扎。

朱温眼看着黄巢就要被拿住了，他突然急了。"道长，如此不可。此阵，本是咱家想到的摆布，现如今不能眼看着这个功劳被任何一支强藩强抢了去，这个，我朱三不服。这个黄巢，定要我亲手拿来，才叫痛快。"尹梁正在运用旗法摆阵，哪有那么多工夫管着这个朱阿三哪？于是朱温上马抬枪，亲率一哨人马就杀奔阵中。

等杀到阵中之时，朱温就有点儿后悔了。刚才在钉山之巅，一切都看得清清楚楚。但现在下到阵中，好像完全分不清东南西北，更不知黄巢军的方向了。这时钉山上突现一红边黄旗，向朱温一挥，所指方向，正是黄巢游走的方向，朱温遂引兵去追。

所谓身先士卒，道理是不错，但也得分什么情况，面对黄巢这种困兽犹斗的情况，朱温如此入阵冲杀，明显有些轻敌大意。此刻，朱温正冲杀得兴起，突然之间，从西南方向飞来一支暗箭，直冲面门而来，朱温再想躲已然来不及了。朱温一低头，再闭眼，心想，我命呜呼！却并未感觉到身上的疼痛，一睁眼，发现马下居然有两支箭，这时冲出一白袍将军，正是葛从周。葛从周向朱温大喊："主公，那黄巢暗箭伤你，我将那箭已然射落了。你速速离去，将黄巢交给我便是。"朱温一直听说葛从周箭法了得，现在看来，能将另一支急急射来的箭眨眼间射落，可见其弓法之精，箭法之准。

朱温一看情势不好，赶紧在一众军卒的簇拥下，迅速退去，想尽快退出战场。此时的黄巢，周边所剩军卒不多，但他已然盯准了朱温的方向。眼中冒火的黄巢，在朱温身后苦苦追赶。

葛从周虽然欲力敌黄巢，却并没有黄巢的力气大，长枪终被拨飞。葛从周不得已只能撤出战斗。朱温一看葛从周都败了，心想大事不好。而身边的军卒也一个个被黄巢所杀。

朱温的马尾离黄巢的马头已然不足一匹马的距离了，朱温这回真的慌了。只见钉山上的大旗，一面一面都往朱温身边挥来，那旗语的意思，无非是，黄巢在这，朱将军有危，速速赶来增援。但黄巢也是一员猛将，在大唐的武将当中，能跟他打成平手的，目前还没有。朱温一看，命将不保，急得大喊："哪位将军，速来救我！我是朱温，速来救我！"

正在这危急时刻，一声大喊冲破云霄："朱将军莫怕，李鸦儿在此！"朱温一听有回音，回头一看，居然是一身红袍的李克用，心想这回有救了，我命保住了。李克用与黄巢走了三十多个回合未分胜负，黄巢气急，于是一下抽出三支箭，搭弓就射。这三支箭，都射向还未跑远的朱温的要害。李克用一看情势不妙，连忙挡在朱温马前为朱温拨打雕翎。上拨走了奔向朱温嗓子的一支，下拨开了奔向朱温下盘的一支，中间的那支由于速度太快，直接射中了李克用的肩头。李克用只觉肩头一阵剧痛，翻落马下。黄巢正想冲上来给李克用一刀，却被中间赶来的杨行密用兵器将大刀垫飞。此后，多路赶来的马殷、李存勖、徐温等将领，将黄巢在阵心团团围住。

此时的朱温已然脱离了危险地带，并抢回了替他挡了一箭的李克用。见李克用脸色铁青，朱温此时眼泪滚落，直说："李将军为我挡箭，实温之恩人也。日后朱某有出头之日，定当尽我全力，报答将军救命之恩。"

李克用虽然中箭，但也并不妨事，只是向朱温摆摆手，意思是他气力不足，不便说话。朱温忙命军医将李克用转至郓州，用最好的药调养。

另一方向，黄巢一看果然追不到朱温，边打边气得哇哇怪叫。但面对李存勖、马殷、徐温、王建、钱镠等众将，却也无可奈何。一看周围军兵越来越少，自知大势已去。趁几位将军不备，转马跑入丛林之中。

一夜冲杀之后，浑身是血的黄巢眼见跟前出现一座寺庙，一抬眼看到"唐弥寺"三字。而此时，居然从寺中冲出二人，向黄巢跪地哭诉。那正是黄巢的子侄黄揆和外甥林言，二人也是在阵中杀了一夜才来到唐弥寺的。但黄巢深知，这虎狼谷，根本就是一座为他黄巢设下的大阵，只要进了这个套儿，那再想离开，就比登天还难。

他拉着二人走入寺中，发觉此寺已有荒废多年的样子。黄巢对二人说："想我黄巢，自起事以来，杀人无数，从一介书生、冲天大将军，最后在长安当上大齐的天子。我这一生没有什么遗憾，只恨那朱阿三，鼠辈也，为了唐廷的一点点利养，毁了我大齐的基业。你二人还年轻，这根本就是一阵，我想冲出去已然不可能，很可能将此命放于此寺之中。我唯有希望你二人，拿着我的首级去投朱温，趁其不备，杀之，一解我心头之恨。"黄、林二人当时就给黄巢跪下了，直说："万万不可，万万不可，我大齐必定东山再起。"黄巢安慰二人说，现在说这种话已然无味，莫不如在朱温他们冲进来之前，我跟你二人做个交代……"黄、林二人闻听此言，哭得更凶了。却不知黄巢袖中藏一短剑，黄巢趁二人一个没防备，直接刺中自己的咽喉。一代冲天大将军，大齐神武皇帝，"我花开后百花杀"的轻狂书生，就此殒命。由此，起事于乾符五年（878）

的黄巢起义,终在中和四年(884)这一年落下大幕。

  此后,在山东虎狼谷的山岗上,多了一处石碑,上书"黄巢崮"。而此后唐弥寺门前的巨石上,也有人题诗云:"我花开罢黄巢崮,冲天斗转魂归处。雄唐据此气虚赢,菊落马歇沉香暮。"

第八章　夜阑风起上源驿

当黄揆和林言捧着黄巢的人头从唐弥寺走出的时候，朱温急急地催马前去瞭了一眼。他确定，那就是黄巢，当年发现他的那位伯乐。此时，黄巢的人头，面色紫灰，双眼紧闭。朱温下得马来，倒退几步，差点儿没坐在地上，幸被旁人扶住。朱温的这颗心总算是落地了，他的荣华富贵，可能真的就此开始了。

朱温一边假惺惺地跟黄揆和林言说，他与黄帅，各效其国，并无个人恩怨，他定会好好待他们，还会向皇上请封，为他们记上一功。但转回头就告诉左右部将，将此二人带到暗处，速速杀掉，切不可留有活口。

此时的虎狼谷内，一片人声沸腾。大家都欢呼黄巢的灭亡，大唐终于战事将息。平安的日子很可能就此回来了。

众将在郓州集结休整数日，之后，成都传来诏旨，对所有剿灭黄巢的将领均有封赏。尤其对这个朱温，直封为汴州节度使、河中节度使、宋州节度使，三大节度使集于一身，统领河南、山东等地兵马。并由唐僖宗亲题"大唐柱石"一幅墨宝，朱温一时可谓风光无两。

但是这个封赏可有一样，需要到汴州接受封赏才行。这让八路强藩如何不胡思乱想呢？这其中杨行密和徐温就主张不去，因为汴州明显是朱温的地盘，这次封赏在汴州，这不明明是朱温将自己看成是皇上的宠臣，一人之下万人之上了吗？去了，定会助长朱温的气焰。但是不去也有坏处，就是朝廷的小皇上、田令孜定会觉得你有反心。这件事情上，王审潮、王审知二人没什么意见，主要是有朝廷的封赏，何乐不为呢？而王建、刘谦、董昌、孙儒、刘晟等大唐老臣，都很知道这个封赏的分量，明明知道是朱温借此来向大家展示实力，但那也没办法，只能返回途中走一趟汴州，也无不可。

八路强藩里面，最不想接受的就是高骈。高骈此人自视甚高，他是无论如何都不想向朱温低头的，所以，先是告病，说是要在郓州待一些时日，封赏之事交由手下前去汴州领封。

为了此次朝廷的特大封赏，多路诸侯都直接进入汴州城，入住馆驿。朱温汴州城内的手下也开始行动起来。这其中最关键的人物，就是此番封赏大会的行事主办宗举。

宗举，本是之前汴州刺史刘豫的家奴。如若没有黄巢起义，没有朱温降唐，是无论如何不可能有他的出头之日的。宗举家境贫寒，自幼丧父，母亲后来也病故，是一个吃百家饭长大的孩子，但即便这样，也不敢保证下顿就一定有吃的。汴州刺史刘豫为人谦善，看宗举家境若此，就收他在府内做了个家奴。黄巢反唐，汴州陷落之时，刘豫为人所杀，那时，朱温还是黄巢义军统领，当占领刘豫府的时候，发现了有这样一个十五岁的小孩儿，就问他，你为什么不跑啊？你不怕死吗？宗举说，俺不能跑，老爷被杀了，他家里人也都找不到了，俺得帮他们看着这个府，任何人都不能进，任何人都不能拿府里的东西。朱温说，那我要是硬拿呢？宗举说，你要是硬拿，俺也打不过你，但在你拿之前，我一定自刎向主人谢罪。

朱温还从来没见过这么忠诚的人，况且还是个小孩儿，于是没杀宗举，而是选择把他带在身边。还问宗举，你有什么愿望没有？宗举说，如果将军能帮我安葬了俺主人，那你以后就是俺的主人。还有，最好帮俺把刘府的主人找回来，俺一定感谢你一辈子。哎，朱温还就真的帮宗举把刘豫的家人找到，好好地安顿在刘府里，而且还给了些钱粮。从此，宗举就成了朱温最信任的人。宗举并不善武，但是对兵书策略这方面兴趣很大，十五岁起，朱温就找人教他兵书战策，宗举也进步很大。从黄巢起兵到最后黄巢死在虎狼谷，前前后后六年，宗举都一直跟随在朱温左右。几乎很少有人知道朱温身边这个小伙子到底是朱温的什么人。只有朱温的妻子张氏和尹梁最清楚，其实，宗举掌管着朱温一支重要的部队，就是探马、细作。

当年在东渭桥，朱温并不是蒙头蒙脑地就投了大唐。因为，那时候，他就收到了宗举为他编制的一套大唐和大齐之间的战略对比图。他方才知道，原来，黄巢的政权根基是很弱很浅的。而且，对于一个国家来说，粮食才是根本。但黄巢的作风，还只是讲抢讲夺，并没有任何坐江山经营国家的能力和魄力。还有，宗举还派出多支细作小队，潜入成都，探听成都小皇帝方面对黄巢和朱温的态度。终于有一次，在一次朝会之中，小皇帝透露出很希望有人可以反叛黄巢用以瓦解义军，而且，如果真的有，下的本钱会很大。在清楚这些情况之后，宗举将一套体系化的情报交给朱温，最后在张氏和尹梁的综合评判下，朱温才最终降唐。

宗举所在部门被朱温称为"信筹部"。其下设尾寻组、信通组、讯鸟组、入探组四组，四个组长只向宗举一人单线通信联系。而此次封赏大会之所以交由宗举来办，就是为了防止一些至关重要信息的泄漏。

螳螂捕蝉，黄雀已观。就在朱温和宗举觉得自己所做之事天衣无缝之时，各路强藩也都在加强探报。而这其中，尤以杨行密最先知晓朱温"信筹部"的存在。而且也已着手加强了此部与各军队之间的协作。杨行密也增设了信探部门，而将此部设于他家宅之内，江淮风传为"杨行部"。在江淮，所有人都认为杨行密是"天神下界"，因为他人高马大，身高七尺有余，传说中称之为"只掌入天"，足见江淮地区的人对杨行密的一种近乎狂热的追随。所以，这个"杨行部"，就在很大程度上对朱温的"信筹部"形成了巨大的威胁。"杨行部"对"信筹部"知道很多，但"信筹部"却对"杨行部"只闻其声，不见其形。

"杨行部"的主办，就是被人称为"江淮卧龙先生"的翟之亦。翟之亦与宗举小时候的经历很相似，也是从小父母双亡。这种情况在那种灾年乱世的时候也算常见。但是翟之亦可没有宗举命好，宗举还有刘豫相救、资助，但翟之亦没有。翟之亦从小就是一个小叫花子，从来没人收没人管，街边行乞，露宿街头。转机出现在翟之亦十二岁的时候，在某处山神庙，翟之亦遇一道长，仙风道骨。道长问翟，你手中所拿何物？翟说，一个馒头。道长问，你现在将这个馒头给我，我将教你学一本书，你可愿意？从小不识字的翟之亦说，我愿意。虽然那个时刻，翟之亦已然两天没有吃饭了，这一个馒头，是他无论如何都想吃下去的东西。但在学习一本书和吃饱之间，他还是选择了研习一本书，一本他根本不知道为何物的书。

其实，这位道长，就是尹梁的师叔，人称"梅雁道人"的周云芳。而那本书，就是人称"旷世奇书"的《宗本驭术》。所谓天下奇书遇奇人，翟之亦也不负梅雁道人的厚望，在三年时间内，将此书通读三遍以上。而且还给自己改了名字，以前要饭的时候，别人都称他作"翟暖儿"，当时乞丐头头也期望他有一天能吃饱穿暖。后来道长给他起名"翟之亦"，其实最初应该是"翟之异"，后来因为这个名字太过张扬了，下山之后翟之亦才将名字改成现在的样子，就听起来温和了一些。翟之亦不知道，其实在他之前，他还有三位师兄，大师兄刘之匡，二师兄张之伏，三师兄沈之祥，还有他，关门弟子翟之异。这四位徒弟的名字连在一起，正是梅雁道人的人生信条，即"匡伏祥异"，即将所有灾祸匡服、所有怪力乱神降伏，带给世间祥瑞，最后一条，也需要一种特立独行的"异"。

所以，翟之亦也是得到了名师的真传，他在武当学艺的几年间，黄巢、王仙芝起义，烽火连绵，大唐国运岌岌可危。在他学艺之后的第七个年头，他下山来辅佐了江淮节度使杨行密。这种机缘也来自一次偶遇。

杨行密虽然官至节度使，却还是乐于打抱不平。在江陵遇一行乞者被一官员的家奴打得半死，正在搜刀欲刺的时候，路经此处的杨行密出手了。杨行密将那恶奴打得不成人形，这时候，那个被打的乞丐来拉架了，劝杨行密莫要出了人命。而那位乞丐正是翟之亦当年行乞的头头。时值翟之亦刚刚下山，在乞丐头头被打不久，他又在一土地庙内找到乞丐头头，那乞丐头头将杨将军救他一事讲给翟之亦听。翟一听，若真是杨将军，那我定去谢过。

后来翟之亦见到杨行密的时候，被杨行密的气宇轩昂和为人豁达所折服，于是向杨行密请求，希望扶保将军，以成霸业。杨行密一直觉得这个小伙一表人才、行事不凡，突一听说，居然是梅雁道人的弟子，大喜过望，于是拉着翟非要义结金兰。于是杨行密、徐温和翟之亦就此结为异姓兄弟。杨行密最长，徐温是二哥，翟之亦最小。

翟之亦后来突然想到，自己在要饭期间有一小弟，人称"李瓜儿"，那时候就在丐帮内部认了兄弟。李瓜儿比翟之亦小五六岁，所以，翟之亦一直都将李瓜儿一半当小弟，一半当小侄。现在，他结拜了兄弟，不能忘了李瓜儿啊。谁能想到，李瓜儿在翟之亦上山学艺的时间里，在夜间频繁越入各家深宅大院，也不偷钱，也不抢粮，独独去往人家的书房，一看就是半宿。在乞群之中，大家都称他为"小书痴"。翟之亦本以为，这回他扶保了杨行密，可以带李瓜儿来享些富贵。而当杨行密见到李瓜儿的时候，对李瓜儿一见难忘，称此子强过我那十五个儿郎众之一束。那意思，这小子比我那十五个儿子捆一块儿都强。但当时杨行密已然是江淮节度使了，就没法再收一个义子了，因为那十五个儿子已经开始为了继承节度使的爵位明争暗斗了，所以不想将李瓜儿再投入这场是非之中。

正在苦恼之时，一回头，杨行密看到了徐温，说："二弟，莫不如，你就收了他当儿子吧。"徐温当然看得明白杨行密的心思，正好他膝下子女不多，就将李瓜儿收为义子，改名"徐之诰"。这样一来，杨、徐、翟、李四人，亲上加亲。此后，杨、徐、翟、李四大族人主导了南吴和南唐的内斗格局，此处以后再提。先说翟之亦。

朱温起初请八路藩主进驻汴州听封时，翟之亦就听出来此中有诈。在他给杨行密建议之时，杨行密面露难色。因为，他们如果真的不去汴州，就很可能落下一个不听唐廷号令的口实，成为朱温日后讨伐他们的一个由头。但如果真的去，那这一场封赏饮宴，有可能真的是腥风血雨，其结局不可估计。最后杨行密决定，这汴州就算是龙潭虎穴，我杨行密也一定要走这一趟，不能让天下人说我杨行密胆小如鼠，节度不足，不能让那朱温小瞧了咱家。但另一面，也给翟之亦留下了一个大任务，那就是保证杨公此行的绝对安全。

另一方面，宗举在朱温的授意下，在汴州城外上源驿摆开封赏大宴。对外称，此次封赏，实乃国之盛宴，五十年难有出其右者。朱温对外将此次盛宴无限夸大，无非也是在群雄面前展示一下自己地位现在不可同日而语，千万别开罪于他。明眼人一看便知，明着看起来这是一个封赏饮宴，实则，这是对各路强藩的威吓。

汴州城内，杨行密入住"夏藕轩"，居于城北；王审潮兄弟入住"春榭轩"，居于城西；刘谦一众入住"秋雁轩"，居于城南；董昌入住"冬雪轩",居于城东;孙儒入住"启云轩",居于城东北;刘晟一众入住"成雨轩",居于城东南;王建入住"颖雷轩",居于城西北;当然,还有一西南的"擎闪轩",高骈称病没有来,那李克用此时又不想进汴州城,只在城外扎营。

宗举已将七大馆驿的所有人员都换成了"信筹部"的人员,所有馆驿有任何风吹草动,就会第一时间汇报他知。但更重要的,还是上源驿的重要排布。上源驿,其实是汴州郊外的一个驿站改建成的一处优质的园林居所,其间,竹林七座,饮堂六处,茶堂九处,书苑三所,另还有幽静宅院三十二处。这其中,以六处饮堂中的"锦瑟堂"最大,可容人数也最多。这里,朱温一般都是作为他平时休闲游玩之所,几乎未作外用。上源驿之中,各色美女,或弹或唱或舞或歌,还有众多服侍人员穿梭其间,蔚为大观。上源驿一共只有两个出口,一个是对着汴州城的西门,另一个是东门,一般东门很少打开。而其他地方,多为高约2.6米的院墙,而且墙外还设有护城河一般的水沟,环驿而建。墙内,还有很多防御用的刺弓和弩器,一触即发。最重要的,还要说上源驿的地形,这里准确地说是居于一座山上的,除了东西两个门之外,驿墙外,都是深沟密壑、陡峭绝壁,如若不从东西两门进出,其他地方,想进出,几乎是不可能的。

就在这样一个地方,宗举设下三支伏兵。一支,设于锦瑟堂周围,刀斧手五百名,弓箭手一千名,另有两支伏兵,一支在西门附近,一千五百人马;还有一支,在东门,也有一千五百人马。其间,上源驿还设有陷坑、翻板处无数。如果没有上源驿的机关埋伏图,想硬冲出上

第八章　夜阑风起上源驿

源驿，几乎是没有可能的。

宗举在上源驿设伏，另一方面，朱温也在上源驿周边设伏，一支五百人的兵马，由葛从周率领，在上源驿东门外埋伏。一支五百人的兵马，由其子朱友让和步将高季兴率领，以保天衣无缝，各路强藩将帅，一旦进入上源驿，如果想逃出来，可比九天追月。

朱温、宗举如此布局，翟之亦早早知悉。此时，他正在汴州城南三十里的段堡操持逃跑大计。在翟之亦看来，他宜尽早将宗举之举以图示的形式告知各路强藩的主公。但这又谈何容易。他令人画了七张示意的小图，分别给到七位潜密的高手，偷偷潜入汴州城。这七人便是清风、冷月、温冰、热雪、朝露、夕光，最后还有虚剑。潜使历来无真实人名，也无任何名档，所以，互相之间，除了果为亲眷之外，互不知对方真名与实档。清风、冷月是一对夫妻，温冰、热雪是兄弟俩，朝露、夕光是母女二人，只有虚剑从外表看是一个化缘的和尚。那两两成对的潜使，都是结伴入城，只有虚剑，独来独往。为了提高成功率，以防万一，他们每个人都带了七张小图，以防其余人等发生不测，留下一人，仍可完成使命。

清风、冷月去往东城，温冰、热雪走西城，朝露、夕光去北城，虚剑自己去南城。本以为会即时通知到各位藩主，但几人出发多时，没有一个飞鸽回传信息的。这就意味着，七人都没有在规定时间将小图交给藩主或是随员。到底发生了什么事呢？翟之亦于是派出了另一队，二人，怀心与北仓，在汴州城内环顾几大驿馆，探看情况。怀心与北仓二人，身法独特，轻功上乘，所以都是以耳目探看为主。不多时二人返回，说清风、冷月根本没见到人，温冰、热雪正在西城跟不知名的人打斗，朝露、夕光倒是没有什么问题，但好像找了一家客栈住下来了，却只看到朝露进进出出，后来知道，原来是夕光莫名地中了毒。只有虚剑，好像还没有什么大问题，只是，用于传信的飞鸽多已死伤，四路人马都是如此。目前看清风冷月八成已被抓走，温冰、热雪遇上能过招的人，那应该就不大可能一下子脱得了身，所以令他们撤回。至于夕光中毒，好像是中了毒针，目前生死不明，所以也令他们撤回了。这几路均是如此，好像也只能将这次的投信交由虚剑来完成了。事实上，虚剑之前已经将小图投给刘晟、刘谦。最重要的是，要让收到小图的人相信它们是来自杨公的提示。所以，虚剑身带杨府的腰牌就很重要了。

怀心与北仓欲帮虚剑完成余下任务，却被告知，腰牌都是杨公亲授，各位潜使是不可能交于他人的。另外，对手能跟这七位潜使交手，并可以令他们受伤，以怀心、北仓的能力根本不可能完成使命。翟之亦想让虚剑将小图全都交给刘晟他们，虚剑说不可。因为各路藩主想法不同，而且相互掣肘，一旦将小图交于其中一位，那会不会交给另外几位，犹未可知。虚剑说话间起身去往城东。

由于计划被打乱，翟之亦无奈第一时间自己去城北，禀告主公杨行密。而虚剑刚到城东，就在冬雪轩檐头遇到一位高手，二人相斗得难解难分。斗了三十个回合之后，幸有翟之亦派来的北仓用暗器相救，虚剑投书董昌才告成功。另一边，翟之亦自己飞檐而行去往城北，居然看到宗举领兵在城北的要道上截杀他。檐上，已然有两位高手等候多时。翟之亦暗说不好，忙使用师父所授隐术，直接遁地潜入夏藕轩。顷刻，见到杨行密，将小图献于主公。杨行密称，外面梁上之人必来者不善，你且将其余小图交我，让二弟走几趟各驿馆。翟之亦连称也好。

整个汴州之夜，闹得灯火通明。这一边，宗举连夜封锁所有消息，并将七大驿馆用兵隔开，防止任何人出入。但他们也深知，一旦消息封不住，这些藩主果真冲杀出来，是无论如何挡不住这些英雄的。

第一个冲杀出来的是马殷，他扶保着董昌从冬雪轩杀将出来，将后有朱字大旗的唐兵杀得大败。阵中有军兵忙喊，将军看清，我们是大唐的兵卒，马殷说，我杀的就是你们，早知这是个圈套，连虎狼谷我们都不应该来。说是皇上旨意，我看就是你们朱阿三的诡计！

此后，东西南北四个方向，各路藩主的兵马就都杀出来了，徐温保着杨行密，刘谦一家子五口人都是将军，冲杀得越发勇猛；刘晟之子刘仁恭刚从卢龙赶来，听说朱温想对他们不利，一顿冲杀，直接砍死百十号人，冲出一条血路。更不用提王建、王审潮、王审知这些人了，反正是杀乱了，有几路汇到一块儿的，也有自己直接冲出汴州的，整个汴州杀得昏天黑地的。

宗举看这架势一下子有点儿控制不住了，他也完全没想到，自己盘算得根本没有漏洞的事情，怎么会发展成这样。原来想的是，将所有藩主在东西南北四个方向上分隔开来，其间军兵禁止他们下边人私自往来。说是等待封赏，实则就是将几路藩主软禁起来了。他们在城东发现清风、冷月之后，就倾全体之力将二人拿住，但二人誓死不吐半字。在城北，有人说，用毒针射中一老妇，她女儿找一店房暂住，但他们在外围根本攻不进去，后来这二人很快被人救走。

宗举眼看着七位藩主悉数冲出城去，一看大势已去，就想去上源驿找朱温请罪。可转念一想，哎，那李克用一直在城东营中，城内之事，他很可能一无所知。于是强令汴州军兵，一路去追那出走的藩主，另一路，将上源驿方向以及城东的所有道路封死，他自己带一支人马去往上源驿，去报朱温。

朱温昨夜还在欣喜，尹梁给他献此一计，用皇上封赏之名，将八路藩主诓进汴州，然后自己再将他们一一毒杀，各路英雄一死，就再无与朱温角力之人，那朱温将大唐踏在脚下，只是时间问题。但是，风风火火冲进来的宗举，给他带来了一个坏消息和一个好消息。坏消息是，七路藩主已然得知咱上源驿之计，连夜冲出汴州城，逃之夭夭。一个好消息是，昨夜在城外扎营的李克用，目前并未知道汴州城内之变，上源驿夜宴还可依计执行，只不过目标从通杀八大藩主变为杀掉李克用。

朱温初听先是起急，然后冷静一下想了想："如若能除掉李克用，咱家也不算白忙。"于是继续依计行事。

杨行密素来与李克用这些沙陀人很少来往，而昨夜汴州如此大阵仗，他也根本没想到李克用会不知道昨天的"汴州之变"，于是就命徐温，早早令江淮派出军兵半路迎接他们回苏州。次日天明，李克用早起正在舞剑，有人来报，说全忠将军捎来口信说，今晚将在上源驿恭迎将军。李克用心想，当时一不留神救了他朱阿三一命，这小子想办法报答我一下，也算这小子有点儿心思。

但升帐之后，李存勖和李嗣源都向李克用进言说，上源驿此地凶险，最好不往。李克用一摆手，哎，谅那朱温也闹不出个妖来。我们刚刚杀

第八章 夜阑风起上源驿

了黄巢有功,他还想对咱不利?我借他几个胆子。再者说了,这不还有你们呢吗?咱们爷们儿也不是吃素的啊。

一看父亲如此坚决,李存勖就尽力做好了内应、外应的准备。李存勖也考察过了,离他们最近的就是上源驿的东门,东门那里有一座桥,被称为"忠义桥"。传说是当年关羽接二位嫂子去找刘备的时候路过的桥,那桥边还有人立了一尊关羽的像。李存勖想,如此忠义之地,希望不要有背信弃义之事发生。但他还是在忠义桥附近留了一千人马。在上源驿的西门附近,也同样留了一千余人。为了防止万一,李存勖带兵去了西门守候,而东门忠义桥那里,留了他的一个偏将领兵。

入夜掌灯之时,整个上源驿流光溢彩,鼓乐齐鸣。在一阵仙乐飘飘的氛围中,李克用在李嗣源的陪伴下,来到锦瑟堂前。朱温早早就迎在这里了,当他远远望到李克用的时候,连忙降阶相迎,中间还小跑了一段儿,李克用一时还有点儿脸红,觉得朱温此人有点儿意思,之前虽然了解不多,但这礼数真的算很周到。想这三镇节度使,都可以对我李克用降阶相迎,说明自己现在在大唐也算是一个比较突出的人物了,想到这儿,他心中难免一阵欣喜。

夜宴开始,歌舞升平。李克用这才发现,原来定的八大藩主同时夜宴封赏,怎么到头就自己一个人呢?朱温听李克用这么说,微微一笑说,高刺史身体有恙,早早回了。那另几位藩主,皇上说,在汴州城里迎一迎他们就可以了,所以我之前就在汴州城跟他们饮宴了一次,他们也说家中诸多繁忙,所以在接受封赏之后就陆续离开了。因为皇上专门嘱咐说,一定要在上源驿单独宴请一下李将军,说您是国之栋梁,收复长安立了首功，但一直都没有好好地封赏，这里有三杯酒，其中一杯是皇上赐您的。另外两杯，一杯是代表我朱温还有我三镇的将帅，敬您这位英雄。这第三杯，尤其感谢您在虎狼谷一役中，救了咱家一命，只要我朱温活命一天，就感谢李将军的救命之恩。

一听这朱温话说得如此中肯，李克用三杯酒下肚，酒也喝得活跃起来。按理说对于李克用来说，这点儿酒根本不算玩意儿。但架不住朱温的甜言蜜语，极尽夸赞。没多久，李克用就有点儿喝多了。但他喝多了，却偏偏说自己没喝多。于是说的话就有点儿没把门儿的，居然一口一个"小朱"地唤起朱温来。朱温起初还能笑笑，但李克用再连说几次"小朱"，这脸就明显有点儿挂不住。毕竟是三镇节度使，皇上御封的左金吾卫大将军哪，朱温哪受过这个？

可是，另一边呢，李克用还喝得兴起，不但一口一个"小朱"，还跟朱温盘起了道。"我说，哎，小朱，你敢不敢实话来说，灭了黄巢，到底谁的功劳更大一些？你敢说你吗？你，哈哈哈哈哈，你在东渭桥之变之前，不还是个贼兵呢吗？你敢说你朱温功劳最大？如果你不投唐，你今天是不是也跟黄巢似的，也烂死在虎狼谷里了啊？"这李克用越说声越大，越说这话越难听。朱温左右的将军都有点儿绷不住了。站在后边的将军都有点儿往里边涌了。

一看这种情势，李嗣源也确实觉得父亲这话说得有点儿过，就捅了捅李克用。问题是，李克用完全没觉得说的话有何不妥，然后还瞪了李嗣源一眼。"你捅我干吗？你让我说完嘛。哎，小朱，你说，哎，你，美其名曰，什么三镇节度使，你有啥功劳啊？不就是打个白旗的功劳吗？

第八章　夜阑风起上源驿

就你，怎么跟我比啊？想我沙陀李家，这个姓都是朝廷御赐的，我们李家四代，是大唐的功勋家族，谁敢说个不字？再翻回来看你朱家，一个佃户，在砀山你未出头的时候，还净干些个偷鸡摸狗的勾当，我没说错吧？你呀，你就是会巴结，巴结皇上，还巴结田党，不然，你哪来的什么金吾卫大将军当啊？当上个这，你朱家祖坟都冒青烟了吧？哈哈哈哈。"

朱温事前想到李克用可能会居功自傲，但没想到李克用这么口无遮拦。这家伙，什么难听他说什么，朱温这点儿老底全被他揭出来了。朱温脸上是真的挂不住了，脸色铁青，但还是礼节性地对李嗣源说，将军可能真的喝了不少，还是送回后边的闲馆去歇息吧。李嗣源脸上也有点儿挂不住了，心说父亲，你这说得也有点儿太过了，还真拿朱温当个小使唤哪。不过此时李克用已然昏睡得不省人事。于是让左右随将将李克用扶到闲馆去休息。

在这一番大吵大闹之后，上源驿又恢复了平静。夜风吹得竹林沙沙作响，却挡不住朱温之前派出的刀斧手的脚步，慢慢接近李克用所在的闲馆。不想，闲馆附近李嗣源还真有埋伏，有二百多弓箭手，还未等朱温军兵近前就被射了一阵箭雨。都到这时候了，李克用还能有防备，这大大超出了朱温的预料。几次攻击居然无法接近闲馆，于是上源驿外也猛然传来喊杀声。于是朱温急令宗举："给我烧，烧死他这个李鸦儿。他口放狂言，欺我太甚！"于是宗举急令弓箭手，将箭头点上硫黄，一通火箭飞向闲馆。

一阵阵的喊杀声，李克用一下子惊醒过来。李嗣源冲进来对他说：

"父亲，朱温果然要杀你。现在已将闲馆引燃啦，你快随我撤！"李嗣源一路保着李克用边打边退，其间，李克用亲兵随将倒下无数。这些跟随李克用多年、南征北战的兵将，居然都在这么一个弹丸的上源驿倒下了，李克用当时就哭出了声。"疼煞我也！你这朱阿三，你个市井泼皮，我居然还在阵前救你性命，我李鸦儿真瞎了眼！"李嗣源边打边撤之中，一听李克用还意气用事地说这些，无论如何不想跟李嗣源撤下，他也没办法了，直接将李克用敲昏，背着往东门撤。

在往东门的途中，有三座大的竹林，朱温和宗举都派人准备了硫黄火引，一瞬间都烧了起来。李嗣源背着李克用，急得都要哭了。"难道天要亡我李家吗？苍天哪！"哎，就在李嗣源呼天抢地的时候，天空突然下起雨来，而且越下越大，直接将竹林和路径上的火都浇灭了。李嗣源一见机会来了，哪能放过，直接冲出东门，落荒而逃。

可是，如果想逃，这里还有朱温设下的伏兵哪。正当李嗣源背着昏迷的李克用站在忠义桥上时，对面林中慢悠悠闪出一匹白马，马上端坐一白袍将军，大喊一声："呔，哪里跑？葛从周在此！"

这一声断喝，李嗣源差点儿没哭出声来。这种绝境之下，还遇到常胜将军葛从周，哪里还有命在？李嗣源强装镇定，眼角余光却一直在周围搜寻。搜寻一圈，也没见任何人影，心里暗说，完了，我父子命休矣。正在丧气的当口，突然眼前闪现一块石碑，上书"忠义桥"。

李嗣源见此石碑，计上心来。"吾李嗣源，与吾父征战多年，素仰慕将军之威名，今日一见，果然气度不凡。但有一事不明，愿请教将军。"葛从周回："谅你时间无多，但讲无妨。""吾素闻将军是一顶天立地之忠义将军,上忠,可对朝廷,下义,可对军士、对百姓,唯独不对我们沙陀李家。所以,您这'忠义'二字,不要也罢。"葛从周一惊:"此话怎讲?""天下尽人皆知,我父李克用在虎狼谷奇门大阵中救了朱温一条性命,今日却得来此番恩将仇报。现在,葛将军站在恩将仇报的朱温一方,这是哪一朝的忠,又是哪一代的义呢?若被天下人传将出去,葛将军一世英名,休矣!"李嗣源越说越激动:"我沙陀李家,世受皇恩,赐国姓于平乱之际,殚精竭虑于剿灭黄贼。上,可面上天之义,下,可对圣上之忠。我们李家才真正对得起这'忠义'二字。我沙陀李家,今日休于忠义桥之上,实属天意,从此,天地间再无忠义之士,忠义之魂,将于即日终亡于此!我的话讲完了,葛将军,请吧!"

此番话一讲完,葛从周在马上居然倒退了三步。对啊,李嗣源此番话句句在理,字字入心,如果葛从周再屠掉李氏父子,必为天下人所不齿。但朱温那边,又上命难为。葛从周思虑再三,还是决定将马头转过,冲向竹林,说:"今天我葛从周,就放你父子过去,但有一样,我是被你父子偷袭得手的,并不是我放尔过去。"说罢,葛从周从怀中抽出一袖刀,自刺肩头一刀,鲜血顿时浸出战袍。李嗣源看罢,从葛从周马边走过,过去之后,向葛从周抱拳拱手,直说"后会有期"。李嗣源带十几名残兵,打马绝尘而去。

第九章　中枢之变殒僖宗

　　李克用从上源驿落荒逃回太原之后,养病养了快一个月时间。其实他根本没受什么伤,就是被朱温气的。他清醒地认识到,朱温这人,根本就是个人渣,在他那里,完全没有道义可言。历朝历代都没见过这么对待自己救命恩人的宵小之徒。你完全不可以信任这个人,也根本无法用任何道理来思考这个人的思想。本来李克用一个月养好病之后,想带一队人马去汴州和朱温血拼一场,李克用的夫人这时候说话了:"将军如若真领人马去了汴州,那对将军将是大大的不利呀。"李克用一愣,这种说法他完全没想到,他的"十三太保"都气得哇哇乱叫了。夫人又说:"将军想啊,那朱温现在是剿灭黄巢的大功臣,你若是去攻他,朝廷会怎么想你?难道不会认为你是替乱贼雪恨的吗?人嘴两张皮,谁说什么你又管不了，朱温只会以此事大做文章来诋毁将军。再说了，将军也未必就有对朱温一攻即胜的把握吧？"

听了夫人一番话，李克用恍然大悟，连忙向夫人深鞠一躬："感谢夫人提醒，我不去汴州就是。"虽然李克用说不去汴州，但这梁子算是结下了。他对着"十三太保"明说："以后朱温，有他没我，有我没他。以后在任何地方见汴州兵者，格杀勿论。""十三太保"高喊称是。

这边李克用气出一个月的病，那边朱温也很恼火。一切都布置得天衣无缝，怎么可能就让李克用跑了呢？葛从周都受了伤，说明李克用手下这"十三太保"，果然功夫了得。正想着，此时葛从周来向朱温请辞，说本来伤病就多，而此次又没有拦住李克用，实在无脸赖在汴州。朱温无论如何不答应葛从周离开，怎奈葛从周一而再再而三地坚持，而且他写血书明志，称今后一定告老还乡，不再争世间之事。这样朱温才算勉强答应了葛从周。

朱温这哪里是爱才啊？分明是害怕葛从周以归乡之名再另投了什么主公，最后对他朱温不利。朱温这点儿心眼儿，全长这上面了。

黄巢已灭，理应把蜀中的唐僖宗接回长安，还朝堂于皇上。但这个时候的长安城，早已没有了当日的繁华市井，无处不体现着被黄巢军掠杀、踩躏的痕迹。这个时候已经是唐僖宗光启元年，也就是公元885年，这时距长安城被黄巢攻破，黄巢登基当皇帝的881年已然过去了四年。蜀中的唐僖宗和田令孜也是这种想法，想快点儿回到旧都长安，绵延大唐盛世。但这个得准备一些时间。884年黄巢死于虎狼谷，第二年的二月，唐僖宗才被百官簇拥着回到了旧都长安。于是大封群臣，与百官同乐。

而此时，唐僖宗做了一件让所有人都有点儿不是滋味的事。那就是，将陪伴过黄巢的后宫妃嫔、宫女悉数集中，并将她们定为叛乱逆党，择日处死。在行刑当天，唐僖宗还不忘派人去问那些妃嫔说，你们到底是咋想的？难道不知道朕肯定有一天会回到长安吗？去委身于那个黄贼，甘于受辱，怎么对得起我们的大唐子民呢？怎么对得起咱的国体呢？

不消多时，差去的人带回唐僖宗昔日一爱妃的一封诀别信："那时，皇上一听黄巢攻进城来了，当时就从后门开溜了。那时候，皇上您想过国体的事儿吗？我们一个个的弱女子，面对虎狼一样的黄巢军，没有一个男人留下来保护我们，我们肯定不知道你们会不会回来，我们只知道，如果不顺从黄巢众人，当场就是一死。现在我们这些姐妹，虽然含辱，但也算苟活了四年之久，比起那些闻风而逃的'大唐汉子'们，留下长安和我们姐妹被黄巢糟踏，谁更可耻还不一定呢。"唐僖宗看到这样的信，当时就慌了，赶紧亲手将那信烧了，然后命左右："快！快将那些导致国殇的女子们速速处死！"唐僖宗这一声喊声，穿过宫殿，响彻寰宇。自登基以来，这位圣上说话、号令还从未如此这般掷地有声！

皇上终于还都了，本来应该是大家都高兴的事儿。可是，这堵心的事儿马上就来了。之前的蔡州节度使，后来投降了黄贼的那个秦宗权，也同时在蔡州称帝，国号依然沿用黄巢所用的"大齐"，而且还设置了百官。这个消息，可把唐僖宗给气坏了，居然被气得一病不起。

田令孜一时间也有点儿慌了。这根本不可能想到，死了一个黄巢，怎么又来了个秦宗权呢？这个时候的大唐，已经完全没有那个实力去平乱了，朝廷根本派不出兵来。田令孜此时能想到的，也只能是朱温。于是再封朱温为宣武军节度使，命朱温速速剿灭黄巢余党秦宗权。

朱温接了旨之后，也开始犯难了。这个秦宗权异常狡猾，当时大家都在围剿黄巢的时候，秦一看情势不妙，不知什么时候，悄悄带自己的人马偷换了唐军的制服，出虎狼谷，直奔蔡州。到了蔡州之后，他悄悄将主官杀掉，然后以他多年来在蔡州经营的势力，快速地招兵、抢粮。

这个秦宗权，别的没学会，黄巢吃人的本事那叫学得一个溜。而且，在蔡州周边的府县，什么陈州、淮南、荆南，秦宗权都是一个字："杀"！所有不服从他的人，全都杀掉，而且撒上盐储存起来。一时间河南多数地方风声鹤唳，谁也不知道什么时候就成为秦将军的午餐。很多平民百姓，都携全家老小出逃。有钱的人家，还有捐钱捐粮的机会，另外也更可能是土地和买卖铺面所缠，根本跑不了。所以，以残暴出名的秦宗权，短时间内收集了大量的钱粮和兵卒。以河南粮田最富庶地区为中心，打造了一个全新的"大齐"。而这个"国家"最臭名昭著的行为，就是上下一齐分食人肉。

整个蔡州和周边几个郡县，都透着一种诡异的戾气。此消息传到长安，群臣愤慨，武将们无一不骂秦宗权丧尽天良、人性全无，都吵着要带兵去抄灭了秦宗权不可。但这时候，田令孜还是心里有数，他知道朱温的平秦大计已然在他的规划之中。

朱温虽然实力没有秦宗权强，但自有一套解决问题的办法。他收集了一些河南本地的古玩字画，投其所好地去拜望天平军节度使朱瑄，并与其堂弟朱瑾一起，喝了个酩酊大醉。三人在朱瑄府中连喝了三天好酒，朱瑄想不到，已然是四镇节度使的朱温竟如此谦和，而且很多爱好也都一样，也很对脾气。三人都直呼痛快，人生得如此兄弟，真的不容易。非常讲义气的朱瑄说，既然我们都姓朱，五百年前早就是一家，那不如我们共进一步，堆土为炉，结拜为兄弟。朱温最长，二人称其为大哥。

朱温一看陈州这一趟不虚此行，就趁热打铁对朱瑄说，如今天下初定，老百姓再也不想有战乱，那这个黄贼流党秦宗权居然独居蔡州，而且茹毛饮血禽兽不如，人神共愤，我皇帝陛下回都长安，需要的是东部安定，天下太平，这种情势下，咱们兄弟应该为皇上尽一份心力。说到这，朱瑄已然拍上胸脯了，大哥，你就说吧，需要咱们兄弟干啥，我去做就是。朱温大喜，就说，那不如先联合陈州刺史陈擎，将他发展成为"兄弟"。

几日后，朱瑄回信说，陈擎自然是很想跟将军为伍，但有一事难于启齿。朱温忙问，什么要求，尽管讲来。朱瑄说，哎，还不是我那个堂侄，至今没有婚配。朱温一听就明白了，直接去后堂跟张氏商量，把他三个女儿中的一个，嫁给陈擎的儿子陈求为妻。没有几日，吹吹打打，将朱温的女儿嫁过去，双方又喝了一顿喜酒，皆大欢喜。

陈擎也是想得明白，身处乱世，朱温的见识和兵力非常人所能及，这个时候攀一门亲，相当于给自家一个安全保障一般。

除了极尽拉拢河南境内的诸侯之外，朱温还亲自北上前往魏博，带去魏博所急需的粗盐、粮米、金银，魏博实为边北之地，自然是缺少这些东西的，但所谓无功不受禄，问及朱温有啥要求，朱温顺水推舟说，河南境内战乱四起，我们奉唐天子之命平乱，只希望到时魏博上下不要南下干预即可。这种坐着就能送人情的事,魏博上下自然应允。于是朱温就大概解决了北方的隐患。如果魏博没有问题,那他就可以集中兵力去防李克用,不至于顾此失彼。

再有,朱温还给江淮的杨行密去了一封信。信中,极尽赞扬杨行密之辞,但信中也说,汴州城内进入了契丹的奸细,所以,肯定是发生了一些不必要的误会。也算是给当初汴州之事打一个圆场。杨行密深知朱温这注定是一招稳军计,但他也深知朱温实力不俗,不好撕破面皮,所以也就勉强回复,回信中也一片客套。不想,朱温收到信之后,在汴州殿堂之中,为手下大声念出杨行密之信的内容,以见杨朱联好之局面。所以,朱温称,为了更好体现杨朱交好的诚意,我将三百匹从边北选来的良马送与杨将军!朱温此话一出,他手下都有点儿乱了,什么金银送人、粮草送人也就罢了,这良马,可是战局决定性的武器,岂有张嘴送人之理?朱温一瞪眼,谁也不许多说话,这三百匹马,我送定了!谁再乱说,我直接砍了他!这么一来,谁还敢说话啊,大家异口同声,一片英明神武。

消息传到杨行密耳朵里,他也吃了一惊。送马这事,因为很可能事关战局,确实很少见。但朱温能力排众议,将三百匹好马送给他,也确实难得。杨行密也是一个行伍之人,讲义气,重情义。三百匹好马到了苏州,当时就把汴州差点儿被朱温宰了这事儿给忘了。于是直接修书一封表示感谢,同时又送上江淮所产丝绸,以示回礼。这一来一回地,朱温跟杨行密还真弄得挺热乎。

朱温料定,依杨行密之仗义性格,他一旦去攻秦宗权,杨必不会抄他后路。一个是，前有三百军马在前，他若背义，必怕被世人所议。另一个是，朱温若攻秦宗权，那一定是奉天子命行事，如若攻朱，那就会被扣上背唐乱贼的帽子，那就跟黄巢、秦宗权无异了。这种傻事，杨行密是干不出来的，他最大的可能，只会坐山观虎斗，看一看朱温的真正实力。

朱温用这种拉拢亲近的手段，没有两年，就将秦宗权的势力范围缩小到只有蔡州城附近。那个心高气傲的秦宗权哪里忍得了？于是集结自己全部主力，来攻汴州。朱温修书一封，要求朱瑄、朱瑾、陈擎三人领兵策应，朱温则兵分三路，将汴州摆出一个空城，主力设于两翼。秦宗权哪里知道，他想不到，这个汴州，没怎么攻，就进得城来了。心想，这个朱三，也就绣花枕头一个，外面还真能装。

不想，一到入夜，汴州城外喊杀声四起。秦宗权由于带兵太多，不可能全部进城休整，所以大多数军队扎营在城外，朱温先是让朱瑄、朱瑾兄弟偷袭了秦宗权的大营，将城外之敌全都"包了饺子"。然后朱温引他的主力，强力围攻汴州城。其实，还攻什么啊，朱温当时摆出空城计的时候，撤离时，在城墙上把洞都留好了，这时候，只有朱温的兵知道哪里有洞，进城就跟走城门似的，哪里还用得着攻？此外，秦宗权手下大将申丛突然反水，将秦宗权拘押，而且砍掉双足，献于朱温。秦宗权稀里糊涂地就成了朱温的俘虏，况且结局还这么悲惨。朱温二话没说，就将秦宗权献给唐廷，不日送进长安。没有几日，秦宗权人头落地，蔡州小朝廷也走到了尽头。

朱温在剿灭秦宗权的过程中，极大地扩张了自己的势力范围。一则，朱瑄、朱瑾兄弟，还有陈擎都成了自己的异姓兄弟。杨行密一方，他用三百匹军马，就将杨行密攻他的心思打消，无疑是一场好买卖。跟魏博军，也有了交好的基础，以备日后多上一个支点，在与李克用未来的交手中，也好占得先机。二则，这其中最直接的收益就是，朱温不但自己成了四镇节度使，还实质性地占据了蔡州，而蔡州土地肥沃，如无战乱，休养生息，定是绝好的发迹之地。所以，朱温降唐之后，剿来剿去，先将自己变成了一位实力诸侯，此时的唐廷，不但非常依赖朱温，实际上也根本无法忽视与朱温之间的关系。

再说平定大乱的唐廷。在唐僖宗回到长安的时候，正是中和五年，也就是公元885年，由于国乱初定，所以就想出了改元的主意。那意思就是皇上回来了，之前的那些事不必再提，我们重新开始。于是就将中和五年改为"光启元年"。这个时候的唐廷，实际所能管辖的，无非河西、山南、剑南、岭南等数十个州而已。

而此次跟随僖宗回长安的，还有在成都时招募的一万多名官员、神策军五十余镇，相当于一下子凭空多出两万多张嘴。以破败的长安来看，根本无法养活这么多人。但是这个时候唐廷虚弱，张嘴跟谁要东西都不大可能给。于是，想来想去没有办法，皇上没钱花，那还得了。于是田令孜打起了盐利的主意。

盐，是大唐的官办商品，而且私盐是不允许贩卖的。黄乱初定，对私盐贩子的打击尤为剧烈，就是因为当时，无论王仙芝还是黄巢，都是盐贩子出身。所以，为了以防万一，官方几乎将所有的贩盐业务都收归了国有。说是收归国有，其实，贩盐这个东西，在谁的地盘上很重要。

因为大唐此时的藩镇多如牛毛，那盐利在哪里，就决定了谁的实力更强一些。

那田令孜看中的盐利，就是安邑、解县的盐池，这两块大盐田，出产最多，利润丰厚。但是这两块盐田都在河中境内。河中节度使王重荣一直独占其利。王重荣，就是在大唐关键时刻将朱温招降的那位。所以，王重荣一直以大唐英雄自居，故而，享受一些盐利，好像就是非常自然的事情。但田令孜不这么想，所谓普天之下莫非王土，你王重荣再有功，你也是臣，我唐廷再没力量，那也是君，岂有臣与君争的道理？所以，田令孜就第一时间动起了王重荣的脑筋，反正黄巢、秦宗权也都死了，你们自然也该把自己手中的好处都让一些出来给皇上。于是田令孜以唐僖宗的诏旨下达命令，将王重荣调离河中，去往兖州。然后再将几位节度使环形调度一下，最终将自己的心腹原义武军节度使王处存调往河中，任河中节度使。这样，就可以顺理成章地将盐利供给田令孜和朝廷了。

田令孜本以为，王重荣也不能怎样，无非吃个哑巴亏。但他完全没想到，王重荣居然明确抗命不遵。一看王重荣连圣旨都不遵了，田令孜自然觉得得到了口实，就直接令亲信邠宁节度使朱玫、凤翔节度使李昌符集结人马以讨逆之名前去攻打王重荣。

王重荣闻讯急了，直接发求救信给河东节度使李克用，请他派兵来救。李克用能当上河东节度使，完全有赖于王重荣的举荐，所以，知恩图报的李克用很快发兵河中。李克用希望师出有名，并不想成为王重荣争取盐利的棋子，所以就以朱玫和李昌符暗通朱温为借口，与王重荣合兵一处，攻打朱、李二人。

第九章 中枢之变殒僖宗

光启元年十一月，两军于沙苑决战。朱玫、李昌符哪里是李克用的对手，被李克用、王重荣杀得大败，王李大军逼近长安。长安城里的唐僖宗一听，又慌了，怎么又来？于是被田令孜带着又从西门跑了。李克用和王重荣就打出了一个"清君侧"的口号，称只想诛杀田令孜，并无反心，恭请圣上回銮长安。

朱玫和李昌符一看，皇上都跑了，他们又打不过李克用，再者说，李克用称，根本不是反叛，只是想针对田令孜，朱、李二人一想，那别打了，打又打不过，人家也不是针对咱们，那就出城合兵得了。说是合兵，其实无非就是投降。

但合兵一处之后，朱玫心生一计，就对李克用和王重荣说，皇上定是决定再次入蜀了，他对入蜀的那条道最为熟知，所以，他可以引兵去追。李克用和王重荣思考再三，他俩都不适合再带兵追赶。皇上逃出长安就是因为害怕他们，他们再带兵去追，这兵荒马乱的，皇上再死在半路上，那这反叛的帽子就坐实了，到时候肯定百口莫辩。所以，他们只有默许朱玫去追，他们在长安乐观其成。但是，他们哪里想得到，朱玫去追皇上，只是想挟持皇上，谁都知道，谁抓到皇上，谁就能成为曹操。

朱玫本来是想把唐僖宗抢回来，但实力好像有点儿不济，田令孜命大将鲁许在半路截杀，朱玫打不过鲁许，只能悻悻而回。半路却遇到了也一路狂奔的襄王李煴。这位襄王也是李氏正统，而且，是唐肃宗的玄孙。朱玫大喜，就说想请襄王到凤翔一叙。襄王也没搞清楚朱玫到底是个什么意思，就稀里糊涂跟朱玫回了凤翔。

可没想到，没几天，朱玫就请襄王到他的府邸议事。襄王没有任何防备，入府之后，刚刚在厅堂落座，忽然见大队的官员穿着华丽的朝服出现，然后直接跪下山呼万岁，直接给襄王殿下弄蒙了。这时候，朱玫出现了，说，早年就很仰慕襄王的气度，今天下初定，僖宗几番逃出长安，已失天子之仪。而襄王您气定神闲，有定鼎天下之风范，所以，各地官员从四方涌来凤翔，愿拥立襄王为帝，再兴大唐基业。于是众人再次叩首，万岁之声，山呼海啸。

襄王没有当皇帝之心吗？其实也是有的，只是平日里没有这个机会。现在看，唐僖宗落荒逃出长安，生死不明，那确实需要一个统领大局之人。所以，再三推辞之后，襄王李煴也就半推半就答应了。于是，朱玫心花怒放，直接将自己封为丞相，改元建贞，奉唐僖宗为太上皇。

于是朱玫带着这股兴头儿，直接派出三十路宣谕使，到各路藩镇去宣读新皇上的谕旨。接到这个谕旨的藩镇都直接将宣谕使软禁在馆驿里，不知如何是好。如果承认了这个皇上，那那个皇上如果回来了，这不就成了反叛了吗？所以一时各镇无法定夺，纷纷派人去汴州问计。朱温其实接到了这则上谕，他也将宣谕使安顿在了馆驿里，并没有见。他第一时间去向张氏问计，他也一样，这种情况下如何站队真的很关键。

张氏一听，笑了，说，将军，当初招降你的可是僖宗圣上，现在如果奉了这个谕，那不肯定就是反叛了吗？而且，你也不看看，这个新皇上明明是在朱玫手里提着线的木偶，如果你奉了这个谕，你也就成了朱玫手中的一张牌，你想这样吗？朱温一听恍然大悟，直接宣见使者，并在大庭广众之下，将所谓上谕烧掉。直接向所有藩镇宣布：我朱温，不承认这个皇上！于是，各路藩镇有样学样，都将宣谕使赶回，拒不承认。

朱温不仅不承认朱玫所立的新皇上，还偷偷派人策反了朱玫的大将王行瑜，将朱玫诛杀。襄王李煴在逃亡途中遇到了急急赶来灭掉朱玫的王重荣，王重荣看到襄王，知道大功就在眼前，于是假意迎接圣上回长安，但在半路之上，将襄王李煴杀死，并将李煴人头送往唐僖宗所在的兴元行宫。

唐僖宗前几日还在因被李煴尊为太上皇大为光火，见谁骂谁。后来听说朱温不尊襄王的圣谕，最后导致各藩镇都不尊谕，李儇大喜，连称朱温果然是"全忠"，日后必重重封赏。这会儿，王重荣又将李煴的人头寄了过来，唐僖宗佯悲之余，对王重荣平乱大加夸赞。田令孜此时感觉到，王重荣在与他的争斗中已然胜出，所以就乞请皇上，说他年老体衰，这次请求留在西川，就不再回长安了。唐僖宗虽然假意挽留，一再劝请田令孜留朝，但田令孜退意已决，所以给他封了个西川监军，于是引众人回銮长安。

这次，唐僖宗可轻松了，此时的他已然成年，而且没了田令孜的掣肘，行事更加宽松，于是将飞龙使杨复恭招进朝堂，代掌中枢。虽然还没有回到长安，但这个时候唐僖宗就开始兑现诺言了，加赏朱温为"检校太傅"，并封为"吴兴郡王"，从这一刻起，朱温一下子就成了王爷了，对大唐来说，已然是一个举足轻重的人物，风头日盛，不可一世。

可这个时候，大家好像都忘了，那个跟朱玫一起出兵的李昌符呢？李昌符看朱玫将襄王扶上宝座，先是在凤翔附近又集结了兵马，按兵不动。他想先看一下情势再动。果然，朱玫这一招李代桃僵根本没管用，所以，李昌符就直接出马了。

唐僖宗回长安，必然会经过凤翔。于是李昌符从陇州迎出去几十里地远，将僖宗恭恭敬敬地迎入凤翔。僖宗一想，李昌符这人也行啊，对我还真不错。但过了几日之后，僖宗感觉不对劲了。僖宗几次想起身回长安，但这时候城门都封闭了，然后就接到了李昌符的"请愿书"，那意思是，我李昌符寸功未立，皇上呢，好不容易来到凤翔，还是想跟皇上多亲近，恳请皇上在凤翔多留几日。刚开始，皇上还觉得李昌符可能就是简单地想多尽孝心，但后来感觉不对了，他怎么总不让我走呢？难道说，他也有反心不成？

这话说着就到了光启二年（886）的春天了，僖宗一想这可不行，我总不回长安被扣到凤翔，这哪是皇上啊，这不是肉票吗？所以就令神策军前来勤王，神策军果然前来，在凤翔城外跟李昌符的军队开战，从三月一直打到了六月，神策军一举拿下凤翔，李昌符一看大势已去，果断出逃。唐僖宗命神策军都将李茂贞去追李昌符，李昌符最后逃到了陇州。李茂贞就将陇州包围了。这时候唐僖宗就封李茂贞为陇州招讨使，命令李茂贞必须把李昌符拿住。

李茂贞也确实没给僖宗丢脸，最终攻下了陇州，将李昌符满门抄斩，还将李昌符的人头发到僖宗在凤翔的行宫。僖宗这几年也见怪不怪了，一会儿黄巢的人头，一会儿秦宗权的人头，一会儿朱玫的人头，这会儿又是李昌符的人头，心中暗叹，当初朱、李二人可都是口口声声说着要保我周全的，后来直接就成了反贼，这个世道，我又应该相信谁呢？

这时候，他想到了朱温。目前来看，只有朱温人如其名，只有他，还保持着对朝廷的全忠。所以，他目前最信任的还是朱温。对于李克用和王重荣，虽然王、李对诛杀朱、李二人有功，但他们毕竟还是引兵到达长安的人哪，还是有乱臣之嫌，所以僖宗对他们还是从根底上不放心。哎，思想了这么多，经历这么多逃亡、避难、国破、家亡，这个时候的唐僖宗已经有点儿疲惫得打不起精神来了。这个时候，他正在回到长安的路上，他的鞍前马后，只有李茂贞，手持长枪，护他左右，对于这种良将，他之前久未得见，只知道周围的人无非都是田令孜为他选的，所以，这次回长安，他定将国都重振，让大唐复兴。

重新回到长安，唐僖宗居然心力交瘁，一病不起。各方遍请名医，都无济于事。最终，唐僖宗还是过完了他作为皇上飘飘摇摇的一生，寿终于长安中和殿中。这个时候是光启四年（888），也就是唐僖宗改中和年号为光启才仅仅不到四年时间，就驾鹤而去，时年仅仅26岁。唐僖宗的这个僖字，本是快乐的意思，可当初14岁当上皇帝不久，就遇到了王仙芝、黄巢起义，然后在平乱之中，又逃入蜀中多年。回到长安之后，又被李克用逼入西川，然后又有朱李之乱，多年之间，就在蜀中和山南地区多地辗转，有点儿居无定所的感觉，这一生的经历，从无快乐可言，只能用四个字形容：颠沛流离。

虽说唐僖宗这一生颠沛，但其放纵自我、玩乐人生的时光还是很多的。所以后世有人感叹作诗云："少幼临朝漏时光，轻由宦臣多荒唐。平生颠沛行所处，未及而立亦黄粱。"

第十章 天上掉下个李茂贞

身兼四镇节度使，又是检校太傅，还是吴兴郡王的朱温，不能仅仅用风光无两来形容，虽然唐僖宗驾崩了，但得到最大实惠的，还是朱三。让人没想到的是，朱温并没第一时间染指朝堂，却不知哪里掉下个李茂贞，使朝堂生变的同时，也给了朱温西入长安的最好理由。

李茂贞，原名宋文通，最初只是京师神策军野营校的一个小校卫，在军中只是一个担负通传职能的小官，几乎所有的神策军都以笑话他为乐，因为他长得又黑又小，谁会认为这么一个人会进入神策军呢？神策军是一个被各路刺史、节度使后代占领的，积蓄升迁资本的地方。宋文通能进入神策军，纯属机缘巧合。

当时神策军招兵之时，在长安只设一征兵处，于是长安很多豪族都将子弟送此征兵，但宋文通其实只是饶姓人家的家奴，他娘其实只是饶家一个洗衣妇人，其父早亡，所以，孤儿寡母投奔了饶家。饶家老太太心地比较善良，就让儿子收了这母子二人。宋母卢氏，成天在饶家收拾家务，那宋文通就成了饶家公子的伴读。饶家公子饶子取，顽劣不羁，成天出门闹事取乐，多次被州府收押，家里又串通关系将他运作而出。

到了征兵的年纪，饶家动用了很多关系，也用了很多银两，将饶子取送去征兵处。但是，他根本不想去当什么兵，在家天天吃喝玩乐多好啊。于是他想出了一个歪主意，就是让宋文通冒充他去征兵，然后他就自己去了西川玩乐。宋文通肯定是不敢冒充啊，就向饶家老太太坦白了原委，饶家老太太一声叹息，说饶家这个孽种，确定是没有这个福分去当什么神策军了，银钱已然送出，哪有索要之理？所以，饶家就安排宋文通报名去了神策军，宋母卢氏自是感恩戴德，让宋文通将饶家老太太认作"奶奶"，此后若生子，必有一子姓饶，并起了一个饶姓名字饶军力，以报答饶家的恩情。

虽然宋文通不以为意，但他报名之后，整个神策军居然都知道这回事了。神策军什么时候混进一个伴读的书童啊？所以，宋文通一进入神策军，就成为所有人的笑柄。本以为进入神策军就能改变自己命运的宋文通彻底失望了，他好像永远也改变不了他地位低微的这个事实，而且从这个基础上生长出来的东西，好像一切都不对。不过他从来也没有认为自己此生就是如此了，永远不放弃，就是他的人生信条，他在神策军当中，不见得一定是资质最好的那个，但一定是对自己最狠的那个。他每天天刚刚亮就起床，然后开始自己去演军场练功，而且自从进入神策军，他一直就是这么干的。所有的少爷秧子兵都还没起床，他就已经开始每天的操演了。在少爷兵们还在吃早饭的时候，他已经开始舞动刀枪了。

宋文通的这种行为，如果是在一般的军中，肯定会受到军曹的褒奖，但你要知道，这是在神策军当中，所有的军曹也都是从富贵中来，也注定要到富贵中去。所以，任何一个上一级的军官都会认为，宋文通此举就是在羞臊他们，让他们难堪。所以，就在宋文通在军中勤苦练习的时候，晚上等待他的，却是在营中被各种戏弄和针对。比如，在他的床铺上浇上冷水，冬天在他的鞋里冻上冰坨，在他吃的饭里掺上沙子，等等。宋文通开始是想跟他们争一争的，也想过以暴制暴，但他还是忍耐下来了。可忍字头上一把刀，并不是所有的忍耐都是很容易熬过的，所以，神策军的经历，并不是宋文通一段美好的过往，相反，却是他非常想忘掉的一段地狱般的时光。

但是，机会总是会青睐有准备的人。黄巢造反，给了所有人可能一辈子都等不来的机会。朱温如此，宋文通也是。黄巢起兵之后，神策军的演武也渐渐开始严格起来。每次都是演武第一名的宋文通，自然也受到了上层军士们的重视。毕竟大敌当前，想保卫皇上的安危，就必须得有一支过硬的力量才行。所以，在这一轮选拔之下，宋文通终于等来了机会。当时长安的卫戍，需要一支巡城的小队，而这支小队也有预警的任务。那就需要他们不但胆识过人，而且有一副好腿脚，在单兵能力方面也需要非常出众，而这三方面，又都是宋文通的强项，所以，宋文通就自然成了巡城戍卫营的扈将。这，就是宋文通成为带军将领的开始。

第十章 天上掉下个李茂贞

黄巢881年杀入长安,大唐国都一片狼藉,几乎所有军兵都四散奔逃。但总得有一支信得过的军队保卫皇上出逃吧?宋文通就是这支军队里的重要人物。因为他平日英武果敢,所以一路之上无论针对追兵来犯还是路遇强人的大事小情,唐僖宗无一不传宋文通来帮办。人在落难之时,总是会给为他们带来希望的人无端地套上一层神一样的光环,唐僖宗就是如此,这个时候的宋文通,就好像他的专职保镖一般,让他百般依赖。如果在皇上心里对你有了好印象,那发迹就似乎只是一个时间问题。所以,又一个机会神一般地降临在宋文通身上。

中和元年(881),身在蜀中的唐僖宗希望尽快收回长安,所以任命当时的凤翔节度使郑畋为京城四面诸军行营都统。也就是在这个时候,郑畋才招了宁夏兵入陕,协助唐廷剿灭黄巢。这才有了当时可以给黄巢设伏的拓跋思恭和唐弘夫的机会。当然,这个时候在蜀中的皇上,也在大量地招兵买马,充实实力。这个时候的宋文通在蜀中就没有那么大的作用了,所以就被唐廷派去助郑畋将军一臂之力。皇上派来的人,郑畋注定不敢怠慢。所以委任宋文通为游巡将军,当然,这个官职跟他之前干的活儿也没什么区别。但职级一定是不同了,之前宋文通只是长安城的一个巡城的小官,现在,可是郑畋大将军麾下的一员重要将官。给皇上当保镖,还有有利可图的,一旦到了下级军中,这种重视程度,就可以想见。

后来黄巢派尚让前去追击唐僖宗时,就中了宁夏兵为主的拓跋思恭和唐弘夫的埋伏。而这个埋伏的军兵当中,就有宋文通。宋文通不仅很好地执行了伏击的命令,而且在作战中异常勇猛,成为杀敌的先锋,人人都看在眼里。彼时，黄巢军队遭受了最惨烈的一次失败，战死两万余人，这其中，郑畋一定是声威大震，但宋文通也正式地进入了郑畋的法眼。

光启元年（885），唐僖宗终于回銮长安，这个时候的宋文通就被封为神策军的指挥使，也就是说，宋文通已然成为天子御林军的总指挥。这种情况下，宋文通这类人注定是田令孜最想拉拢的人。于是田令孜就变着法儿地为宋文通请功，而且将其收为养子，还给起了个名字叫"田彦宾"。这个时候的宋文通就已然攀上了大权贵，居然成了朝中重臣的养子，可以说是田令孜在长安武力之中的重要棋子。

而在朱玫、李昌符之乱中，宋文通又在关键时刻挽救了唐僖宗。正是他，带兵去攻凤翔，将唐僖宗从李昌符的魔爪中救出，可以说"有不世之功"。这一次，本来在唐僖宗眼中就带有光环的宋文通，就更受皇上的器重了。所以，唐僖宗回到长安，就封宋文通为检校太保、同平章事，最重要的是，还赐了国姓，名唤茂贞，字正臣。所以，从此之后，禁军之中就再无宋文通此人，取而代之的是一位国之重臣——李茂贞。而这个李茂贞日后也概莫能外地对皇上动了家伙，跟那个赐名"全忠"的朱将军一样，成为争抢中枢权力的重要一方。

李茂贞自打进入朝堂权力机构以来，被唐僖宗有事没事就封赏一下，到了光启三年（887）的时候，李茂贞已经身兼洋州刺史、御史大夫、上柱国、陇西郡公、检校司空、同平章事、凤翔节度使、凤翔尹等官职，可以说，集万千宠溺于一身。而他从一个禁军指挥使一下子成了凤翔节度使，完成了一次重要的飞跃，那就是，他终于有了属于自己的地盘，这就是距长安非常近的凤翔地区。

888年，唐僖宗驾崩，由他的弟弟李晔继位，史称唐昭宗。虽然换了皇上，但大唐的国运依然飘摇，即便没有黄巢、王仙芝、秦宗权、朱玫，唐昭宗也依然是一个只能统领长安及附近地区的天子，而对其他地区基本没有什么控制权。

由于唐僖宗从蜀中回到长安的时候，田令孜害怕各节度使对他不利，所以就留在了蜀中养老。中枢权力就交给了另一位宦官杨复恭。杨复恭自己就带领了六万多禁军，还是左神策军中尉。一方面是中枢首脑，另一方面还可以提领军队，这就对大唐的核心有了实质性的威胁。这个时候的李茂贞已然走出长安，去了凤翔，所以，就给了杨复恭可乘之机。

偏偏杨复恭又是一个极力弄权的小人，他不但自己统领禁军，而且还召集很多行武之人进入他的府内，就给他们改姓"杨"，然后收为义子。这多多少少有点儿学李克用的架势，但终究还是在募集党羽。不仅如此，他还将这些义子都安排了重要的职位，比如杨守立为天威军使，杨守信为玉山军使，杨守贞为龙剑节度使，杨守忠为武定军节度使，杨守厚为绵州刺史。可以说，一时之间，姓杨的将军云集于朝野各处。

891年，杨复恭的一个义子杨守信被人给告到唐昭宗这儿，说他有谋反之心。唐昭宗其实早就对杨复恭的行为有意见，毕竟自己才是天子，禁军和朝野多数官职都被你们杨家占了，这肯定是不合适，所以，唐昭宗就想借这个引子打压一些"杨党"气焰。而此时杨守信正在杨复恭府内，于是就派神策军右中尉梁长信前去杨府拿人。杨复恭肯定是不肯把自己儿子给别人带走的。所以，杨复恭也直接动用了他的神策军的武力，在其府门外对峙。梁长信手里有圣旨，杨府不给人，那不是抗旨不遵，就是反叛，所以梁长信直接召集禁军更多兵马直攻杨府。但他想不到，杨守信之前也想到了会有这一遭，就招了很多玉山军来对抗。府外禁军居然打了一宿都没打下来。

杨复恭在府内向梁长信喊话称，吾乃国之重臣，尔等攻我府门，就是大逆不道，必定上奏皇上，定你抄家灭门。梁长信手举圣旨号令三军，高喊："吾有圣旨，诛杀杨党，杀杨复恭、杨守信其中一人者，奖三百金。"但是又过了一天一夜，依然没攻下来。唐昭宗有点儿急了，急令梁长信召集更多人马，必须将杨复恭拿下。

这个时候杨复恭深知大势已去，于是决定放弃杨府，突围出城，居然成功。杨家人马最后到达山南地区，收住马蹄。到了山南的杨复恭，反以讨伐梁长信之名，居然要攻入长安。山南离长安距离非常近，这要真攻进来，以长安城内的兵力和粮草来说，根本抵挡不住。

所以唐昭宗就想到了李茂贞。可那是前朝封的将军，可能对自己那么忠心吗？前有朱玫作乱的先例，所以唐昭宗也不敢贸然令李茂贞入朝平乱。

但此时听到风声的李茂贞，已然按捺不住进驻长安的心，就上奏唐昭宗，希望进入长安，替皇上抵抗杨党的进攻，后边还不忘加一句"粮草咱可自带，不劳皇上费心操持"。这一句根本就是画蛇添足，皇上看到这一句就更多心了，你不用我给军粮都想进长安来，那是想来助我吗？不会是来杀我的吧？

所以，朝内对是不是召李茂贞入长安，一时产生了分歧。后来，有

第十章 天上掉下个李茂贞

一个叫牛辉的给事出了一个折中的主意。既然山南的乱不能不平，而李茂贞想进长安又怕他进，那能不能命令李茂贞攻打山南呢？这样一来，既消却了李茂贞想进长安的危机，又可以平了山南之乱。唐昭宗一想，好主意啊！让李茂贞和杨复恭在山南互相消耗一下，这样长安就更安全了。于是唐昭宗拟旨，封李茂贞为山南招讨使，前去山南平乱。

本以为一石二鸟的好计，但被杨复恭的孱弱战力给破了。朝廷本来想，杨复恭至少可以与李茂贞在山南坚持一下，但谁知一击即溃。李茂贞不但收复了山南的兴元、兴州、洋州，还将武定军节度使杨守忠打得大败，杨氏一党突至西川阆州，后脚李茂贞的大军就到了阆州。最终，杨党被华州刺史韩建俘获，悉数处斩，将首级献于长安。杨党之乱初步平定。

本来唐昭宗以为的好计，最后还是被李茂贞给破了。更令朝廷不能接受的是，李茂贞一战之下就事实上吞并了武定军、感义军，还占领了山南绝大部分地区。李茂贞不但极大地壮大了自己的军队实力，还占据了长安西北的凤翔，还有长安南面的山南，将一个孤零零的长安夹在其中。这下唐昭宗感觉好像更危险了，还不如不让李茂贞去攻山南，这下封不封他两镇节度使都不起作用了，李茂贞已经实控了两镇，并对长安形成了合围之势。这种情况下，李茂贞还不进长安了呢。这种情况下进长安，皇上很可能就又跟他哥学，又跑了，最后会不会落得个反叛之名也不好说，那现在占着凤翔和山南，就像在皇上枕边立了一道危墙一样，随时可以倒下，这种情况下，李茂贞再上书要些什么好处，那皇上岂有不允的胆量和道理？

173

这个时候的唐昭宗，最好的办法就是闭上眼睛不看，就像眼前是悬崖绝壁一样，如果自己没有能力从危险的地方离开，那莫不如眼不见为净。但唐昭宗不是，他毕竟才二十多岁，他高估了自己这个皇上的权力和地位。于是使出一浑招，封李茂贞为山南节度使兼武定军节度使，令中书侍郎徐彦若为凤翔节度使。

皇上以为，李茂贞的老家在凤翔，那我就把山南那地方先给李茂贞，然后通过换防的方法把他的老家给抄了，这样李茂贞对朝廷就没有那么大威胁了。但唐昭宗万万没想到的是，李茂贞根本不奉诏，还回信给唐昭宗，信中说："陛下初临天下，不知世事凶险，若非茂贞等旧臣护驾，岂可斩杨贼复恭之一毛？陛下尊及九州、声达海内，居于长安，勤于国事，大唐太平之急要也。余之藩镇琐事，不劳陛下烦心矣。"

这话说的，不但抗旨不遵，而且还言辞讥笑皇上无能，什么叫"岂可斩杨贼复恭之一毛"？这就是在说皇上你就是个屁孩子，谁反叛你，你连个还手的机会都没有，还在这儿跟我发号施令，你还嫩得很呢。唐昭宗这次被彻底激怒了，他直接封李嗣周为京西招讨使，还命神策军将领李绒护送徐彦若前往凤翔赴任。其实那意思就是，你李茂贞要是不从凤翔给我滚蛋，我就直接让这些人打你，教你做人。

李茂贞见状，纠集邠宁节度使王行瑜，集结凤翔、邠宁六万余众与前来的神策军对峙。李绒带领的神策军，满打满算也就三万人不到，而李茂贞这边有六万，这仗怎么打？再者说了，李茂贞是怎么发迹的？神策军哪。你那点儿战术战法，在李茂贞这儿，根本都是儿戏一样。所以，两军刚一交手，神策军就大败而逃。凤翔军乘胜追击，直抵长安城下。

第十章 天上掉下个李茂贞

虽然到了长安城下，但李茂贞并没攻城，而是写了一封讨逆文书交与城中，称此次有小人作祟，希圣上交出奸佞，还我清白。这架势，明明知道是皇上的主意，难道还能把皇上交出去不成？事到这般地步，唐昭宗也蒙了。李茂贞其实就是逼宫了。

唐昭宗没办法，只能将内侍大臣西门君遂、李周潼等拉出斩首。但李茂贞仍然没有退兵的意思，后来又杀了中枢四个近臣，李茂贞仍然不退。唐昭宗没有办法了，只好屈服。加封李茂贞为凤翔节度使兼山南节度使，守中书令，并封"秦王"。秦，就是指的陕西全境，如果李茂贞是秦王，那皇上无非就是他案板上的肉。唐昭宗此旨一下，就相当于将整个甘陕、汉中地区全都交归李茂贞所有，长安只是其中孤城一座。而李茂贞虽然没有带兵进入长安，但实际上，也与三国时期的董卓无异。

唐昭宗吃了个哑巴亏，不可能拿李茂贞怎么样，因为实力真的不行。这个前朝皇帝给留下的毒瘤，早早晚晚是个问题，唐昭宗总觉得李茂贞随时可能把他给杀了，然后再找个听话的皇帝。所以，唐昭宗只能悄悄地开始扳倒李茂贞的行动。关键问题是，唐昭宗能信任的人太少了。外地的藩镇根本没法信任，一旦向任何一个藩镇求援，就有可能赶跑一个李茂贞，再来一个别的谁，然后还是挟天子令诸侯这一出戏。所以，唐昭宗只能信任宗亲，这里面最值得信任的就应该是覃王李嗣周了。之前讨伐李茂贞未果，李嗣周隐忍了好长一段时间，当时杀了一大批大臣，总不至于把亲王也杀了吧？所以覃王一直都称重病在床，闭门谢客，才算是躲开了灾难。这回，唐昭宗为了掩人耳目，居然传出了"衣带诏"给覃王，称"朕实有难，唯李姓宗亲可信，遂修弟此书，可望招募兵马，诛杀李茂贞"。

覃王接诏，就开始依诏行事。他倾尽家资，以招募宅兵为由，大量招兵买马，集中于长安东北郊外遂朗镇，由于遂朗镇居于山中，易守难攻，而且一旦守住要隘，很难将信息传出，所以，一切招募都在秘密中进行。唐昭宗之后密诏封覃王为"凤翔招讨使"，以讨伐李茂贞为任，最终将人数扩大到两万多人。在集中训练之后，战力大大提升。此外，覃王还令通王李滋共同带兵，静待时机成熟。

但是，俗话讲，没有不透风的墙。覃王在遂朗镇招兵买马的事很快就传到了李茂贞的耳朵里。李茂贞心想，你这个小皇帝可不对，我早时没进长安为难你，你就应该识些时务，多多顺从我，怎么还出了这种豢养亲兵之事了呢？这不明明就是针对我吗？长安这一片，也没有别人威胁过你呀？于是李茂贞就直接给这事来了个大揭盖儿，直接上书唐昭宗称："覃王、通王无故养兵，欲讨伐臣下。但臣下并无不轨之事，还对大唐有功无过，臣实不可忍，先将覃王、通王拿下，以待圣上发落。"

唐昭宗收到李茂贞的上奏，心里合计，仗还没打呢，你李茂贞就说要把覃王、通王拿下，是不是有点儿过于狂妄了呀？但昭宗根本没想到，覃王和通王的部队，虽然经过一些训练，但跟李茂贞统领的实战部队相比，完全不在一个量级。所以，一击即溃。这回李茂贞可学聪明了，他无论如何都得率兵进长安了。要不然这小皇帝总觉得凤翔无人，让他见识一下凤翔的禁卫军将士也好。当李茂贞的军队抵达长安近郊的时候，唐昭宗一看情势不好，直接拔腿开跑。在途中，唐昭宗急令人去召李克用来勤王救驾，但李克用离得太远，就算是李克用想救驾，那一时半会儿也到不了长安。唐昭宗本来是想往李克用的太原逃的，但是往东逃的过程中经过华州，而华州节度使韩建突然听说皇上来了，吓了一跳，然后直接引华州上下一百多人出城迎接。这个时候的唐昭宗，已然吓得面如土色了，他远远看到来迎接他的韩建众人，吓得差点儿没从辇车上掉下来，但发现他们是来接驾的，心里才安稳了一些。

韩建请昭宗入城，然后清水泼街、黄土垫道，城内大小官员夹道而迎，长跪于道路两侧。一时间，把唐昭宗给感动哭了。进了城之后，直接封韩建为中书令、京畿安抚制置使及京兆尹，一下子，一个一直不被人重视的华州韩建就成了京畿重臣。本以为韩建与李茂贞不同，至少不会威胁大唐基业，但昭宗想错了，这个时候的各藩镇，脑袋里就只有一件事，就是把皇帝抢到手里，然后可以号令诸侯。所以，任何一个前来救驾的藩镇，无非都是想控制皇帝及其周边的大臣。

果不其然。韩建这个"好人"，根本没装出一个月，就露出了本来面目。他起初是向昭宗上书，革变近臣，不给李茂贞兴兵口实。实则是将昭宗身边有兵权的实力派剪除，这其中就包括覃王和通王，还一口气诛杀了李姓亲王十一人之多，禁军也被韩建控制。唐昭宗费尽心力才保住了覃王和通王的性命，但兵权肯定是丢了。这下昭宗可真有点儿慌，因为他发现，他现如今不但没了兵权，而且几乎成了韩建的笼中之鸟。

唐昭宗此时可谓出了尿窝，又入屎坑，那么多皇兄皇弟就这么不明不白地死去了，他实在心有不甘。他还有最后一计，就是用手中的权力，令各大藩镇互殴起来。所以，他决定借力打力。在乾宁三年（896）的八月，他下诏封王建为凤翔西面行营招讨使，并直接命王建急赴凤翔赴任。

王建早有起事之心，此刻正是他大展拳脚之机，但他现在进长安没有什么意义，长安城里没有皇上，但他也不能去华州，如果去华州就必须得听命于自己都受制于人的皇上了。那他就直接奉命去凤翔跟李茂贞动手。王建心气是很高的，从来也没服过谁，李茂贞能有今天，他一直都认为是唐僖宗宠幸的缘故，所以，他也一直在找机会跟李茂贞掰掰手腕。

王建率队出现在凤翔城外的时候，李茂贞只是轻蔑一笑，我当是谁，怎么就派了个这角色来跟咱家斗？王建之所以这么大费周章，还是因为，他也想成为唐昭宗的李茂贞。他也想有山南、凤翔，或者其中之一就可以，好好做一个自在的藩王。可他也犯了唐昭宗同样的错误，太过低估李茂贞的实力。几个月时间，居然毫无进展。在此期间，唐昭宗也夺了李茂贞所有的封号，还有，也收回了他姓"李"的权利，李茂贞直接又成了"宋文通"。可是呢，大家还都习惯于称之为李茂贞。

王建低估了李茂贞，李茂贞这时候也发现自己低估了王建。这种相持情况进行下去，对李茂贞注定是大大的不利。李茂贞是没有后援可言的，他只有山南、凤翔两地根基。但唐昭宗不是，他可以召一个王建来打李茂贞，搞不好再弄个李建、赵建出来。而且这种入关勤王的事，是潼关以东几乎所有藩主最盼望的事情。李茂贞思量再三，情势对自己不利，那就先服个软呗，收缩一下，看看情况。所以，他像模像样地给唐昭宗上了书，说："吾与王建相搏，非出我心。圣上歧我，忠贞可鉴。现愿献上五千金，用以修复长安宫室，乞求圣上隆恩御恕，茂贞愿倾力尽忠于皇，甘当自新，定思错犯之因矣。"

这种情况明显是李茂贞给皇上台阶下，如果按唐昭宗的性子来讲，他是根本不想饶了李茂贞的，但现如今，自己在韩建的地盘上，再加上韩建也在"劝谏"说希望皇上以大局为重，饶了李茂贞当是上策。李茂贞他不想饶，但被韩建要挟还真是要命，到现在他都在想，韩建会不会跟李茂贞是一伙的。再加上李茂贞也确实表现了诚意，那五千金可不是闹着玩的，在这种纷乱时期，这五千金对长安来说可算是解决了大问题。另一方面唐昭宗也在想，他最大的念想无非就是李克用，而李克用现在被朱温挟持，无法分身。就算李克用带兵进了长安，那谁敢说他就一定不是第二个李茂贞呢？所以，顺坡下驴才是正道。

于是，唐昭宗拟旨，恢复李茂贞的所有被夺的官爵，然后再恢复了他的"李"姓，这还没几天，那位忠贞不贰的"李茂贞"又重出江湖了。但在李茂贞的强烈"要求"下，唐昭宗将王建贬为南州刺史，算是双方都打了板子。而再次回到长安的唐昭宗还是越想越气，就这么一个李茂贞，我就不相信收拾不了他。于是再次拟旨，调李茂贞前往西川当节度使，他的老窝凤翔的节度使换成了唐昭宗拼命保全的覃王李嗣周。

李茂贞接到这个旨，肺都要气炸了。这个小皇上，成天看咱这凤翔不顺眼，那就再反了他的。于是再次抗旨不遵。于是覃王李嗣周再次带兵来攻，被李茂贞再次打败。李嗣周逃往华州，华州的韩建当起了和事佬，就给大家从中说和。这边跟皇上说，您消消气，那边跟李茂贞说，您也别跟小皇上一般见识。但是这回说和没奏效。唐昭宗直接又不让李茂贞再姓"李"了，结果，李茂贞又成了"宋文通"，而且，这次唐昭宗直接把王建派去西川。你不是曾经跟王建打个平手吗？我直接把他永远放在你身后，就问你怕不怕？

但是到了光化元年（898），唐廷还是自己打了自己的脸，直接把宋文通又改回了"李茂贞"，因为唐昭宗想明白了，他跟李茂贞大闹这几次之后，自己身边已然没有什么武装了。那关外那么多的藩镇，一旦任何一个进得关来，都够唐昭宗一受。所以，李茂贞虽然可恨，但毕竟是一方势力，不能把自己身边这个强藩得罪得太狠。要不然，关外有强藩攻进来，连还手之力都没有。所以，唐昭宗现实的情况只能好好哄着李茂贞，我再不拿你的凤翔，但一旦有人来攻长安，你可一定得来救朕。这皇上当到这个份儿上，大唐的国运到底成了什么样子，所有人都可以说心知肚明。

第十一章　宫墙生乱破凤翔

唐昭宗跟李茂贞之间，经过这么多次谁也不服谁的较量之后，可以说两败俱伤。唯一得利的应该说是王建，王建进入西川之后，直接就跟李茂贞和唐廷不太来往了，但你在做任何决定之前又不得不合计一下，那里还卧着一个王建，对所有人都虎视眈眈。

就在大家都觉得好像可以喘息一下的时候，长安又出事了。这次跟李茂贞、王建都无关，实是祸起宫院。因为这几次三番唐昭宗拿捏李茂贞失败之后，掌握宫墙内院的宦官觉得有了可乘之机。关键是，到了昭宗时期，宦官已经能掌握禁军了，刘季述和王仲先就属这类，他们都成了神策军的中尉。想不到，之前李茂贞削尖脑袋地立功，也才勉强能在神策军立足，这个时候，几个宦官，几句奉承，就直接当上了禁军首领。

这让他们宦官一党甚嚣尘上，觉得这个皇上不要也罢。所以，在光化三年（900）秋天，刘季述和王仲先就直接发动了政变。他们直接把唐昭宗绑起来关在了内宫少阳院之中，然后立太子李裕为新君。这个时候的宰相已经是崔胤了，但他起初对这次宫变并没有做动作，主要是大臣们也都对唐昭宗这么几次三番地折腾受够了，太子提前接班，好像也没什么。可问题是，昭宗本来也不大，太子基本还没成年，所以，这种情势下，很可能是外藩的力量左右了宫院内的斗争。崔胤并不是不想有动作，他只是想看清楚之后再站队，别万一站错了，万劫不复。

最后，崔胤还是动作了，他与神策军都将韩全诲、张彦弘密谋商议之后，以闪电手段直接将刘、王二宦官的政变弹压下去，最后同时掌握了禁军和中枢。崔胤以为这样一来，他就位极人臣，可以发号施令了。但令他没想到的是，他所倚仗的韩全诲和张彦弘二人，都是李茂贞的死党。在平灭了少阳院之变后，韩、张二人竟直接恭迎李茂贞入长安。这可把崔胤给惊到了，这明摆着李茂贞是要当曹操啊。

李茂贞这次进长安并没有纵火烧杀，而是张榜安民，说自己是进长安来平乱的，多年来，长安宦党专权，缺少一个有力的监督，所以，我李茂贞就来做这个监督。这个时候的唐昭宗刚刚被从少阳院释放出来，想破天也不会想到救他的人居然是李茂贞。他想都没想就将李茂贞加封为尚书令兼侍中，晋爵岐王。按说皇上都已经做到这一步了，李茂贞应该稍稍收敛，可他不光没有收手，反而做得更绝，将神策军的管辖业务扩展到户部、度支和盐铁，这就意味着，不仅仅唐廷的钱袋子归了李茂贞，而且很多官员的任免，不经过李茂贞同意已然是不可能的了。这样就从根本上杜绝了唐昭宗再起事端。没有钱就打不了仗,你任命的官员都得我同意,作为一个皇上,人事权和财权都没了,那与一块牌位相比已无区别。

这个时候的李茂贞,果然跟董卓、曹操无异了,谁会认为加封他为尚书令、岐王会是唐昭宗自己的主意呢?无非是自己拟旨,皇上往诏旨上加盖玉玺罢了,皇上无非是被人威逼之下,签个字、画个押。崔胤感觉大事不好,为什么?因为尚书令这个职位对于大唐朝来说,是异常敏感的职位,因为当初开创大唐盛世的李世民,"玄武门之变"之前的职位,就是尚书令。这种谋权篡位的架势已经何其昭然了。崔胤觉得不能坐以待毙,便直接发密信给朱温,将朝堂情况说清楚之后,"请朱公以大唐社稷为重,速速发兵长安,如若不及,吾朝恐为乱贼文通所窃矣!"

朱温其实老早就听说宫廷生乱之事,但他并不是很想管,因为他老朱图的是个实惠。大唐基业之中,唯陕西关中和河南两地沃野千里,人口也最多。朱温和皇帝各占其一,而自黄巢生乱以来,多地生灵涂炭,需要休养生息,河南就更是如此。那么关中生乱,老朱乐得作壁上观,他需要等河南诸地发展起来,兵力养足,一边要担心那个被他得罪到家的李克用,另一边,他需要看一看关中到底能闹成多乱,所以,关中救急的文书这些年是没少收到,有皇上的,有王建的,有韩建的,居然还有李茂贞的,不一而足,朱温看罢都一笑了之。但这次不同,这次发出密信的是宰相崔胤。依他对崔胤的了解,此人愚忠不化,不到皇上万分危急之时,他是万不会求助于关东藩镇的。

那此时此刻,崔胤的一纸求救信就放在朱温的案上。朱温足足乐了大半天时间。然后他就把信拿去内宅，交给张氏详看。张氏说，将军打算如何？朱温说，我要进长安，然后把他们都灭干净。张氏说，时机还未成熟，你别忘了，北边还有一个最让你头疼的李克用。你如若向长安发兵，他必来袭，到时候你首尾难顾，如之奈何？

一句话点醒朱温，头脑稍稍凉一凉，忙问，夫人哪，那我该如何是好？张氏说，你可向蜀中王建修书一封。你就说，吾入长安，希将军助力，如若成功，我取朝堂，你得外势，何乐不为？朱温没太听明白，又问张氏缘由。张氏说，这次救驾，你是不能不去的。但你去了长安，李克用必来取你的汴州，他一定想不到你会回来救援。因为朝堂之事势必比汴州重要。但你偏偏要回防，出乎所有人预料，可以打李克用个措手不及，进而握有先机。

此时，你最怕的，是你在对付李克用的时候，李茂贞在关中取了你的进路，再联合韩建将你挡在潼关以东。但是，你如果有这封给王建的书信，结果就大不同了。王建虽然偏居蜀中，但他未必不想进兵关中，而是苦于没有机会。李茂贞他是交过手的，现如今他也未必是李茂贞的对手，更何况还有韩建。可是，他可以与将军结盟，在将军回防汴州的时候，他出兵关中，去攻华州，这个时候韩建也就未必敢与李茂贞结盟，因为，李茂贞祸乱朝纲，所有藩镇都看得清楚，但华州不容有失，李茂贞必去救援。而王建此时出兵关中，李茂贞也不可能顺利地取了潼关及附属之地。对峙已成，王建可以在此时，很好地牵制住李茂贞，让他不敢有所动作。然后，将军在处理完李克用，再挥师关中的时候，李茂贞只会更弱，韩建也会与李离心离德，而且将军还多了王建这个盟友，岂

第十一章 宫墙生乱破凤翔

有不胜之理?

朱温听罢大喜,紧紧握着张氏的手说,吾妻真神人也,吾有今日,唯有吾妻为我定夺,如若不然,朱三危矣。

于是朱温就修书给王建,分析现时关中情况和成败利弊,终于说动了王建在朱温万一回兵的情况下出兵华州。其实王建也并不傻,只是现时情况下,最好有一个强盟作为后盾。朱温现正是得势之时,况且之前王建在攻凤翔的时候已然把李茂贞得罪了,那就莫不如得罪到底。再者说了,李茂贞想当董卓,其心昭然,世人尽知,朱温要做的事是有圣旨的,所以,站在皇上这边,在道义上总不会太吃亏。一旦帮了朱温,早听说朱温出手阔绰,也不会白走一趟华州。

在王建应允的情况下,朱温才顺利起兵。打的旗号是"诛杀宦党反贼",可是谁都知道朱温这次起兵就是冲着李茂贞去的。其实朱温这里头又藏了一个心眼儿,先不跟李茂贞真的翻脸,因为朝堂之事,翻来云、覆去雨,指不定哪一天万一求到李茂贞门下。目前只是利益之争,先不大张旗鼓地讨伐李茂贞,先礼后兵,给李茂贞个台阶下,万一李茂贞自己想想就撤了呢,还省了不少麻烦。

李茂贞怎么可能想不明白这点儿事?他的重要手下韩全海之前可不就是宦官吗?所以,朱温此举是冲着他来的,再明白不过。李茂贞在这边做好了针对朱温的所有军事准备,可是连等了几天,朱温居然没出现。一打听,原来朱温先去了华州。这其实是朱温出征之前向尹梁请的一计,也就是,先扫外围,不打中央。

盘踞关中多年的李茂贞,无论是背后的资源还是兵力,都不逊于朱温。更何况，现在还掌握中枢的财政大权。如果贸然进攻，不见得能占到便宜。更何况李茂贞手里还有唐昭宗，谁都知道，每次有人带队到达长安，皇上都得夹包跑路。虽然崔胤有书信在先，但这保不齐是没有经过唐昭宗同意的。所以，从万全之策来讲，直接进攻长安容易落人口实。

去攻华州的韩建则不同，之前皇上出逃华州的时候，韩建已然处死了不少李姓王爷，韩相当于李茂贞的先锋官一样。所以，欲打虎，先断其尾，虽然尾巴看起来对老虎来说没那么重要，却是老虎维持平衡的东西，而且情急之下，虎尾扫人也可将人打死。韩建就好比虎尾，先断其尾，可以将跟随李茂贞的阵营分裂，让他们对朱温的实力有所忌惮。所以，朱温直接去攻华州了。华州的韩建一听朱温居然先来攻他，惊慌之下直接就出城请降了，而且还向朱温表忠心说，他完全没有对皇上不利，而是忌于李茂贞的淫威，不得不为。朱温乐了，说，你要是忠臣，不用讲，大家就都说你是忠臣，但是我来之前，跟别人打听你，可没有什么人为你讲情啊。一句话把韩建吓蒙了，朱温这意思岂不是要杀我吗？没办法，只得乖乖献出五千金、九万银，这几乎是韩建的全部家当了。朱温看到钱更乐了，就决定饶韩建不死，但需要他作为华州留守，跟朱温的儿子朱友让一同驻于华州。韩建的府邸肯定是归朱友让了，新的宅子只能说干净整洁，气派根本谈不上。

朱温不战而屈人之兵地拿下了华州，直接将势力从河南扩展到关中。李茂贞听闻恨得要命，觉得朱温这厮，手法狠辣，非常人所能敌。就在李茂贞还在迟疑之时，朱温又将长安附近州县攻去两城。李茂贞有点儿急了，这明明就是在蚕食咱的根基。唯今之计，只有将皇上掠到凤翔去，

第十一章 宫墙生乱破凤翔

一旦皇上在我手里，财政也在我手里，你朱温就是再能折腾，也顶多占去长安一座空城。

于是李茂贞就上表"请求"皇上驾临凤翔，而与此同时，朱温也上表"请求"皇上驾临华州，这分明就是两大藩镇在"抢挟天子"，随狼随虎，好像都难逃坐监一般的生活。谁知，唐昭宗还在犹豫，李茂贞已经不给他时间了，直接将辇车停在宫前，由韩全诲几次劝请皇上登车。无奈之下，唐昭宗只能登车跟随韩全诲去往凤翔。

没有抢到皇上，也在朱温意料之中，皇上刚离开，朱温就率大军进了长安。眼见之处是百官相迎，崔胤虽然之前是向朱温求救的，但一旦朱温率众入长安，怎么都感觉是来夺取大宝的。崔胤向朱温汇报了一下皇上是怎么被李茂贞"接走"的，现在崔胤就是在长安的留守。说到动情之处，崔胤一行老泪，婆娑而下，朱温听得这叫一个腻歪，连忙说，这次来了朱家军七万余人，现在将它改名为"护国军"，再加上宣武军、宣义军、天平军，军力达到十多万人。而且，这些军队都是朱温的嫡系，是他扫定中原的主力，就是当年经过朱温"拔队斩"洗礼的精中之精。

听闻这些，崔胤眼睛一亮，希望将军速速赶往凤翔，"将我主迎回"，平灭岐王乱党。这些即使崔胤不说，朱温也会这么去做的，这么大费周章的，为的就是这个。所以，朱温直接派大将康怀英为先锋，直逼长安与凤翔之间的武功。武功守将李继远手下只有一万多兵力，直接出城迎敌，结果被康怀英杀得大败，朱温直接得了武功。凤翔一夜之间失去了武功的屏障，此刻的汴州军士气大振，直捣凤翔城下。

李茂贞看到朱温来真的，觉得在凤翔真这样拼下去，很有可能不是朱温的对手。于是决定用缓兵之计，他想到了手下韩全诲，直接借韩的首级一用，找人将韩的头颅献于汴军大营。并在书信中说："吾实非对我主不利，而是这韩全诲肆意妄为，才落如此误会。今误会已除，茂贞愿设一宴，请圣上亲临，愿与将军共饮。"

朱温一听就知道这里头有诈，怎么能中他的计呢？由于汴州离凤翔甚远，补给线过长，所以，速战速决才是上策，朱温肯定是不想听李茂贞的这些说道，但李茂贞盘踞凤翔多年，急令攻城，恐伤亡较大。于是朱温又施展了一次与"围华州"相类似的计谋，这次的目标是邠州。此地位于凤翔东北方向，与凤翔相呼应，掩护着凤翔的侧翼。邠州的守将是李继徽。这人是李茂贞的干儿子，本名杨崇本，之后才改的姓李。朱温转而猛攻邠州，李继徽根本打不过朱温，没几天就投降了。本以为朱温会杀了他，他将自己的家财全都交出来，希望朱温饶他不死。但想不到的是，朱温根本没有杀他之意，反倒还让他继续守邠州，而且让他恢复本名杨崇本。这令杨崇本感激涕零，觉得果然是遇到了明主，以后一定对朱温尽心尽忠，报答他的知遇之恩。

杀人者诛心，朱温的这次操作，彻底收服了杨崇本，算是在凤翔城边楔了一个钉子，而杨崇本也成了朱温牵制李茂贞的重要砝码。与此同时，朱温还扫平了凤翔周边的鳌屋城，他的儿子朱友宁进城之后进行了屠城，此后又攻克蓝田。凤翔的周围，一座座城悉数被克，好像只留了凤翔一座孤零零的城池。

李茂贞这边也没闲着，一边假借天子之名，发布各种诏书，一边削掉朱温所有爵位，命令大唐臣子讨伐朱温。政令下行，需要时间，这个诏书到达别处，各藩主都当它是废纸一张，因为都怕得罪朱温。但这其中，有一人就不害怕，那就是被朱温得罪得最深的李克用。

李克用本来想作壁上观，看看朱温的真正实力。但想不到李茂贞这么不能打，还没开战就来求援。李茂贞信中说，将军可从山西攻朱温的河南，而我将从关中起兵，向东掩杀，让朱温腹背受敌，不怕朱温不破。李克用等待这个时机太久了，这次可以联合李茂贞，而且还有皇上的诏书，出师也有名。于是急令"十三太保"从山西直扑河南。没有几日，就将河中所辖的慈州、晋州、绛州悉数拿下，直逼邓州、汴州。

朱温闻讯，哈哈大笑，把满营众将都给笑蒙了。但只有朱温知道，果然如张氏如言，李克用果然来攻河中。于是朱温决定，挥师返回河中，而且行军急切，好似唯恐老巢被端的架势。李茂贞听说朱温回防了，大喜，想从后对朱温大军进行掩杀，但邠州有杨崇本、华州有朱友让，一下子将岐军挡在关中。李茂贞大手一挥，进攻华州。华州的朱友让坚守不出，完全跟以前的大冲大杀截然不同。正在李茂贞狐疑之时，驻于华州城外的岐军大营受到来自后方的攻击。只见来的军兵打着的大旗上写着"西川王"的字样，李茂贞便知又是那个可恼的王建偷袭了他的后路。正在这个时候，华州城内的朱友让直接引兵杀出，岐军首尾难顾，只得火速退回凤翔。

另一边，朱温对李克用进攻河中早就有所防备，虽然丢了三城，但也成功地将李克用引入中原腹地。朱温调集大军十万，而且派出朱友宁、康怀英等大将三路出击，将李克用的晋军杀得大败，朱温收复绛州、晋州、慈州多城，还对李克用的老巢晋阳完成了反包围。

李克用吓得差点儿直接逃去云州。不过，晋阳至少还是李克用的传统地盘，李克用决定坚守不出，并且令周边州县对汴军坚壁清野，使得朱温的汴军很快就粮草供应不足了。朱温一想，与其久攻不下，还不如早早回关中去收拾李茂贞，于是决定退兵。这一次朱温把李克用打得很疼，而且李克用损失也很大，一时间很难迅速恢复，与朱温再战至少也需要休养一段时日了。

于是朱温迅速回师关中，直逼凤翔。李茂贞被朱温弄得有点儿不知道该怎么办了，现在李克用这招棋居然也不好用了，而且王建出兵掏他的背后之后，实际上已经占据了山南地区。李茂贞真的只剩下凤翔一地可以喘息。经过熟虑之后，李茂贞还是决定跟朱温一战。最终的决战地定在凤翔西南的莫谷。李茂贞派出李继远迎敌，朱温则派出大将康怀英，两军在莫谷展开大战。岐军与汴军相比，战力明显逊人一筹，而且汴军都是在中原身经百战的老兵，岐军只是一些战力稍勇的新兵，两军稍稍一接触，高下立判。汴军在莫谷将岐军打得大败，岐军死伤两万余，最后只有不到一万人退回了凤翔。此后，朱温还亲自领兵夺取了凤翔的粮草重镇虢县，直接切断了凤翔的后勤供应。这下李茂贞真的陷入了绝境。

战事从六月延续到了九月，凤翔赶上连天大雨，凤翔守军饿病交加，减员严重。这个时候的朱温，占据了关中的绝大部分地区，粮草和各种补给源源不断。朱温众将就开始有些轻敌了，都觉得李茂贞出城投降只不过是时间问题，于是放松了防备。朱温及时地发现了汴军的这种情况，并及令喝止，才将全军士气恢复原状。但朱温从这次的众将松懈中暗暗生出一计。

第十一章　宫墙生乱破凤翔

李茂贞手下有一偏将名马景，平时熟通兵法，这一日禀告李茂贞称，朱温军中也在流行疾病，而且现在朱温众将开始麻痹松懈，正是出城偷营的好时机。李茂贞派出探马，回报的信息与马景之言并无出入，于是决心出城偷营。是否反杀朱温，在此一举。

深夜之间，马景率人马出城偷营，一路未受大的抵抗，很快就到了朱温所在的营门之外，马景一看，立大功之机就在眼前，于是急令手下攻入大营。却怎料攻入的大营是一座空营，自知中计，回撤至营门，正遇朱温端坐马上哈哈大笑。"尔等小辈，早知你等有此鸡鸣狗盗之计，还好被我将计就计，还不下马受死？"马景与康怀英激战几个回合，被康怀英斩落马下。这次出城偷营的，均是李茂贞的凤翔主力，两万多人几乎没留活口，朱温痛下杀手，命令手下一个不留。

时间来到十一月，大雪封山。朱温围困凤翔已达半年之久，其间李茂贞之弟李茂勋也曾经来救，但被朱温打败，而且成了俘虏。此时，李茂贞周围几乎所有有些名气的将军都为朱温所俘。朱温此时又开始了他的攻心之策，对这些人展开了柔中带刚的说教。这些人，无论李茂贞的弟弟李茂勋，还是他的义子李继远、李继徽，都已被朱温说服，将誓死效忠。李茂贞此刻众叛亲离，好像也只有与朱温和解这一条路可走。

十二月，李茂贞召集众文官，开始商议如何与朱温和解。于是达成了与宦官集团决裂的最终决定。除之前处死韩全诲之外，李茂贞还相继处死原有的宦官集团主使十六人，并将这些首级送至朱温大营，同时修书一封，表示"愿意与将军议和"。但如此这般之后，朱温这边却一直没有回音。李茂贞有些急了，事情都做到这个地步了，他朱温还想要什么？这时，有谋臣告知李茂贞说，朱温其实无非要的是"我主圣上"。李茂贞这才醒悟，其实朱温的目的无非也是挟天子以令诸侯，如果李茂贞是董卓，那朱温可比曹操。

没有办法，李茂贞别无选择，只能请皇上随朱将军回銮长安。唐昭宗听说朱温来接他了，非常高兴，兴高采烈地出凤翔城直接步上辇车，率一众汴军回师长安。

朱温没有像大家想象的那样，对李茂贞赶尽杀绝，反而饶了他一命。李茂贞的岐王、秦王封号也没被削去，并不是朱温心慈面软，而是朱温的另外一种残忍。在朱温关中所过之处，韩建归降，王建偏居西川，与朱温同盟；李继远、李继徽、李茂勋投降，而且还驻守原来的藩镇，只不过那些藩镇都姓了朱。那在这种情形里，只留下一个空留封号的李茂贞，守着一座空空的凤翔城，来目睹一切物是人非，这何尝不是另外一种残忍？

李茂贞并没有被朱温杀死，却好似被挂起来风干的死鱼一般，在那里看着朱温将原属于他的领地一块一块掠去。在此后，朱温代唐之时，李茂贞又起兵陇右，收复了大片失地。后唐灭后梁时，李向后唐称臣，直到924年才寿终。一代岐王、秦王方殒兮而去。后世有诗云："军中小吏身悲凉，阴错阳差称岐王。凤翔西马空落日，一世枭猛未及唐！"

第十二章　河北乱斗焚幽州

　　自打唐昭宗成了朱温的笼中鸟之后，朱温的权力已然不可一世。河中、关中横跨两大富庶地区，兵力超五十万，而且一人担起五镇节度使，再加上各归顺朱温的藩镇，可以说，朱温这个时候就是曹操。只要他想，大唐的江山随时可以被他收入囊中。朱温虽然这么想，但也必须得装，装得义薄云天，一肩担起大唐江山。这样才好将其他异己藩镇铲除。

　　诸多藩镇中，如果有一个跟朱温对着干的，那就应该数李克用了。因为上源驿一役，李克用这辈子都不可能跟朱温站在同一台子上了。所以，朱温就必须想尽办法将李克用的战力瓦解掉。不要忘了，朱温身边可有一个唐末的战略大师——张氏，可以给朱温出谋划策，到目前为止，这所有的策略都是正确的。无论在唐僖宗背运的时候站队，还是在出兵关中的时候巧妙地利用王建和李茂贞之间的矛盾。

对于瓦解李克用，朱温自己想得脑袋都疼了，也想不出来个主意。这时候张氏又来了，她给朱温出了一个主意，那就是拉拢王镕。朱温知道这个人，但朱温从来不拿此人当回事，因为，王镕根本还是一个毛孩子。当初王镕的父亲王景崇，那可是位英雄，一直都是成德军节度使，镇守成德之地，也就是河北三镇。李克用曾经攻过成德，但当时王景崇审时度势，归顺于李克用。当时李克用勇猛无敌，而且其势力从山西到河北都无出其右者，在没有任何一个势力可以与李克用抗衡之际，跟李克用硬拼并不是一个好选择。

所以，河北三镇这些年一直都是在李克用的庇护之下的。所以，李克用想吞并河北诸地，甚至将幽云十六州悉数拿下，这注定是李克用既定的战略。因为，如果想跟朱温开战，仅靠山西一地的粮食和兵源是远远不够的，所以，必须有河北和幽云作为李克用的后勤基地才行。但是王景崇后来因病故去，他的儿子王镕就承袭了成德军节度使的爵位。但以张氏得到的消息来看，王镕跟他爹的想法并不一致。他想的是，如何能保证河北三镇还是姓王，而不是成为李克用拼杀朱温的"妾室"。这个时候就不能不提到另一个人，那就是镇守幽州的人称"金头王"的李匡威，此人之勇猛概无唐将可与其敌，当然，李克用和朱温还未与此人交过手，只是耳闻响亮。

对于大唐来说，幽州从来都是一个不可提及的伤心地。当年的安禄山，就是从幽州起兵反唐，最终将极盛一时的大唐搞得风雨摇曳，最后孱弱到今天这个地步。所以，幽州守将一般都很受各藩镇的关注，这个

"金头王"李匡威，无疑受到了大家过多的关注。

张氏对朱温说，河北现在这个局势，是我们可以利用的，而不是直接去伐李克用，一来出师无名，二来也好借用他们之间的矛盾，我们作壁上观。张氏建议朱温派人去给王镕送礼，以示修好。并在修书中说，对河北诸镇，一直都很敬仰，尤其是对令尊率领的成德军，那更是佩服得五体投地。朱温实是一介草民，以前可从来不敢说跟成德军节度使成为朋友，那年与令尊一见如故，故约定三年之后在成德痛饮，不想，景崇兄英年亡故，温伤感之至。现奉上薄礼，贤侄切莫推辞。感佩令尊之余，忽闻贤侄受制于沙陀李氏，无不为令尊感愤，今朱温不才，愿为贤侄牵马挡箭，以谢景崇之劳。那意思就是，听说你现在被李克用收拾得够呛，需要我朱温你就说一声，我跟你爹交情不薄，以后收拾李克用，不在话下。

不日，王镕回信：欣闻叔父感念我父旧情，小侄涕零。沙陀欺吾多年，实无良策，无以御敌于成德之外，实难担负成德之首矣，希叔父有朝一日，出兵边北，荡平异类，是时小侄与叔父同饮，以告吾父在天之灵。

朱温没想到，这么一个小毛孩子，一张嘴就开始利用他了。但朱温之计并不在此，于是他回信给王镕说：李克用有一子名曰存孝，此将为"十三太保"之一，勇猛过人，但对李克用轻用李存信而有嫌隙，君可用之，应可收复成德主威，今，温派出吾军师尹梁，助君一臂之力！

王镕见信后大喜，忙将赶来的尹梁迎进府内。尹梁对王镕说，那李存孝酷嗜饮酒，将军可将他约来一聚，宴上规劝，如此这般。于是王镕依计，去请李存孝过府饮宴。

李存孝，勇猛是出了名的，主要是传说力大无穷，被李克用称为"大唐第一神力"。李存孝虽说是李克用"十三太保"之一，却是一个嗜酒如命的家伙。平时的演武，李存孝往往是那最晚到达校军场的人，可他根本不以为意。他最在意的，只是那个每年一度的"十三太保"比武大擂。争勇斗狠，是李存孝的本色。而据传说，只要得到了每年一度的"十三太保"比武大擂的魁首，就一定会被委任一个很高的官职。第一次的魁首为李存勖，第二次虽然没有比武，但是李嗣源是从上源驿将李克用背回来的，所以李嗣源算是第二次的魁首。这次是第三次，李存孝憋着一口气，誓要夺个第一回来，看父王到底给他一个什么官职。

之所以李存孝一直憋着这口气，主要是因为，李存孝吃酒误事，大家全都知道他这副德行，所以重要的镇县也不可能轮到他来镇守，所以，李克用给他一个离成德最近的小镇，名曰陈照。陈照镇人口不足两万，而且多年战乱，多以老弱病残为主，更要命的是，这里多以耕种为业，连几个商贩都难见到，多是官家派来的粮官和盐官，所以，以李存孝的性格，在这里待了两年时间，那真叫毫无乐趣。主要是，陈照镇百姓安分守己，从来也不崇尚舞枪弄棒的，所以，全镇也挑不出一个习武之人来。所以，在这种淡静的小镇上，对李存孝而言，那真是比在牢里还憋屈。

前几日，"十三太保"比武大擂终于开幕。李存孝单人独马前去比武，其他的"太保"多派出的是自己手下的能武善斗之人，最后经过三天比试，还真没人能打得过李存孝。这些比武的人，一方面是顾及李存孝"十三太保"的名分,就算是能打个平手,也都假意败了,不愿去触这个霉头。另一方面,这李存孝力大过人,那是尽人皆知的,跟他比武,最好还是在他发狠之前早早伏地投降才是上策。不过即便如此,李存孝在比武当天的擂台上,也还是借着酒劲活劈了两位猛将,场面血腥至极,连看台上的李克用都看不下去了,连连向李存孝摆手称:"速回,速回。"李存孝会错意了,以为是父亲在向自己举手致意,所以就更放肆了,在擂台上现场痛饮了三坛好酒,还大呼大叫,问台下所有人,谁还敢上台来?直接把好好一个比武大擂给弄冷场了。

这种情况下,好像只有李存孝认为,他得了比武大赛的第一名,那父亲就一定要委派给他一个像点儿样子的官职,比如一个什么州的将军之类的。但是,李存孝并没等来李克用的封赏,而是让他在陈照面壁思过,并令他三月不许吃酒。不仅如此,没有几日,李克用就将李存信提升为晋军元帅,统领整个边北的军队,这可把李存孝气坏了。心想,这个爹爹,真个偏心,那李存信比武都不敢上台,任何一方面都不如俺,凭啥他就成了晋军元帅,俺李存孝就得在这么一个死水一样的陈照小镇里熬死?不像话,真个不像话!

就在李存孝气得大骂的时候,王镕派来的人进了他的府内。一看王镕的书信,他乐了。信上说,素闻李将军神武,镕忽得一对铁狮,奇重,成德三军无人能举,所以,特地邀将军来一举。吾备下三十坛好酒,几桌好菜,等将军来,喝他个痛快!本来李存孝识字不多,但这封信,他居然全通读了,主要是,一提到喝酒这事,他真的从心里往外地乐。爹爹不是让咱戒酒三月吗?但他没说是在陈照不许吃酒,去别的地方也不许吃啊。所以,我去成德吃酒,就不算违抗父命啦。

还有一个李存孝想去找王镕的原因,王镕今年十九,与他年纪相仿,而且几次见面都聊得投机,再者说,王镕跟他说,得了铁狮一对,成德三军无人能举,这可把李存孝这股争强好胜的劲儿激起来了。一对破狮子,看小爷过去,怎么一举扫了你三军的脸!定叫那成德军上下目瞪口呆!

李存孝就是挟着这么一股刚勇之气,直接来到了成德府。王镕出城十里来迎,李存孝直接下马相拥,二人拍拍打打地直接进了城。李存孝一进王镕府,就立马来了兴致,只见院里整整齐齐排了三十坛酒,那股子香气,没进府门,街头巷口都能闻得到。一对明晃晃的铁狮子立在当中,铁狮子黑得发亮的劲头,透着一股森严和忧怨之气。李存孝一看到这,哈哈大笑。进城入府,还未休息,就奔向那对铁狮子。

只见铁狮子上写有铭文:"铸铁狮子,重三百三十斤。"李存孝一看这个,更来劲了,直接两手一手一个,扳住狮子的手臂,自己高喊"一二三起",直接将两个铁狮子同时举过头顶。在场无数将官、文官同时喊好,连王镕也直呼:"神力,果然神力!"

放下铁狮子,李存孝一屁股直接坐在檐下,直呼:"王镕,这些酒,让咱喝不?"王镕连称,当然当然。于是李存孝高喊:"那就赶紧给咱先上四坛解解渴!"王镕直接送上四坛好酒,等李存孝直接饮完三坛,略有微醺之后,直接说:"将军如此神力,在晋军之中,无居右者。想必日后定成晋军元帅,统军披靡啊!"这一句,直接捅到李存孝肺管子上了。"统军?统个球!"王镕闻听,假意惊异。"怎么?将军是'十三太保'之一，统领几万人马还有什么问题不成？"李存孝闻听，长叹一声。"唉，也不知道我那爹爹到底吃了什么浑药，就看那个李存信好。就算俺得了那个比武第一，也不待见俺，如之奈何？"王镕一看时机成熟，连忙顶上一句："哎，将军此话非也。将军勇武之气，在任何地方都一样是大将军。""但那李存信已然是晋军大元帅了，晋军又不能出两个大元帅啊。"王镕说："嗯？怎么不能？当年陈王云，王侯将相，宁有种乎？将军年少英武，理应有更大的作为啊。""哪来的什么作为？俺无非就窝在陈照小镇，民不过两万，兵不过一千。"王镕听言，直接降阶给李存孝跪下了。"将军如若不嫌，可否去我的镇州？那里有我的两万人马，我少不更事，武力不及，此军正渴望一位有威望的将军统领啊。李克用可有晋军，你我有成德军，有何不可？以后打了天下，你做皇上，我做丞相，可好？"

　　李存孝在正常的情况下，王镕此话他是无论如何听不进去的，而且还很可能将王镕绑了送往太原。但是这个时候的李存孝，正是失意之时，一身能耐无用武之地。而且李克用一直信任李存信之流，根本没有李存孝的机会可言。所以，来成德统领成德军，也不失为打天下的第一步。一看李存孝有所松动，王镕趁热打铁，再次给李存孝双膝跪倒，连称："将军在上，请受我王镕一拜！"王镕当时，不仅仅是节度使，而且可以说是当时古赵的君王。李存孝一下子被这个少年的"诚意"所感动，连忙说："少主，使不得，使不得，我应下就是！"

　　于是，这成德军大将军，转眼间就成了李存孝，而且大有在成德安身立命之意。这个消息不胫而走，当传进李克用的耳朵里的时候，简直把李鸦儿将军气疯了。"王镕，我素来对你不薄，你怎么能干出此等下作之事呢？李存孝，你也是，你是长了一颗牛心不成？怎么几坛好酒，几句好话，就不知道你爹姓甚名谁了呢？"李克用正在屋里气得摔盆砸碗的时候，李存信进来了，直接问李克用："父亲，事已至此，怨恨无用。眼下只是如何对付成德军的问题。成德和镇州，我们是发兵呢，还是去劝降呢？"李克用思虑片刻，最后还是决定派人去劝。但是没几日，派去镇州的人回来了，说，存孝少将军说，李克用待人厚此薄彼，难成大事，他再也不想回来了。以后要在镇州建功立业。

李存孝的回话，让李克用完全失去了父亲应有的度量，直接与李存信一起，发兵镇州。而此时的王镕，秘密躲进了李存孝的陈照，看李氏父子如何斗法。李克用最不想看到的情况还是在镇州城下发生了，李存信对战李存孝，观战的他，觉得手心手背都是肉，于是密令存信，不可伤他，用计活捉。于是李存信假意败走，在逃至镇州以北三里的马岭坡的时候，李存孝连人带马落到陷坑之中。

李存孝被绑了，自知铸了大错，直接便改了口。见了李克用连称，孩儿知错了，不应该听信王镕的谗言反对爹爹，您大人大量，就饶了孩儿这次吧，孩儿愿戴罪立功，为爹爹战场杀敌。

李克用抓到李存孝之后，本来火气已然消了大半。对他们十三个兄弟，李克用动了哪个都像是动了心头肉。但这个时候，催命鬼到了。寰州刺史周定琛前来拜见李克用，李克用宣他来见。周定琛一见李克用就哭了，说那李存孝，自从到了镇州就像是吃了疯药一般，连连攻打我的寰州，我的两个双胞胎儿子从蓟县来救，正在寰州城外遇到了李存孝。

那疯子直接两槊将我两个儿子砸落马下，可怜我那两个儿子，脑浆迸裂，死状极惨，请主公一定要为我儿作主啊。这时候，应州刺史鲍泉礼来见，也称李存孝攻伐他们时，打死他手下两名大将，现在尸骨未寒，请主公为他们作主。李克用一听，居然还有此事？

李克用治理山西和之前治理云蔚之地，都是以德服人的，而且多以皇令为上，从无欺弱霸小之举。李存孝此举，真的违背了李克用辛苦积累了半生的信用和人品。王子犯法与庶民同罪，这一直都是李克用一心维系的所谓章法。所以，现在到了李存孝的身上，他总不能徇私枉法吧？李克用即便此刻想饶李存孝一命，也决然不可能了。李克用就当着周定琛和鲍泉礼的面，对李存信说："你，速速将那逆子押到校军场，斩了！然后提头来见！"李存信了迟疑一下，但他的眼光碰到的是李克用冒火一般的眼睛。李存信没办法，只能将李存孝给斩了，然后用锦盒装着李存孝的头来见李克用。

李克用淡定地将李存孝的首级给二位大人传看，然后说："吾之将令，无一不守。有逆之者，存孝同处！"二位大人一听，连忙叩谢，然后匆匆而去。等人散了，就剩李克用自己了，他倒哭了。"存孝我儿，你死得好惨哪！你就是不听我的劝告，听信那王镕的离间之计，我定将那王镕拿来，为我儿存孝报仇雪恨哪！"这个时候，听说爹爹斩了存孝，"十三太保"中的多数都赶了来，李嗣源、李存勖、李存信……见此情景，都哑然肃立，不知如何是好。

李克用白白失去了爱子李存孝，自然不会善罢甘休。他恨透了这个小儿王镕，直接令李存信发兵成德去讨王镕。王镕第一时间藏在了陈照，并没有在成德，闻听李克用发兵，他连忙向朱温求救。可朱温却称自己现在身处长安，路途甚远，实在无力去救。王镕自知被朱温摆了一道，情急之下，去求幽州的李匡威。李匡威其实也不想发兵救他，但怎奈求救信和王镕同时到的幽州，李匡威几乎就没什么选择了，不救也得救了。

王镕最后去投靠李匡威，是李克用没想到的。他认为王镕怎么着也应该去投朱温，但是既然到了李匡威这儿，那就去向李匡威要人好了。如果要不来呢，正好把幽州收回来，更好。但是，李克用还是低估了李匡威的能力，三战下来，"金头王"直接斩杀了晋军将领四人，最后到了无人敢去应战的地步。李克用有心亲自领兵去战，被李存勖拦下了，他劝父亲，毕竟现在不是当年初出茅庐的李鸦儿了，气力已不如前。当然，最主要的，还是晋冀之地，还要靠父亲来统领，岂能去争那一城一郭之地？不过自从李克用杀了李存孝之后，似乎再难找出一人去战李匡威了。一时间晋军无法拿下幽州，粮草又所剩无几，只好索性先退兵，再议攻伐之策。

李匡威退了晋军，心气自然大涨，于是顺手就去收了成德之地。李克用从此未在成德之地用兵，不能强攻，就只能智取。李克用想利用成德以北七十余里之逊差谷来伏击李匡威，正在运兵之际，突收消息说，李匡威被其弟李匡筹驱逐了，不知是何缘故。

李克用派探马前去探察，回报说，李匡威在幽州酒后无德，奸污了他的弟媳，由此，兄弟生恨，趁其去往成德的路上，其弟李匡筹夺了幽州。李匡威居无定所，只能去投成德不远王镕治下的陈照。

李匡威自从在幽州酒后奸污了弟媳之后，悔恨不已。其实他哪里知道，这正是朱温设下的计中计。李匡威旧部赵中奇久居幽州，朱温有策反之心，于是派军中细作珵蓝前去施计。珵蓝，从表面看，不过一弱女子，实是朱温军中探马中的王牌。她，早年为青楼女子，后被朱温所得，将其训练成一个可以手刃节度使的女侠。而这一次，珵蓝施的是一出美人计。

她去往幽州，以逃难者伪装。但在路途之上，设计巧遇幽州副史的参军，将之迷惑后，指天指地，说要去幽州与他白头偕老。但到了幽州，"金头王"大胜之后，她借机潜进赵中奇府中，引诱赵中奇。赵中奇中计，于是决心与珵蓝私订终身，决心以后效忠朱将军。并借与李匡威在李匡筹府中饮宴之机，往李匡威酒中投入迷药。此药，迷乱心性，在李匡筹不在幽州之时，将"金头王"引入弟媳房中，发生那般苟且之事。

李匡筹得知细情，怒火中烧，赵中奇还在其中拱火，说："匡威将军如此久矣，我府中，他也经常是如此这般……属下常常……敢怒不敢言。"这明显是句假话，但兵不厌诈。更何况，李匡威确实乱伦在先，不由李匡筹不信。这种奇耻大辱，哪个男人能受得了？但这一时刻，李匡筹还必须强撑着跟哥哥去收取成德，一路随行，李匡筹隐忍已然到了极致。于是当李匡威说他要去收了那个小城陈照的时候，李匡筹就急急地动手了。出了城之后的李匡威，直接看到城头的大旗已然换了颜色，从他的橘红色变成了青色。青色的"李"字，是他弟弟李匡筹的旗色。李匡威深知不好，于是在成德城下叫城，且大骂李匡筹中了别人的离间计。但李匡筹不慌不忙地出现在城头，叫了一声："兄长，赵中奇已然将幽州城中发生的事全告知我，你还有何话说？"李匡威知道理亏，不想弟弟再在大庭广众之下说出丑事，于是败走而去。

他似乎也没什么地方可去。如果去投朱温，朱温只会笑嘻嘻给他一刀；去投李克用？刚刚还在幽州斩了李克用那么多大将，李克用寻他还来不及，干吗去送人头？他想到一人，就是驻守蔚州的刘仁恭，那可是他的旧将。但就在打定主意去往蔚州的时候，突然听说，刘仁恭在他被逐出成德之时，就直接投了李克用。这下"金头王"似乎已然走投无路了。不过还好，好像还有一座小城可以暂住，那就是现时王镕所在的陈照。但可有一样，当初在幽州大胜李克用之时，李匡威早就对成德动了心思，所以，就将寄他篱下的王镕派去李存孝的发配之地陈照，然后他好去收取成德。但怎知这一下生出如此变故。现时，居然到了李匡威去求助王镕的地步。

当他出现在陈照城外的时候，王镕还以为自己听错了呢。登上城头一看，果然是"金头王"投他而来。王镕降阶而迎。"哎呀将军，将军有此一劫都因救我而起，实在愧疚啊愧疚。快请进城！"王镕这般热情是李匡威没想到的，他想，也可能是王镕并不知道他被幽州逐出的内情吧。于是入城进府歇息。

虽然王镕当初是被李匡威逐出来的，现时，他看到李匡威也被逐出来，也算将心比心，再则，他也确实需要一位将军来统领他仍有几分战力的成德军。所以，就择日宣布封李匡威为成德军元帅，统领成德军。李匡威刚刚被弟弟驱逐，现时又成了成德军元帅，一时间还真有些恍惚。

自那以后，李匡威还真就在小城陈照开始整军备武了。只是这期间，又有幽州的旧部来投，前前后后有二三十人，于是小小的陈照城，演武之风盛行，仿佛那个风光无限的"金头王"又回来了。王镕的意思，一定是想让李匡威再去约战李克用，但也想让李匡威以报仇之名去收复他的成德之地，李匡威对这样的要求都满口答应。但人心思变，有时候你很难清楚别人到底是怎么想的，比如我们这位"金头王"李匡威。你说你犯下不伦之事，丢了地盘，现时王镕不计前嫌再次给你机会，让你统领成德军，你就好好备战得了，可是他反而惦记上王镕的这支成德军的兵权了。

一日，李匡威约王镕在府中聚饮，席间，李匡威密令手下在王镕杯中下毒。王镕喝过酒后直接昏死过去。李匡威急令埋伏在厅堂之外的刀斧手入堂杀掉王镕。当时约定摔杯为号，李匡威将杯摔了，却不见刀斧手进来。李匡威急了，再摔一杯，仍然不见人进来。这时候，忽然又一杯碎了，却并不是李匡威所摔，而是王镕。

原来，王镕是假意中毒，将计就计，最后四下埋伏的兵马出现，将李匡威手下拿下。李匡威还想反抗，这时候屋顶上埋伏的弓箭手，及时把李匡威逼进屋内。王镕此时站在庭院内大骂李匡威忘恩负义，若不是成德军上下将信息呈报上来，他很可能就真的中了李匡威的奸计了。"但你别忘了，成德军可是我父经营几十年的宅兵，岂是你李匡威几句花言巧语所能动的？"李匡威一看大势已去，于是在屋中拔剑自刎而亡。所谓"天生一个金头王，风行河北勇非常。怎个落荒难静处，乱纲背信乏善良"。

就在这样一个河北大乱战的局面下，李克用感觉终于等来了机会。他对刚刚归顺他的刘仁恭说，这个王镕，虽然杀了李匡威，但他的成德军现在也成了晋军的一大威胁。我先去派人拿下陈照，然后转而去攻成德，你引人马去攻幽州。"

于是，在景福二年（893）这一年，长期盘踞在蔚州的刘仁恭突然出兵幽州。与此同时，李存信、李存勖引兵去攻成德和陈照。双方激战五天五夜，王镕的成德军打得异常惨烈，几乎战至最后一人，王镕在乱军中被杀。李存信在成德攻伐战中，一刀将李匡筹劈于马下，于是李匡筹的幽州兵大乱，李存信轻松拿下成德。

另外一边，刘仁恭本以为可以轻松拿下的幽州却攻得艰难。赵中奇自知不是刘仁恭的对手，于是坚守不出。刘仁恭攻城七天七夜也没将幽州攻下。刘仁恭的蔚州兵死伤过半，于是急请李克用派兵增援。李克用最终调来了他们的近军"火弩营"，火弩营一上，两轮火弩进击，幽州城即变一片火海，百姓的哭喊声已然盖过了军兵的喊杀声。大火整整烧了一夜，幽州终于城破，赵中奇在军中被乱箭射死。而幽州城的百姓也死伤大半。

当李克用走到幽州城头的时候，不自觉长叹一声："想不到我李克用心心念念一辈子的幽州城，居然是这么得到的。"李克用难掩对百姓凄惨境况的同情，当时激动落泪。此时，刘仁恭为百姓送去粮食和伤药，他在幽州城内体恤百姓的场面，让李克用一下子想起当年自己驻守蔚州的时候，自己去安抚蔚州百姓的样子。觉得刘仁恭跟他很像，而且有仁者之风，可以重用。更何况，他也确实需要一员大将来镇守住他的北面，挡住契丹的进犯，于是，他决定向朝廷上一表，详述刘仁恭在幽州"平乱"的功绩，并请朝廷封刘仁恭为幽州节度使，节制幽云十六州。不过几日，唐廷回诏应允。刘仁恭很快走马上任。刘仁恭对李克用的知遇之恩感激之至，信誓旦旦地要为李克用镇守好幽州大门，无论朱温还是契丹的耶律阿保机，都无法进犯幽州寸土之地。

李克用自认为，收服了一位知己一般的大将。他却不知，河北各藩镇的乱斗虽然告一段落，但河北的"三国杀局"才刚刚开始。而他万分信任的刘仁恭，在未来战局中，却屡屡表现出让他大出所料的行事风格。

第十三章　朱李相衡刘仁恭

幽州几次辗转，历经李匡威、李匡筹、赵中奇，最后落到刘仁恭手里。幽州这个地方可以说是大唐北方的门户，幽州以北，就是契丹的势力范围。当年，安禄山就是从幽州起兵，将大唐搅得天翻地覆。当初李匡威驻幽州的时候，幽州兵里很多将官都姓李，并不是幽州募兵的时候刻意挑选，而是很多他姓的将领，为表忠心，将自己的姓氏也改成了李。可见当初李匡威在幽州势力之庞大和深厚。刘仁恭初来此地，幽州百姓对他还算比较陌生，所以，还是在考察时期，很多文官对刘仁恭不是很敢亲近。

如果说朱温、李茂贞都是出身草根，李克用是沙陀世族身份，那刘仁恭就可说是大唐的世袭三代。很早年的时候，他的祖上就曾参与了对安史之乱的平叛。后来，到了刘仁恭的父亲刘晟，就成了卢龙的镇将，后来也就成了当时的卢龙节度使。可以说，刘仁恭就是一个世袭的公子少爷。虽然如此，刘仁恭却很少有少爷的架子。而且，他从小就在父亲的教导下，熟读战策，古往今来的战例耳熟能详。

后来黄巢起事，刘仁恭就随父亲出征，在易州之战的时候，唐军多次攻城不破，死伤极重。就在这个时候，刘仁恭说，我有一计，应该可以破敌。刘仁恭叫来他多年养的一位宅兵，据说，他是契丹人，由于北方冬天寒冷，所以，需要在地下挖一些地窖用以储存过冬的吃食，所以，他们家一直以挖窖为生。刘仁恭想让他带领一些人，以挖窖的方式，挖一条地道，直通易州城内。刘晟一听，儿子居然养着这种能人，所以就放手让他去做了。但另一边呢，尝试攻城还是不变，只是，以佯攻为主了。而且，更多时候，唐军就不主动攻城了，只是围困。本以为会用一个月时间或者更长，但没过半个月，地道就告完成，并到达城内很远的地方。于是刘晟趁黄巢军深夜熟睡之机，令刘仁恭偷偷带一支人马，沿地道入城，然后将城头的士兵尽数斩杀，城门大开，倾尽人马掩杀进去，最后易州城破，终将黄巢人马逼入山东。

这件事上，刘仁恭可谓功不可没，但当时刘仁恭年纪尚轻，所以，功劳就都记在他爹刘晟的头上。在围剿黄巢的虎狼谷之战中，刘仁恭也起到了举足轻重的作用，甚至到后来，掩护刘晟从汴州出逃，都有刘仁恭的身影。由于易州之战过于经典，所以刘仁恭年纪轻轻就得了一个"刘窟头"的诨号。而且，一旦有兵争时，对方一听对面将官中有刘仁恭，就会专门摆出一支人马用来"听地"，即将吃饭用的大碗倒扣在地上，然后有人将耳朵贴在碗底，听地下有没有什么挖地的声音，用以防止"窟头"的遁地式进攻。

转回头来再说刘仁恭得到了晋王李克用的信任，将最重要的幽州之地交于他手管理。于是刘仁恭开始对周围的郡县和武装开启了征伐模式。自从他坐镇幽州起，他主动发起的对周边的进攻多达六十多起，而且多以绝对优势胜出。而这期间，李克用对刘仁恭针对幽州周边的征伐，多以放任的态度，有时候还会送一些钱粮。李克用认为，幽州是太原与契丹之间的天然屏障，是他的大后方，刘仁恭对自己忠心耿耿，所以，他将河北之地多圈为己用非常恰当，这样相当于在太原的背后多了一个兵源、粮源的大后方，这无疑对李克用日后攻打朱温再有利不过。

幽州、河北如此生变，朱温其实也不会闲着，之所以他在河北这么没有存在感，并不是因为朱温不重视河北，而恰恰相反，他是希望在自己不参与河北乱局的情况下，多以钱粮供给出现，令河北诸藩互相内斗，他收渔翁之利。这个时候，河北的局势渐趋明朗了，那就是以李克用和刘仁恭为首的河东势力占据北边优势，南部没有了王镕的成德军和原来幽州的李匡威，现在就只剩下跟朱温称兄道弟的朱瑄和魏博的罗弘信了。朱温思考再三，还是决定，先去攻跟自己称兄道弟的朱瑄。

朱温之所以想先取朱瑄之地，是因为朱瑄的地盘在兖州，所以，先取兖州势在必然。但是，朱温取兖州，最怕的是李克用来救。目前的情况，李克用加刘仁恭，跟朱温对阵的话，并不占下风，但如若形成相持，就是最坏的结果了，不但朱温得不到兖州，山东这边无论任何事李克用就都可以插上一脚了。所以，朱温就必须将李克用先挡在半途，那是最好,那可以利用的,自然是位于河北腹地的魏博了。

李克用早年跟魏博是有过冲突的,李克用是一个沙陀人,跑马打猎自然是常事。但有一次,他围猎的地方居然是在魏博附近,而且打起猎来,李克用就过界了。魏博节度使罗弘信,那是一个寸土必争的人。李克用当时势大,他也不好说什么,就只是派人告诫一下,以后别再过界就是了。李克用什么人哪?哪里能听得了这个,直接告诉捎口信的人:"跟你们节帅说,我李克用今日正猎得兴起,日后有空,一定去你们魏博,现在把猎得的这两只野兔赠与魏博节帅,日后饮宴,烦请他备上好酒。"罗弘信一听派人带回的口信,直接就怒了。这也太不拿我魏博当回事了,我堂堂魏博节度使,你李克用拿两只野兔就打发了吗?居然还让我备酒?是拿我罗某人当仆用了不成?实在欺人太甚。

于是罗弘信也没给李克用再回什么信,直接派一队人马过去,在魏博界地立上木桩,编上竹网,上边还写了几个字:"魏博界地,越界者斩!"李克用哪受过这个啊?直接命人将木桩和竹网打烂,在上边写上几个字:"李克用来过,能奈我何?"从此魏博就跟李克用算是杠上了。

这期间还发生了一件事,李克用义子李存信一直没有婚配,后来不知怎么,就看上了罗弘信的女儿罗成惠了,于是求父王去魏博提亲。李克用本来提起魏博就头疼,但看儿子这般喜爱罗家的女儿,于是就备了厚礼,前去魏博提亲。罗弘信看到礼单,看李克用诚意尚可,但李克用是沙陀人,也不会什么诗文,也没带封信什么的,罗弘信心中还是隐隐的不爽,于是就问送聘礼的人,你家晋王就没带封书信来吗?如若派去的人是一个谦恭的人都还好说,把礼数做到,皆大欢喜。但派去的人偏偏是李克用的一位亲信，之前当过他亲兵的李崇歌，此人出身低微，好容易得了势了，就想趁到魏博好好抖抖威风。于是在殿内对罗弘信说："节帅，我晋王与藩镇结亲者无数，很少有修书的先例。我这么说吧，我晋王如今如日中天，各藩镇想攀亲还来不及呢，哪有向晋王提条件之理？此次前来魏博，就已经是破了先例了。一般情况下，都是藩镇节帅去晋地拜见晋王，亲近亲近才是。事到如今，节帅还是少些繁文缛节，速速定了喜日，我好速速回去复命为好。"

罗弘信闻听此言，脸都气紫了，运气运了半天，从牙缝里挤出几个字来："既然如此，这亲不结也罢。左右，将来人赶出！"这李崇歌哪里受过这个窝囊气呀？回到太原，无非在李克用面前声泪俱下地添油加醋，直说：那罗弘信说他家小姐才貌双全，岂是一个沙陀野人可配得？这一句，直接把李克用说翻了。李克用心想，罗弘信，你岂有此理！你看不起我李克用一个人也就罢了，怎能如此口出狂言羞我全族？于是整齐军马，发兵去讨。

怎奈，当时成德、幽州情况还不明朗，王镕、李匡威还都虎视眈眈，李克用在魏博城下攻城多日，无法取胜，又怕那些人抄他的后路，于是急急撤兵回太原。这次一来，李克用和魏博这梁子就算是结下了。这种情况下，朱温自然就趁虚而入了，频频向魏博示好。而且还给魏博钱粮、军马，罗弘信一下子就对朱温好感急升。所以，这个时候，朱温想起罗弘信这茬来了。于是直接修书一封，信中说："弘信吾兄，近来安好？我素与兖州修好，但那李克用看他不过，近时想出兵去伐朱瑄。朱瑄吾兄，我自会助他。但克用伐兖，必经魏博。兖州是否城破，克用回师，都必去攻魏博，到时弘信兄可能处境艰难。唯今之计，兄可拒李克用于魏博，温，不才，极尽全力，调集兖州、汴州兵马前去助你，切切。弟，全忠。"

朱温就有这一套，原本是他去攻别人，却说成是他联合大家一起去抵抗李克用，还让人家魏博去抵抗李克用，然后他好把兖州悄悄收了。按理说，朱瑄、朱瑾跟朱温不是向北叩头成八拜之交了吗？应该亲如兄弟才是啊。朱瑄和朱瑾也是这么想的，但朱温不然。跟任何人交好，都是朱温战略中的一步。什么不求同年同月同日生，但愿同年同月同日死，话是这么说，但朱温的理论自成一派，他觉得，这些都是笼络人心的一部分。很多指天指地的誓言，都不足信，只有坐了天下才是结论。所以，他跟任何人的感情付出，您觉得他真挚极了，但是朱温完全没把这当回事。

此次伐朱瑄，任何人都不清楚他的计划，除了领兵去兖州的康怀英没人真正知晓。而且，最关键的是，李克用计划攻取兖州这事，根本就是朱温向所有人撒的一个弥天大谎。只是他让康怀英领兵去兖州，他与尹梁料定李克用不会坐视不管，只要李克用想要动兵，他就去劝罗弘信，于是，这一盘大棋全在朱温的算计之中。

现在看来，只有放在砧板上的朱瑄还对朱温的所有盘算一无所知。当康怀英率大军来到兖州城的时候，见到的是乐不可支的朱瑄，引领兖州大小官员出城十里迎接。朱温早就料定了朱瑄这个场面人会行此大礼，于是命朱友让直接抄了朱瑄的后路，从侧面直接将兖州占领。就在康怀英还在跟朱瑄寒暄的时候，兖州城上下，已然飘起了朱温的黑旗。

朱瑄在康怀英的大营中，被康怀英和手下灌得大醉，不省人事。等到他再醒来的时候，自己已然身处兖州的大狱之中，旁边绑的，还有他和堂弟朱瑾的家小。朱瑄想了半天也没想明白，一直都觉得，自己应该是中了李克用的奸计了。难道康怀英已然投了李克用了？不能啊！正在他狐疑之际，大狱牢房天顶的窗户被打开，传来了一个熟悉的声音："老弟，我是朱温哪，你可好啊？""大哥，快，快救我出去，好像你的大将康怀英，他他他，他投了李克用了吧？"朱温乐呵呵地说："非也非也。康怀英，他就是我的大将。你呀，是被我老朱给下了狱了。""这，这这，这是为什么啊？""老弟啊，我呢，现在是四镇节度使，现在惦记我的人太多了，有人就想用你的兖州攻我，你比如李克用。这个我不得不防啊。所以呢，就借兄弟的兖州一用，以后呢，你也就归隐山野，我供你做个自在王，离那烦心的事儿远些，这样不好吗？"朱瑄一听这话就急了，自知中了朱温的奸计了。"朱温，你这人面兽心的东西，我怎么会瞎了眼睛，跟你这种人结拜，还认了兄弟？你会有报应的！你等着吧。"朱温一听，乐了："报应？好啊，我等着啊。但现在啊，我看你的报应肯定是来了。明天哪，我送你们全家上路。"

朱瑄自知自己完蛋了，悔自己根本没看出朱温这种出尔反尔的人品。所谓的上路，根本不可能是送他去做什么自在王，无非是满门抄斩罢了。朱温有一种心理，就是斩草务必除根，你哪一家万一留那么一个小庶子，最后长大了出来跟我报仇，多麻烦。莫不如直接把他们这一整族屠掉，以绝后患。朱瑄英明神武了一生，最后自己全家死在了他总是称兄道弟的朱温手里，晚唐诸藩，人心险恶，可窥一斑！

这还不算完,那朱瑾,本是兄长派他去募粮,一队人马辛辛苦苦,粮食快运到兖州城时,远远发现,城头的旗帜变成了朱温的黑色大旗,自知不妙,于是将粮食藏在小县龙尼。朱瑾只带几名亲兵前去兖州叩城。朱温早知朱瑾下落,却见朱瑾只带亲兵回来,知道朱瑾把粮食藏起来了,于是在城头高喊"兄弟"。朱瑾看到朱温,拱了拱手,说:"大哥既到兖州,为何换了我兄朱瑄的大旗?"朱温也不瞒他,说:"实不相瞒,我朱温实是取了兖州了。而且,已然将那朱瑄处死,希望你识大局,下马受绑。"朱瑾一时气得说不出话来,一口鲜血喷将出来,恶骂那朱温:"我们兄弟怎么得罪你了?你居然下此毒手?""哎呀,我仔细想想,你们兄弟,还真没有对我有什么得罪之处。相反,还有相助之功。但是呢,时局之下,无非是一场江湖。乱世之中,不是你吞我,就是我吞你。我朱温,如果不想自己做大,有朝一日,想必受那李克用的挟持。所以呀,朱瑾兄弟,你还是将那些募来的粮食交出来,别让我们扯破这层脸面,要不然,你来看……"说着话,朱温将朱瑾的一家老小全都绑束着推上城头。"朱瑾兄弟,你忍心吗?这么一家老小全都受你的连累?哎哟,我看看啊,好像你的老母亲,这,已经七十多了嘛。哎呀,还有这个小乖乖,你的妾给你生的小公子,也才两岁多。你要是真的不受绑,那我真就不好说干出什么出格的事情喽,你看……"朱温正说着,就将那襁褓中的婴孩展示了一个扔下城楼的动作。

朱瑾眼看着朱温好像要把他的小儿子扔下城楼,眼前忽然黑了一下。于是决定,还是下马受绑,实在无法直视朱温的这种以亲情为诱饵的折磨。朱瑾想,再怎么也是兄弟一场,我放下刀柄,朱温总不至于再危害我全家吧？可是，朱瑾想错了。在他放下刀柄的那一刻，就注定了他朱瑾全家老小的死。最终，朱瑾全家七十二口，最大的七十四岁，最小的两岁半，全部处以极刑，一个不留。兖州城一时间被血红色笼罩，往昔一团和气的三兄弟，一笔写不出俩朱字的亲情理念，全都被朱温的"人在江湖，身不由己，斩草除根，以绝后患"的道理所制。兖州城血色浓郁，哭号之声不绝于耳。

这边，大家眼看着朱温将兖州一口一口吞下，那边，李克用正因为被魏博阻挡了他驰援兖州的去路而暴跳如雷。李克用几次修书给罗弘信说，他只是借道而行，意不在魏博，但罗弘信死活就是不信，坚守魏博不放李克用通过。李克用没办法了，既然你罗弘信不仁，也休怪我不义了。李克用下令攻城，经过三天三夜攻城，魏博城高池深，官兵一心，李克用竟根本无法取胜。李克用急了，想令李存信回太原再调些兵马来，但李存信压低声音对李克用说："父亲，魏博这种地方，何至了我们太原再搬救兵呢？我想咱们就令刘仁恭来协助咱攻魏博，一来让他来当先锋，我们也省一些伤亡，二来也验证一下他的忠心。"哎，这个主意好，于是李克用马上修书去幽州，急令刘仁恭亲率精兵五千前来驰援魏博这里的晋军。可是信发出去了，一封回信也没有，信使也不见回来。李克用急了，再写一封书信去幽州，这次言辞更切，说，军情紧急，不可延误战机。这次刘仁恭回信了，信中只有一行字："仁恭驻幽州，现恐契丹来犯，故无法应召，晋王见谅。"

刘仁恭这明明就是把李克用给拒绝了啊。李存信之前不提忠心还好，现时刘仁恭这样，反心岂不昭然？李克用拿着刘仁恭这封书信，在

第十三章　朱李相衡刘仁恭

大帐里跳着脚大骂刘仁恭"忘恩负义""背信弃义"……反正是用了他能想到的所有不好听的词。但这又有什么用呢？正在这时，传来消息，朱温已将兖州收入囊中。李克用生气了，这次是真的生气了，比起他之前生气罗弘信轻信谗言挡他去路还要生气，这次他气的是他最最器重的，还向长安给他请功，封了幽州节度使的刘仁恭。他来攻魏博，刘不奉诏，那就意味着，刘仁恭对他有不臣之心。这还了得？之前他想，以仁取之，让刘仁恭为他所用，镇守住他的大后方幽州，以防他有一天与朱温开战之时契丹来犯。一切想得挺美，但刘仁恭此番不奉诏，那这种安全感便荡然无存。最后，李克用决定，掉转枪头，转头去攻打刘仁恭的幽州。

当李克用在幽州城下排开十万大军的时候，刘仁恭其实是后悔的。但好像也没有什么办法，因为，他谁也得罪不起。之前朱温已经给他写过信了，说魏博是他在罩着，如果刘仁恭对魏博动武，那就意味着对朱温动武。这种时候，一定不能树敌。不能因为李克用对咱有恩，就啥都听他的，朱温什么人哪？四镇节度使，而且已经将皇帝掌于手中，哪是那么好惹的？所以，刘仁恭才会有那么一出跟李克用扯谎的戏码，但是他没有想到，李克用根本不吃他这套。李克用的理论也很简单，你要么是我的人，要么是我的敌人。这么一弄，刘仁恭好像也不太知道应该怎么办了。但目前来看，刘李两家已然摆开架势开战，那就一定不能打输了，一旦打输，地盘肯定是不保。

刘仁恭世居幽州多年，而且自小习文弄武，还是懂些兵法的。刘仁恭这个时候摆出一副幽州风吹可破的架势，城头虽有人把守，但是没有主将的大旗。如果幽州的城头没有主帅的"刘"字大旗，攻城的人会怎么想这城内的情况？另一边，他开始放各路边民出城，说是要开战了，大家别伤着，所以放大家出城。李克用拿脚后跟想都能想出来：放百姓出城，幽州城里注定粮草不多。

于是李克用将幽州城围成了个铁桶一般，还下严令，不得放任何一人出城，抓住刘仁恭者，赏金五十。重赏之下，群情激愤。在这期间，幽州城内有人用五百人马想突出重围，被李克用全部斩杀。明摆着刘仁恭困兽犹斗，李克用这个时候心里很乱，他不想面对杀掉刘仁恭的一天，毕竟这是他亲选的驻守幽州的人选，这就相当于说他自己有眼无珠、用人不当。但他李克用一个武夫，从陇西就开始广交朋友，都很真诚，却独独在河北，无论成德军的王镕，还是他的义子李存孝，再有那个魏博的罗弘信，他都不知道是怎么得罪的他们，然后就稀里糊涂地战成德、战魏博，到现在又战幽州。本来是想，以他的忠勇之气，可以凝聚河北诸英雄，一起对付那个欺世盗名的朱温。但也不知为什么，所有人都倾向于帮助朱温，而不是他李克用。现如今，即便冲进了幽州城，杀了他刘仁恭，又能怎样？无非证明我李克用无能，不能团结诸藩镇除了朱温。

想着想着，夜色初起，豪雨骤至。李克用看着天上的暴雨和闪电，心里问着苍天，为什么天不助我李克用，而助那个小人朱温呢？李克用想到这些，突然想喝酒，好像此刻也只有酒才能遣散他胸中的郁闷。喝着喝着就喝多了，按李克用的酒量，这点儿酒，是根本不可能喝多的，之所以喝着喝着就醉了，多半是酒入愁肠的缘故。

第二天，全营众将起床之后，看到的幽州城，居然是大雾升腾之下的幽州城。幽州整个像是沉在一个笼屉里一般，不用说能不能看得清城头的兵卒，就连看清幽州都很困难。这种情况该如何攻城呢？可恰在此时，全军的主心骨李克用却正在酒酣之中，怎么叫都叫不醒。李存信说，看这个样子，我们也不等晋王酒醒了，幽州城内，本来也是粮草空虚，军心涣散，我们何不拿下幽州之后再将晋王叫醒，然后请晋王入城，如何？

众将对此提议全部附和，然后李存信就升帐准备攻城。可此时，只听城西一声炮响，派探马去探，说，在城西，喊杀声音很响，弓箭齐发，无法靠前，听声音，应该是有一队人马杀出城来，李存信于是派出一队人马去城西。而没有多久，又传来探报称，城东也有动静。李存信有点儿生疑了，但是大雾始终没法散去，按常理，应该坚守不出，等大雾散去再去攻城，但此时李克用酒醉，没人能拿这个大主意。更何况，幽州城已经空虚，对我军是大雾，对敌军也同样是大雾，何不趁雾攻入城去将刘仁恭绑来给晋王看？

晋军就在大雾之下的一团迷乱中，还有晋军对幽州绝对的优势心理中，分成两路，分别攻城东和城西。可哪知，城东和城西都没有遇到刘仁恭部队太大的抵抗，等晋军反应过来的时候，大营已然被刘仁恭劫走。并且城内城外呼应，晋军被一分为二，在城南城北各自厮杀。此时的李克用呢？在李存信拖行的辇车之上。主将酒醉，此一罪；战前轻敌，此二罪；大雾出战，此三罪。在三罪并行之下，晋军哪有不败之理？本来晋军就长途劳顿，先是想去兖州，然后在魏博城下苦苦攻城了半月之久，然后劳累之师又转战幽州，战前又遇此等大雾。晋军败退，途经木瓜涧，居然遇到了刘仁恭早早设下的伏兵，幽州部将杨师侃，以抛枪无敌，在几十丈开外，可用抛枪命中对方主将。晋军将领刘欵德即中了杨师侃这一抛枪，枪尖直刺前胸，刘欵德一命呜呼。除了抛枪之外，木瓜涧箭如雨下，晋军主将缺失，又中了埋伏，死伤大半。这是其中一路的晋军。另外一路，李存信保着李克用的车辇，急急赶路，在听说木瓜涧有伏兵之后，绕路而行，最终逃到一小县勤正，才算是安定下来。

最后，被人称为"虎狼之师"的晋军，居然就在离他们如此之近的幽州，被刘仁恭杀得大败。

半路上，李克用酒醒了，人也清醒了，战事也败了，气得李克用顿足搥胸："这一壶马尿，可坏了我的军国大事！"这一次惨败，李克用似乎再无力去攻任何藩镇，多次出征，却多次败北而回，这让李克用心思郁闷，在太原久居不出，休养生息。

随着刘仁恭将李克用杀得大败，刘的地盘也得到了扩张。唐昭宗光化元年（898）春，占据沧州、景州、德州的义昌军节度使卢彦威因盐利而起争端，刘仁恭派其子刘守文去攻沧州，义昌军不敌刘守文，卢彦威逃去魏博，但此时的魏博也很难收留卢彦威，一旦收留了他，李克用、刘仁恭、朱温将都有可能来攻魏博。于是卢彦威没办法，只好去投汴州的朱温。如此，刘仁恭就占据了沧州、景州等河北中心地带，势力范围扩大了一倍不止。

这种情况下，刘仁恭自然信心爆棚，于是没过几月，又引兵去伐魏博。魏博主将罗弘信体弱多病，将大权交给其子罗绍威主理。以魏博的实力，之前面对远久劳师的李克用尚可，但对于实力扩大一倍的刘仁恭，罗绍威信心不足，只好求助于朱温。朱温给罗绍威的书信中说："贤侄还需历练，与弘信尚有距矣。不消劳心，且看吾出兵助你。"朱温就这么顺理成章地将军队派进了魏博。罗绍威看到朱温派人来，自是大喜。

这次交战，朱温请出了一位将军来对付刘仁恭，那就是早说退隐的葛从周。自上源驿一役之后，葛从周对朱温其实心存戒心，总觉性命难保，可怎奈朱温死皮赖脸地多次去往汴州城外葛从周的栖身之处，赵氏是之前说服葛从周退出的那个人，这个时候，她又劝葛从周出山，葛很疑惑："这让我退隐的是你，现在让我出山的，又是你，为什么呢？"赵氏说："你要知道，朱温现时可不比往日，他已经完成挟天子令诸侯的伟业，虽然有些做法确实欠妥，但他毕竟是夫君自黄王起兵以来的战友。这种情分还是有的。更何况，此人不达目的绝不罢休，普天之下莫非王土，适逢乱世，将军一身武艺，应是没有偏居的机会和道理。既然没有安静的容身之所，就莫不如创出一片天地之后，我们再告老还乡。"葛从周听从了妻子的劝告，于是到汴州接过了这次的帅印。

以葛从周的神勇，大唐当时还没有能与其匹敌之人，所以，刘仁恭在魏博被葛从周打败，刘守文逃到沧州，被葛从周围得死死的，刘仁恭的救兵都被葛从周"围城打援"了。没办法，刘仁恭只有亲率五万精兵去援沧州，葛从周居然丢下营寨不管，亲率两千精兵直插老鸦堤，将刘仁恭的燕军杀得惨败，最终斩首三万余，仅军马就俘获三千余匹。刘仁恭此次之败，怎一个惨字了得？五万精兵，最后退到涿州只有万余人马，救援沧州无望，但又不可能眼看着自己儿子死。于是，此时，他又想到了李克用。这个时候居然去求李克用？几乎所有将官都没法同意刘仁恭的想法,当初在幽州,正是他将晋王杀得惨败,晋王从此居家养伤。把人家伤成这样儿,人家能来吗?可是刘仁恭实在没有办法了,现如今,能跟朱温大军抗衡的,就只有李克用的晋军了,死马只能当活马医了。

李克用看到刘仁恭痛陈的书信,直接扔进了炉子里。他恨刘仁恭,恨不得吃其肉饮其血,但是,此时李存勖来劝父亲,说,父亲,其他不说,只说唇亡齿寒,现时如若刘仁恭被朱温吃掉,那就再难有人可以阻挡朱温了。现时晋军的实力大不如前,唯有"联刘抗朱"才有生存之道。

于是李克用派出李嗣昭率十万晋军出兵沧州,在内丘与汴军会战,一战竟将葛从周击溃。晋军欲乘胜追击葛从周,却被汴州赶来的汴军挡在阳河一线。此时又进入雨季,阳河涨水,晋军只能后退五里,以防水淹。没想,这大雨连下七天而不停,阳河涨水,不但危及晋军,汴军日子也不好过。一时晋军、汴军都难于取胜,于是双方都有了退兵之意,于是双方商定,汴军放回刘守文及少数军兵回幽州,晋军、燕军也止步于阳河,不再试图向南征伐。

这只是一个动态的和平协议,朱温才不可能给河北这些藩镇以喘息之机。光化三年(900),朱温果然卷土重来,这次派出的是朱温又发现的一位奇才张存敬。张存敬会同魏博军一起进攻刘仁恭。张存敬,之前一直是宋州刺史刘可尊的家奴,之后,朱温去见刘可尊,但见一少年在院中舞剑,其姿英武,朱温甚是爱慕,于是向刘可尊索要这个家奴,刘可尊哪敢不从?次日就将张存敬送到朱温府上。朱温原以为,可以将张存敬养为左右护卫，但他发现他严重低估了张存敬的能力，张存敬不仅武艺过人，还熟读兵法，而且每每与朱温讨论，都有出其不意的结论，朱温惊为天人。于是直接上书昭宗，"请"昭宗封张存敬为复命大将军，在邓州统领十万兵马。这个时候张存敬才是一个二十一岁的年轻人，邓州手下多有不服，但朱温力排众议，倾全力将张存敬扶为一方守将。这次，在养兵三年之后讨伐刘仁恭，朱温又想起了张存敬。张存敬当然不会忘了朱温的知遇之恩，而且这次，也是他的立威之战。所以，打法凌厉，杀伐果断。

张存敬一入河北，就显示出他的战法迥异，他将邓州带来的大军分成十个小队，然后以阵法指挥。然后此阵还可依步法前进，遇到城池就三队围之，其余在城周打援。以此古怪战法，居然在三月内连克二十城，朱温大喜，命朱友让为张存敬再送粮草、军马。张存敬直杀到幽州易水河畔，刘仁恭慌忙派儿子刘守文将易水上船只凿沉，伏下大量伏兵。怎奈，还是挡不住张存敬的怪阵攻击，易水一战，张存敬直歼燕军三万余人，易水河已成红水。但又在此时，暴雨又来，易水水位猛涨，直将张存敬的阵形冲乱，而此时，李克用的援军也已到达易水北岸，向渡河过半的汴军发射箭雨，汴军此次北伐初遇战败，死伤六千余人，退回定州。至此，河北绝大多数地区，都归了朱温所有。朱温经过收成德、得兖州、占魏博，这次又经过战易水，将河北、河南、山东、陕西绝大部分地区统一成一个整体。再加上手中握有唐昭宗，霸业雏形基本稳定。而在河北多次被打败的李克用和刘仁恭，一个盘踞山西，一个北居幽州，都无能力再与朱温抗衡。

此时，河北鲜少兵戈，太平如初。这个时候的罗绍威心想，这种情况下，占据着魏博的朱温大军终于可以退回汴州了吧？但是，事实证明，请神容易送神难，他将朱温送出魏博的想法，还是显得过于天真了。

第十四章　朱刘相杀魏博暗

自从魏博被朱温大军挟持以来，罗绍威就鲜有再动干戈的机会和勇气。但罗绍威对朱温的忌惮那是一定的，依朱温现下的势力，罗绍威如若想将朱温赶出魏博，不说比登天还难，却也差不多。可是，作为一方节帅，罗绍威不可能如此等死，朱温的刀一直在磨，什么时候架到他的脖子上，就不好说了。

罗绍威所能想出的计策，无非是再一次利用好魏博的牙将。所谓牙将，就是最早的魏博节帅田承嗣想出的稳固魏博的"计策"。早在唐肃宗时期，魏博的问题就是忠诚的问题，毕竟是安禄山起兵之地，一方节帅如何保证这些将官不起兵造反，成了任何一个节帅都想要解决的问题。当时的田承嗣想出了一个不是办法的办法，他将所有忠诚于他的官兵的子弟，招募成子弟兵，原是想约束他们在战场上的行为，但后来，这些子弟之中还真出了不少英勇之人，所以，田承嗣就想，既然已然是子弟兵，何不将所有部队都改造成子弟兵？这样一来，大家都是亲眷故旧，就没有起兵造反之心了。

起初，他的这个想法还是很有效，实施前些年还都相安无事，但当这种子弟兵，后人所称的"牙军"传到第二代、第三代的时候，这种所谓的亲眷故旧的维系、"父子相袭、亲党交固"就已荡然无存。最后还是看谁的兵力雄厚，谁在关键的时候果断、大胆。所以，一直以来，魏博的牙将都在左右着魏博节帅的人选，在田承嗣之后的二百余年间，魏博牙军主导更换的节帅就有六七人之多，就连罗绍威的父亲罗弘信，也是借助牙军的力量，最后坐上了魏博节帅的宝座。

所以，此时此刻的罗绍威，在朱温赖在魏博无论如何也送不走的当口，所能想到的，也只能是牙军。牙军作乱已然那么多年了，有太多的里外勾结的事情发生了。那么这些牙军里，跟罗绍威一条心的，无非牙军校卫李公铨、绍陈夫二人。这二人虽然不能统领牙军全队，但至少在牙军中威望也算较高。而与他们不和的一方，就是高宝添和李罗垠二位。而高宝添和李罗垠二人，都是驻守定州附近的归留县。这是罗绍威为了防止他们犯上作乱的权宜之计，但这么长时间，尤其在李克用来攻的时候，这二人都是处于静默状态的，罗绍威最担心的，无非是他们反出魏博，投靠了李克用。如若那样，魏博肯定是很被动。好在归留县物产不丰，而且经常有水患发生，这二人被罗绍威派出归留县至少有五年光景，不见开兵打仗，却一直在跟百姓一起治理水患，还算小有成效，至少现在归留县城不至于频频被水淹没。

李克用来时,归留县方向并无动静,罗绍威就觉得很奇怪。按理说,牙军中,一般跟节帅并不一条心的一方,但凡有开兵见仗,势力强于魏博的,都会火速归附之。但高宝添、李罗垠二人不然,这五年时间,过得更像一个县丞,竟然开始发展农桑。有时候罗绍威都有种错觉,是不是这二人已然决定在归留退隐了呢?不过,他一直都没有对这二人放松戒备。

再说罗绍威倚重的李公铨和绍陈夫二人,他们在魏博当然广立党羽,所掌控的军队多以万计。无论在李克用还是在朱温面前,罗绍威都没有暴露他真实的实力。事实上,罗绍威自己能掌控的兵力,应在十五万上下。而朱温设在魏博城外的大营,多说人马也就九万左右,再加上征讨调用,现时兵力最多也就不到八万。这个时候,兵力对比悬殊,罗绍威如要清除朱温在魏博的势力,就必须将魏博城外的汴军除掉。但是罗绍威又不得不忌惮朱温,一旦自己出兵与朱温反目,将可能招来更多的汴军围困魏博城。

罗绍威不愧是魏博的节帅,他想出一条借尸还魂之计。他密令李公铨、绍陈夫二人,悄悄在魏博城外七里之地的博望山处,集结十万部众,然后令他们都穿上燕军的服装,去夜袭汴军大营。这样一来,万一劫营不成,也可以将责任推给幽州的刘仁恭,朱温想去报仇,那也得集结大军去攻幽州,魏博只管旁观,并无刀兵之危。

决策已定,只等一个月黑风高之夜全军行事,还需要一个朱温大将葛从周不在营中的机会。这个机会,最终还是被罗绍威等来了。这一日,葛从周夫人赵氏病危，葛从周需要奔回家里，于是将汴军营中大事交于其部将刘侃礼执卫。刘侃礼，燕赵人氏，素日也爱多饮几杯。平日里葛从周管束颇多，一时不得兴致。这一遭葛从周不在，大营归他掌管，刘仁恭已然大败，魏博周围也相安无事，刘侃礼就放松了警惕。这一夜，他与相熟将官捧着酒坛连喝了一夜，一夜无事，但到了次日平明时分，太阳刚刚冒头，李、绍二人就带着魏博十万大军杀到，他们打的旗号自然是"幽州刘"，而且二人也装作刘仁恭手下的曹宾尚、周经起二将，径直冲入汴军大营，一通冲杀，直接将刘侃礼杀掉，砍掉首级。最后还放了一把大火。

城外大营火光冲天，魏博城内自然看得一清二楚，这意味着李、绍二人已然得手，罗绍威看到自然乐不可支。但是，他清楚，朱温的报复很可能来得比他想象得还要快。于是他此时做了一个决定，用快马给汴州的朱温写求救信，谎称刘仁恭又来攻魏博，"希将军火速援魏，如若不然，我命危矣"。而恰在此时，朱温的小女儿（之前嫁给了罗绍威的儿子罗廷规）由于城外狼烟四起，受了惊吓，怀孕中的她突然早产，竟在生产过程中难产死去。朱温同时闻听魏博两个噩耗，就知魏博一定生变。于是决定亲自去魏博，带着家里的亲眷，去魏博为自己的女儿料理后事。顺便也了解一下魏博被刘仁恭攻打的情况，还有罗绍威是咋说的。

朱温刚一到魏博，就进了城外的大营驻地，这个时候葛从周已然归来，见到朱温就长跪不起，并希望朱温重重责罚。朱温并没有责罚葛从周，只说，到时给老子痛杀那个刘仁恭就好。朱温在魏博转了一圈发现，这次来的大军，据说有数万，却只是攻了城外汴军的大营，并未顺势攻

第十四章 朱刘相杀魏博暗

城，他心里大概有了数。于是在见到罗绍威的时候说，我女新丧，城外大营又遭刘仁恭偷袭，吾心不爽，节帅可否陪老夫走走？于是二人走到魏博城头，眼望城外大营的惨状，朱温小声对罗绍威说，你不会不知我与刘仁恭密通良久，他若来攻我，我怎会不知？罗绍威闻听此言，颜色更变，连忙说，梁王莫不是怀疑我私通了李克用？这万无可能，万无可能。

朱温听了哈哈大笑说，将军说笑了，我怎么会怀疑你呢？况且，你觉得我朱温会失去几万兵马就伤了元气吗？太小看我了。我如果想再派十万兵马来大营驻扎，也只消半月时间。"只不过，我怀疑，这魏博城内有李克用的奸细，定是在我女的药中下了毒烈之物，才致我女丧命。如若叫我逮到此人，我定将他碎尸万段，以解我心头之恨。"罗绍威当然听出了朱温想说的是什么。于是在此后就命李、绍二人，千千万万将劫营时候穿的燕军的衣服先烧后埋，处理掉，千万别被朱温发现，否则后果难以想见。

不过千算万算还是会有漏算，李公铨手下一个小校，偏偏在烧衣服的时候归家探亲，这套燕军的衣服就没烧掉。可巧，正遇到葛从周手下在这个村子巡察，就发现了这个小校。在魏博地界，大后方，怎么会有这么一个燕军的校卫来此探亲呢？带到葛从周那一审，结果，李公铨的这事儿就全漏了。葛从周还怕不稳，就将那负责焚毁的魏博军卒抓进汴军大营，再一审，哎，那燕军的衣服他居然还私藏了几套，可能是见有机会去投刘仁恭的吧。这样就人证物证俱全了，朱温听说葛从周谋到了人证和物证，在营内大约探看，虽然意料之中，但结果一出来，朱温还是有点儿吃惊。他想不到罗绍威能用这种方法让他撤回汴州，而且还栽赃给刘仁恭。朱温跟罗绍威说的，并没有骗他，事实上，在易水河一战之后，刘仁恭就给朱温私通书信，有意归降，但碍于李克用的挟持，不好公开。如果可以在攻李克用的时候，在他的身后还有一个刘仁恭可以牵制他，这种局面，确实是朱温最想看到的。所以，朱温明明知道刘仁恭还在向李克用宣誓效忠，但他还是乐于利用这个两面三刀的小人，因为，所谓远交近攻，强敌在侧的情况下，还是应该跟远端的敌人搞好关系，虽然只是表面上的，也无不可。

所以，综合所有的信息来看，罗绍威对朱温的不臣之心已经公之于阳光之下了。摆在朱温面前的有两个选择，一个，就是将罗绍威满门抄斩，彻底将魏博收入囊中；另一个，就是将起事的李公铨和绍陈夫拿了，斩了首级去送给罗绍威，然后说，魏博的牙将居然公然勾结刘仁恭和李克用，试图谋反，汴军已将二人拿下并处死，以绝魏博后患。相比起来，第一种情况弊端较多，主要就是，朱温一般与地方藩镇联合之时，他是一定会借到很多力的，但若将罗绍威满门抄斩，无论拿出什么理由，大家都会觉得朱温屠杀藩镇，随便找一个理由即可。这样的话，汴军再去联合任何一个藩镇都会比之前困难太多。而第二种情况呢，将罗绍威留下，只当个摆设，魏博名义上是他在管理，实际上已经被汴军控制。既得到了实惠，又不会被诸藩诟病，两全其美。

朱温打定主意，就开始起用他多年前布下的棋子。那就是，在归留县一直在等候他发兵消息的高宝添和李罗垠。还是在五年前，高宝添和李罗垠就已经暗通朱温了，想将魏博这一大队人马拉去汴州，归入汴军。

当时朱温没接受，原因就是，他听从了张氏的主意，因为这一大票人马，少说也得有五万，人吃马喂的，汴州就会凭空多养了这么多的兵，而且还得罪了魏博，这对跟李克用在河北的博弈是不利的。所以，最后朱温对高、李二人说，他们可以先留在魏博，伺机而动。当得知他们守在归留之后，朱温还悄悄绕道山东给他们派去了钱粮，让他们先将归留经营好，把兵养足精神，总有一天会派上用场的。所以，高、李二人韬光养晦五年之久，就为了等这样一个机会，为梁王做一件惊天的大事。

于是，一方面，朱温告知葛从周，将少部人马留在魏博大营，以防罗绍威窥视，多部人马，分几天后半夜悄然去往博望山埋伏。另一路，朱温告知高宝添和李罗垠，让他们以魏博节帅想让归留派人前去劳军为由，倾巢而出，赶往博望山，完成合围。在合围成功后，高宝添和李罗垠带上大量的粮食进入博望山，面见李公铨和绍陈夫，当李、绍二人见到高、李二人的时候，他们彻底被惊到了。因为主公曾经多次讲过，高、李二人对魏博素有二心，希望他们小心提防。罗绍威之前说过要劳军之事，但定的时间是三天以后，这么早早地来劳军，而且是高、李二人，其中必定有诈。席间，李、绍二人交换一下眼神，示意左右将高、李二人拿下，谁想，博望山的里里外外早就被高、李二人控制了。李、绍二人开始还在拼命反抗，但终还是拼不过高、李二人的多年布局，而且反抗之时，从山寨之外的尖岭之上飞来一箭，正中二人之间的大柱，惊出二人一身冷汗。寻箭望去，却见一白袍大将站在尖岭之上，白色征袍随风抖动，仿佛天将下凡一般，正是汴军主将葛从周。李、绍二人素闻葛从周箭法了得，百丈之外可瞬时取人性命。所以，在看到葛从周的时候，二人就决然不敢动弹了。所谓人名树影，再动弹下一支箭就直中眉心了。

葛、高、李三人将李、绍二人绑到朱温面前时，朱温反倒显得有点儿心不在焉了。"你说说，这好好的魏博，你们什么都不用管，有我派的大将给你们守着门儿，我就问你们，你们还想要什么？难道李克用的山西饭就那么香吗？还是你们魏博，看着我朱某人不顺眼，想除了我不成？"李、绍二人听到朱温说这话，早就吓得魂飞了一半儿，磕头像鸡啄碎米一般，直呼大王饶命、大王饶命，都是罗绍威的主意，上支下派，我们兄弟可不敢有这种主意啊。

想不到，朱温嘴里蹦出来几个字，让所有人都惊得退了三步："用锯子，将此二人的头锯下，然后送去给罗绍威！"李公铨和绍陈夫做梦也想不到，这听似地狱里才有的刑罚，居然真的就在朱温的大营里发生在他们的身上。当血淋淋的两个锦盒，装着被锯得如此整齐的两颗头颅摆在罗绍威案上的时候，罗绍威吓得魂不附体。这个朱温，何等了得，居然这么处置背弃他之人。罗绍威想，此人根本不是人，实是人魔，不可以人理相论，更不可以人伦相拒。

从此，魏博下属各镇都归了朱温来实际管辖和控制。而且，朱温还强令罗绍威，此生不得迈出魏博城半步。虽然朱温说话的时候像是在开玩笑，实则，罗绍威当然懂朱温此话的用意，所以，除了顺从，他别无选择。此时的他，已然成了朱温的笼中之鸟。

之前，刘仁恭被朱温杀得大败，根本也没可能跟朱温再争什么中原了，另一面李克用他也惹不起，就想老老实实守着幽州、沧州就得了。但朱温不这么想，我朱阿三把河北都打下大半了，你别看我可能动不了李克用，但我打你刘仁恭还是跟玩似的。

朱温就再次登台拜帅，这次他起用的还是葛从周。上一次张存敬一战封神、大杀四方。主要是张存敬的打法诡异，谁也没见过，这就占了先机。但如果再来一次，河北诸镇可能都研究明白张存敬的战法了。而且呢，张存敬毕竟才二十出头，一战积累了资本之后，回去做邓州的主帅就可以了，以后东征西讨肯定还用得着。但张存敬之前的葛从周已然都攻到阳水了，只是天降大雨、河水暴涨才没办法撤了兵，总得给葛帅再次证明自己的机会才是。

所以，葛从周率领三路汴军，直接就把沧州围了。刘仁恭一下就急了，一共就这两块地盘，而且沧州的守将是自己的大儿子刘守文，不去救援是肯定不行的。于是刘仁恭就连夜征兵，寄期望于募兵到十万之众，力争在气势上压倒汴军。但刘仁恭招募这十万兵可难透了。要知道，刘仁恭统辖下的幽、沧二州，可是实行"文刑而治"的。所谓的文刑而治，就是说，所有的人，都必须有文身才行。身强力壮的男人，都得将文身文在脸上。仔细一想，大街上所有男人脸上都文了一个印，上写"卢龙顺民"，这种惊悚可想而知。不仅如此，妇幼之身也难逃文刑之苦。只不过，妇女、儿童多将文身文在手臂或是脚腕上。所以，幽州、沧州之民，心存反叛久矣。这种以治牢刑的方式来治理疆域的，可能唐内藩镇除了刘仁恭也别无二号了。

这种被文刑痛苦折磨的幽州百姓，但凡听说有人来攻幽州，那心情，高兴还来不及呢，怎么可能会有想法去当兵拒敌呢？所以，这也是刘仁恭与李克用和朱温争斗之中，败多胜少的最根本原因，别人是以仁治民，他是以残暴治民。不过刘仁恭征兵，美其名曰是征兵，其实无非就是拉人头。最后，幽州上至七旬老翁，下至十三岁孩童，就都成了燕军的主力，被刘仁恭强行拉到沧州去与汴军拼命。

葛从周什么人哪，跟刘仁恭交手多次，刘仁恭的那几个人，还有他们的基本打法，全都谙熟于心。所以，两军稍稍一接触，燕军就被杀得大败，狂奔出三百余里，最后在定州附近安住阵脚。刘仁恭一想这不行，凭我自己的力量肯定是打不过朱温的，我还得派人去太原，只有刘李两家联合，才有可能打败朱温。于是洋洋洒洒写了一封长信给李克用。不过等了三天，太原一点儿消息也没有。于是刘仁恭就再写一信，这次他不写给李克用了，这次写给李存勖。他也知道，上次救援他们幽州的主意就是李存勖给出的。信中说："素闻少将军年少英武，雄才大略，前次救幽州兵戈于水火。然朱温曹操之心不死，此又伐沧州。河北之势可比后汉三国，吾如刘备，偏居二城，不求进取。晋王如孙权，晋中才俊，举手为云。当下之势，唯有刘李联合抗击朱温，唇亡之时，齿寒入心矣。今晋中有少将军，勇武超人，韬略不群，可比周郎统水陆三军于一帅，沧州尤比那赤壁之险，唯将朱温火烧连营、退于千里，方可保河北、山西诸方太平！万望少将军规劝晋王，莫再将你我昔旧之争挂怀于心，退敌，刘某愿负荆太原，以示万谢之情。仁恭遥叩少将军。"这招果然见效，李存勖见信径直就去李克用府里拜见父亲。

李克用这几天被刘仁恭这一封信弄得很烦，他实在是太讨厌刘仁恭这两面三刀的劲头儿了。上次帮刘仁恭好不容易赶走了朱温，刘仁恭也就是送些好吃好喝的罢了，按李克用的想法，你是不是应该割给我点儿

第十四章 朱刘相杀魏博暗

地盘啊？割地盘，对于刘仁恭来说，那就跟割自己身上肉没啥区别。所以，李克用生刘仁恭的闷气已然生了好长时间了，这次刘仁恭又来求他救援，李克用并不想出手相助。但李存勖求见，李克用就知道他又来劝自己去救刘仁恭了。所以，没等李存勖站稳当，李克用就直接跟他说："你别说，我知道你想说什么。唇亡齿寒嘛，我怎么可能不懂？但你也了解刘仁恭此人，这就是个墙头上的狗尾巴草啊，用着咱们爷们儿了，就跟哈巴狗似的，卖惨。等朱温一退，他又把那幽、沧二州看得死死的，没有一丁点儿感谢咱们爷们儿的意思了。你说，就这号人，咱们费这么大劲，死那么多人，救他，合适吗？"李存勖没马上回话，而是沉默了一会儿，然后说："父亲，我知道，您跟刘仁恭有仇，而且上次幽州之变，您养伤就养了一个月，这仇不共戴天。可问题是，刘仁恭跟朱温相比，您跟谁的仇更大一点儿呢？"李克用捋着胡子想了半天，最后还是脱口而出："朱温！""您看，还是朱温。那现在河北和山西的形势来看，只有我们跟刘仁恭联合，才能跟朱温有一拼。如果我们不去救刘仁恭，他真的被朱温抄了家，那接下来，朱温谋的就是咱山西了。现在咱是主动去救，不过救是救，但救到什么程度，咱自己说了算。但如果没有了刘仁恭，朱温来图咱的山西，到时候咱想退一步都不可能。因为屏障没了。但凡有刘仁恭在，咱的山西还是稳的。而且，肯定还有跟朱温周旋的余地。没了刘仁恭，这一切就都成了虚妄。父亲，您可一定要考虑好啊。"

李存勖这么一番话讲出来，李克用是喜悦大于忧愁的。他之前愁的是，朱温大兵压境，刘仁恭尚未多战就来求太原出兵。他喜的是，现如今，存勖这小子，果然成了一个帅才，我真小看他了，比我强得太多了。

我年轻那会儿,只知道打打杀杀,存勖呢,在勇猛之外还多了这么多的智慧,难得,难得!所以,李克用与李存勖达成了共识,最终决心出兵救援沧州。

但是沧州已然被围多日,就算派出兵力去救,赶到的时候是不是城破了都不好说。所以,还是按李存勖的想法来,就是围魏救赵。不去派兵救什么沧州之围,而是集中山西和幽州的所有兵力,去攻朱温治下的潞州。与沧州相比,潞州的位置,相当于从山西进入中原的门户。沧州丢失了,最多就是河北失去了一城,幽州还有易水之险,就算没有易水之险,攻幽州还需要考量后面的契丹,到时候契丹很有可能同时攻取幽州,朱温也不见得就一定打得过契丹人。而且,朱温直接打下了幽州之地,就意味着以后将直接面对契丹人的威胁。朱温这种人,才不会这么傻,干这种费力不讨好的事。这次围沧州,还是力图蚕食河北诸镇,最终的目标注定还是山西。可如若此时去攻他的潞州,汴军的主力在沧州,如果回防,那就算解了沧州之围,如果不回防,那潞州攻下之后,就将直接面对洛阳和汴州。那朱温耗了大半生打下的河南之地,就都将便宜晋王了。综合来看,一旦不回防,那朱温就将可能丢了他最大的本钱——河南之地,中原易主,可能就在当下。

去攻潞州的主力军,是李存勖所率的蔚州兵马和刘仁恭的幽州兵,这种攻城略地的事,还是得燕军来主攻,刘仁恭这件事还是分得清楚的,但不同的是,李存勖的谋略也确实胜过李克用一筹。没到三天,轻取潞州。中原腹地,展现在李存勖面前。

朱温一听说潞州失守,吓得魂儿都快飞了。于是急令葛从周将汴军主力急撤，回防潞州。此次攻潞州，晋军除了李存勖之外，还派出了周德威和李嗣昭等大将，朱温为图安稳，又将张存敬从邓州召入汴州。令张存敬再挂一帅，再分一路兵马进入魏博，做出意欲北上去取太原之势。葛从周在潞州与李存勖对峙，交战月余，未分胜负，但进入城内的晋军开始出现水土不服的症状。而且进入夏季，城中开始流行疫病，晋军作战能力大打折扣。再加上张存敬极力北上，在定州一带与李存信对峙，李克用全盘考虑后，还是令李存勖撤回太原。

虽说这次晋军的"围魏救赵"还算成功，阻挡了朱温北伐的图谋，但还是让刘仁恭最终丢失了沧州，刘仁恭龟缩于幽州一线，再无抗衡中原的能力。而晋军虽未进入中原，但形成了对中原汴州的威胁，令朱温如芒在背。魏博等藩镇，实际上已归入朱温的管辖。这种态势之下，朱温也没有力量去攻取山西，山西也没有力量攻入河南，而刘仁恭孤悬幽云之地，已经退出逐鹿中原的争斗。山西多山，与沃野千里的河南相比，还是相差悬殊，所以，晋军想进入中原，失去了速战的机会，就再难对朱温有更大的威胁，如此，朱温北方已然大部平静，他终于可以腾出手来讨论一下，如何图谋他垂涎多年的大唐江山！

第十五章　屠戮唐廷朱称梁

天复三年（903），朱温在与李茂贞的对决之中大获全胜，这次，他终于得到了梦寐以求的唐昭宗。这就意味着，朱温挟天子令诸侯的格局已经形成。而整天惶惶不可终日的唐昭宗这个时候看朱温，就越看越害怕。不得不封他一个"回天再造竭忠守正功臣"，那意思就是，我大唐现在还能健在，全都是你朱全忠的功劳啊。另外，还授给朱温大唐兵马副元帅，晋爵"梁王"。

这种情况下，我们这位昭宗皇上，已然十分谄媚了。就是希望朱温能真的为大唐宗室考虑，将那些藩镇都打跑，而且，最好你没有谋朝篡位之心。所以，才将这种俗到恶趣味的名号加到朱温头上，那意思，我唐廷能够给你的，现如今已经全部都给你了，你就算不当皇上，也比皇

第十五章　屠戮唐廷朱称梁

上名气大、钱多，还快活。那意思，你看你高抬贵手，这个皇上你就别当了，只要大唐还一直存在下去，你怎么折腾都行。

但是呢，你见过将羊都逮到了，光摆弄不吃的狼吗？朱温"獠牙"已露，这种夺位的剧本是早就拟定好了的。那么朱温代唐，第一步要从哪开始呢？当然是要将皇上弄到河南去。这个借口，当然好找。朱温这会儿还装模作样地给皇上写信，说："吾皇，长安近十年间屡遭乱军践踏，多路贼军来此屠戮，长安街道，环视之中，似血气冲天。故，臣劝请皇上，移驾东都洛阳。虽前有黄贼作乱，但东都并未受刀兵之祸，且殿堂已由全忠整修一新。想那汉皇刘秀，移驾东都之后，刘汉再续数百年之久。如今，长安居偏，易被北方胡族侵扰。然，东都洛阳，始存盛唐之风，经年牡丹、球菊，每逢春秋之季迎风盛放，实乃国运昌达之气也。吾皇理应，上顺天意，下顺黎民，移都洛阳，以保大唐国祚永昌、绵延万年。"

看着朱温写给他的这封信，唐昭宗脸都吓绿了。朱温想让他去洛阳？洛阳什么地方啊？朱温经营多年的地盘啊，如果我到了洛阳朱温那一亩三分地上，就永远没有唐廷翻盘的可能了。其实对于朱温来说，虽然此时已将李茂贞打败，但李茂贞败而未死，而且一直居守凤翔之地。凤翔，这地方离长安实在太近了，保不齐哪天皇上又想明白了，再招个什么宁夏兵、凤翔兵入朝勤王，那老朱可不就危险了吗？朱温的地盘在哪啊？河南。朱温这招够狠辣，我把皇上带到河南去，把他摆在洛阳，然后我就待在我的汴州，周围的各州府县都是我的各路猛将把守，皇上就算有天大的能耐，也不可能让一封信飞过这些州府去。那整个河中地区，可不就是朱温为唐昭宗设下的一个天大的"监牢"吗？可是，明知这是一毒计，唐昭宗还能有什么办法呢？只能一个"准"字，然后准备准备，开赴洛阳。收拾行李这几天，全后宫都跟着皇上一起哭。朱温有时候进宫来面圣，侧耳一听，怎么了这是？难道皇上死了不成？之后一打听，原来皇上不愿意去洛阳。那就对了，我就是想让你去你不愿意去的地方。但是，朱温还得假意面圣，对皇上说："圣上如若觉得那洛阳不好，还可换别的地方，全忠最近听闻，好似圣上对去洛阳之事有所不乐？"唐昭宗一听朱温这话，浑身一哆嗦："不不不，没有没有，根本没有的事儿，这是谁呀，成天传这种谣言？我怎么可能不想去洛阳呢？洛阳殿堂工整，好吃好玩。没有的事儿。有可能是后宫的人嚼什么舌根子了。我过两天就处置，爱卿不必挂心。"朱温一听："那就好，那就好。"

虽说唐昭宗跟朱温编的根本就是瞎话，但必须得把戏唱真了。一旦让朱温起疑心，那说不定，朱温一生气，直接将皇上在长安就给杀了，然后再在洛阳新立一个，这都不一定。所以，唐昭宗忍痛，将他后宫的大内总管、大太监周宜召给杀了，还带着杀了俩小太监，就说是他们传的谣言，以让朱温对他放心。朱温一看，这皇上都做到这个份儿上了，那就算了吧，只要他安安心心地配合地走到洛阳去，那就算行了。朱温未再追究，但唐昭宗却必须得重视，于是严令宫内任何人不许啼哭或是议论迁都之事，违者与周宜召同罪论处。这下子，后宫再也没有人敢哭了。可是，后宫这种悄无声息，一点儿哭声和叹气都没有的肃杀之气，让人怎么感觉都望而生怖。

你以为只是宫中之事如此让人生怖吗？跟宫外的情况比，宫里这点儿事真的不算什么了。最主要的是，朱温杀了一些对大唐来说极其重要的人，比如说，当初给他写求救信的崔胤。当崔胤听说朱温要将皇上裹挟去洛阳的时候，就已经感觉到大事不妙了。当初求救朱温，完全是因为宦党乱政外加李茂贞独专，似乎也只有朱温能担得起平衡局势的功能，可谁能想到，当初唐僖宗赐名的"全忠"将军，如今已然到了屠戮忠臣的地步。当崔胤喝下朱温赐他的"好酒"的时候，他完全明白，皇上说话间就要动身去洛阳，那这些所谓的能臣，朱温是一个都不可能带去洛阳的。首当其冲的就是他崔胤。你能写信找人来制李茂贞，就一定能写信找人来制我朱温，这个道理，再明白不过。崔胤自知是不可能活着走出长安的，唯一的选择就是喝下朱温送的这瓶"好酒"，然后乘风而去。

你以为朱温仅仅杀了能臣崔胤？那就太小看朱全忠的杀心了。朱温不但一杯毒酒杀了崔胤，还将唐廷的几乎所有士大夫全都"请"到朱温的某个"偏宅"，美其名曰"叙旧"，实则府内暗设刀斧手，将大唐几乎所有能臣尽数诛杀，一个不留。这其中就包括崔胤的副手，一心拯救大唐的郑元规和陈班。

朱温的屠杀还不止于此，他还将陪唐昭宗打球小儿、小黄门、内园小儿等大大小小的宫内小儿尽数缢死，而且朱温还遴选出了大量的体态近似的小儿来代替这些人。这么讲吧，唐昭宗连吃饭的时候都不敢说话，某日，程贵妃在跟皇上吃饭的时候抱怨，皇上今时的身体状况不大好，已然大不如前，臣妾想代皇上去西山凌云寺上香，然后也顺便求上一签。此事被朱温知晓之后，十分不悦。一个贵妃，不在宫里好好陪皇上，上哪门子香呢？其中必有蹊跷。另外，程贵妃其中说的一句"求上一签"，朱温就更生气，什么意思？是我朱温对皇上不好吗？需要你贵妃之尊到凌云峰的寺庙里去求签转运？你到底想干什么？于是朱温迅速在凌云峰远代寺暗布众多眼线，只等程贵妃上山。而且程贵妃所求那一签最后落在了朱温的手上。签文上写：朱门所育不轻娇，诚欲西往亲寻桃。不经哪日闻青曲，一鹤排云到碧霄。

本来呢，这根本就是程贵妃为求子求的一签，那解卦之人呢，也是一个山游术士，根本不知道这远代寺的个中缘由，他一眼就看出来程贵妃是求子的，就寻思写几句吉利话让贵妃开心开心。谁都知道长安西面的海棠山上的桃子最好吃，也想让贵妃去摘此桃子来，吃了沾沾喜气。那一句"朱门所育不轻娇"，完全是那术士恭维贵妃，那意思是，这么尊贵的人还亲自来寺内求子，朱门，无非说的是尊贵人家的府邸的意思。但是，这个时候让朱温看到这个，这，完全就是在说我朱温，不就是说我朱温不怀好心的意思吗？朱温这一生气可不要紧，直接下令将那解卦术士斩杀，而且远代寺的所有僧众，一个不留，全在山下村中被尽数屠杀。

而那个惹了祸事的程贵妃呢，连长安都没回成，直接被一帮蒙面之人在半路截杀，最后连尸首都被扔到山涧里了。程贵妃此行，就只有一个小太监回到了宫里报信儿，唐昭宗一听，两眼一闭，两行热泪就流了下来。从此之后，宫里连吃饭都不说话了，说是皇上不喜欢在吃饭的时候说话，也不喜欢别人在他吃饭的时候打扰他。实际上，唐昭宗是在保护他周边所有的人，那意思就是，你们可千万别来找我，再在我身边说任何话了，这杀身之祸，指不定什么时候就落到你们头上了啊。唐昭宗如此境地，可以说，连被关到监牢里的囚犯都不如了，囚犯还有个放风的时间呢，这唐昭宗，一国之君，就落得个居于宫中，无声无息的境地。

在动身去往洛阳之时，中途路过华州，沿路官员、百姓跪了一路，无不再三叩首，山呼万岁万岁万万岁。这个时候，唐昭宗居然从辇车里伸出头来，尽力地向大家喊："千万别跟我叫万岁，千万别叫啦，你们都回去吧，哎呀，都回去吧。"大家全都以为皇上是在跟大家客套，其实，唐昭宗是害怕呀。这些人在路上送我，心肯定是好的，但是那朱温，会不会觉得他们就是同情我的人，回头一个"杀"字，我是去洛阳了，他们这些人脑袋可就搬家啦。但是，皇上一条肉嗓子，哪里喊得过这么多人哪。唐昭宗喊了半天，看也没有什么作用，只能作罢，然后自己躲在辇车里暗暗痛哭。想想百姓、想想大唐，再想想那些已然死去的百官，还有此行去洛阳之凶险，这一国之君，怎能不哭啊，说不定哪天睡着睡着觉，朱温一下到他床前就把他给杀了。作为一个皇上，生命都没法保证，还谈什么国祚绵长？

天祐元年（904）春，唐昭宗车驾进入东都洛阳，虽然迎接他的，依然是山呼海啸的"万岁万岁万万岁"，但从这些人的眼神里，唐昭宗根本看不到长安百姓的崇敬，只有俘获猎物的欣喜。

唐昭宗一进入东都宫殿，朱温就迅速落实了对宫殿的安全部署。他"劝请"皇上，任命他的亲信蒋玄晖为宣徽南院使兼枢密使，张廷范为金吾卫将军、充街使，韦震为河南尹及六军诸卫使。另外，还将自己的义子朱友恭定为左龙武统军，保大节度使氏叔琮为右龙武统军，主要负责皇宫的守备。

唐昭宗一进入洛阳的皇宫，朱温就已然是事实上的天下之主了。皇上的群臣，都换成了朱温自己的亲信，没有任何一个跟皇上一条心的人会出现在皇上的大殿之上。就算是偌大的一个洛阳，任何一个与皇廷有交集的部门，哪怕是一辆水车、一辆粪车，都必须经过细如发丝的盘查。根本不可能有任何一个人、物能飞出洛阳。即便飞出了洛阳，那河南诸镇的守将，也都是朱温的心腹爱将，唐昭宗无论如何都没有可能，与任何一个藩镇之主取得联系。

这种情况下，老朱就自然想到了改朝换代。太多的改朝换代，都是采取的"禅让"，比如说汉代的汉献帝最后将自己的皇位禅让给曹丕，当然，被禅让者呢，之前还要得到很多的殊荣，什么加九锡、立宗庙……这种说道就太多了。即便是汉代的曹氏，想谋朝篡位，那也得汉献帝最后说，我不行，我德才不够，这个江山就不应让我来坐，还是请曹丕来坐吧，他才德俱足，而且深得百姓爱戴。就即使这样，那曹丕也得装模作样地再三推辞，然后百官再三劝进，来来回回得折腾好些日子，然后才能让皇冠戴到自己脑袋上。这是为什么呢？主要还是怕后世人骂他们篡国。既然刘汉、曹家都对这事那么谨慎，那朱温就更应该谨慎啦。朱老三什么底子啊？说白了就是一个砀山的小蟊贼。那也就是不知怎么了，就误打误撞地跟黄巢起兵了，然后就投降了朝廷，灭了诸藩，还把持了朝廷中枢。朱温不怕后世人骂他是窃国大盗吗？当然怕。因为他根本就是。

朱温经过再三考虑，还是觉得，现在什么都好，就是这个唐昭宗不稳当。你让他禅位，他也能做，但是呢，你把他打发到哪去啊？一般这种情况，都是把这位皇上贬成一个王，然后打发出京城。寻思到这一步，朱温就一万个不放心。要知道，当初唐昭宗可没少往长安招人，李克用、李茂贞、王建，最后到他朱温，一旦要是让这个唐昭宗跑了，到了任何一个藩镇，都有可能拉起大旗，联合全天下的藩镇来反我朱温。天下诸镇是缺兵少将吗？是真的归顺了我朱温吗？都不是。他们只不过缺少一个反我朱温的靠得住的理由。所以，从唐昭宗手里禅来的位，其实不好接，它并不稳当。要做到万无一失，那就只有将昭宗杀之后快！

老朱想好，说干就干。就在天祐元年（904）八月十二这一天的夜里，朱温突然命宣徽南院使兼枢密使蒋玄晖在宫外策应，左右龙武统军朱友恭、氏叔琮进入皇宫，将唐昭宗乱刀杀死于宫中。而且将宫中一干人等尽数诛杀，这其中就包括昭宗最偏爱的两位贵妃——李渐荣和裴贞。次日，就在洛阳城天刚放亮之时，朱、氏二人就将宫中血水洗刷干净，所有帷幔尽数撤换。然后迅速立辉王李柷为皇太子，再以皇太子的名义发布口谕称："宫中贵妃李渐荣、裴贞，因与皇不睦，频生口角，终于前夜缢死皇上，犯下忤逆之罪。后，被赶来禁军诛杀。国不可一日无君，吾身为皇子，在危急时刻，应担此重任，将择日继位登基。"

就在事情发生的第二天，唐昭宗还未发丧之际，太子李柷改名李柷，登基称帝，即为唐昭宣帝，又称唐哀帝。朱温此行，志得意满。这个唐哀帝年仅13岁，虽然姓李，但他只认识朱温，也不认识别人，朱温让他干啥，他就干啥，只要不要我命，怎么都行。禅个位又能算个什么呢？但是，这种弑君篡位的事，怎么可能百姓一丁点儿都不知道呢？有一种东西叫舆论。没办法，朱温只能另设一计，解决此事。

就在登基之后数日，朱温对外宣称，因汴军所食粮食发现霉米，汴军内部发生哗变。于是，将担此卫务的朱友恭、氏叔琮都拿下，说是要将二人在宫门外开刀问斩。但朱温转念又一想，如若在宫门外公开处死二人，就有点儿太"此地无银三百两"了。索性一不做二不休，直接将朱、氏二人"请"入一处私宅，将二人头颅砍下，然后挂于城门之上示众三日。朱温为了防止百姓的议论，也为了防止任何一路诸侯拿此说事，就将朱、氏二人暗暗地给办了。可怜朱友恭和氏叔琮二人，一直以来都追随朱温鞍前马后，忠心耿耿，最后的结局，竟是"兔死狗烹"。

朱温弑君之举，没有多久就传遍了大唐全境。各路藩镇想法各异，藩主们更多的时候是思考怎么自保，所以，虽然对朱温弑君的行为有所愤慨，但小胳膊毕竟拧不过大腿，与朱温修好才是要务。所以，跟朱温的交流之中，基本不带出知晓此事，只当事情没发生过，或者说，朝廷换了皇上，自有其奥妙，只管山呼万岁就好。而有一些藩镇则不然，比如李克用这类，他巴不得将朱温抽筋放血，现今居然还出了弑君之事，按李克用的脾气，无论如何都必须将朱温乱刃分尸，方才痛快。可无奈，如今山西各方面都实力不济，能保住偏居一隅已不容易，此时再去招惹朱温，绝非明智之举。再说李茂贞，虽然李茂贞是朱温的手下败将，但他还统治着凤翔之地，对朱温的恨是真实的，但那也不至于放着好日子不过，去给皇帝报这个仇怨。其他地方的，还有西川的王建，当初朱温跟李茂贞关中决斗的时候，王建就悄悄将关中去往西川的要道用巨石封死，防止将祸事引入西川。而且，即便关中乱战打得热闹，王建也根本不想出兵，哪怕做一个和事佬。西川才是他王建的自在国，不参与朝乱纷争，才是他王建的立身之本。

朱温只是将唐昭宗斩了，他还是不那么放心，这次，他又将心思放在了德王李裕身上。记得宫中少阳院之乱时，阉人刘季述等人领神策军进行叛乱，当时将唐昭宗囚禁于宫中少阳院，后来崔胤等大臣引兵来救，在乱成一团的时候，正是这位李裕，唐昭宗的长子，出任监国之职，才不致大唐内乱升级。也就是说，其实李裕是当过大唐的皇帝的，虽然时间不长，但当一天也是皇上。所以，虽然唐昭宗最后平定了刘季述等人的叛乱，从少阳院出来了，恢复了皇上的身份，但对这个长子李裕还是心有忌惮的。毕竟他不在的时候，这位皇子才是大唐的皇上。那么对于朱温来说，任何一个李姓的皇子，从任何一个角度来说都是他朱温的敌人，因为他们血管里流淌的血就犯了原罪，朱温就必须将他们斩之后快。那这个曾经当过皇上的李裕，自然就是他朱温的肉中之刺。现如今，唐昭宗被朱温给杀了，那这个少年英才李裕，自然就成了朱温的首敌。但是，李裕不但是皇子中最大的那个，他还担当了一个重任，那就是养育诸多皇子。当初少阳院事件的时候，李裕不过十三岁，现今也不过二十岁不到的年纪，但是，他非常知道朱温的用心，所以，他将唐昭宗的其他八位皇子都偷偷集中到一处宫院内宅养育，对外只说是跟随他玩闹的小黄门。而从长安迁来洛阳的时候，他们是想要逃跑的，而且逃跑计划都已然拟订成熟，当时计划的是出光华门南入关中腹地，然后再转道去西川。可是，事多有乱，其间就有奸人告发到朱温那里，说是有皇子装成小黄门想从长安出逃。所以，你就知道，为什么朱温在长安迁都之时要丧心病狂地杀了唐昭宗身边的二百多小黄门了吧？当然，最后李裕也是拼了性命保全了这些弟弟的安全，但最终还是没有逃出长安，而是随大队人马来到了洛阳。

来到洛阳之后，李裕其实也还是有一个计划的，那就是自己去挡住朱温的盘查，利用李克用在洛阳的细作关系，将李氏皇子们迁往山西。这个计划被叫作"夺笼计划"。执行人其实是在洛阳潜伏四十年的绍长安，这一年，他已然是一个七十岁的老汉，跟自己的儿子绍果然一起经营一家酒家，名为"苁蓉饭庄"。朱温的细作首领，是位极狠的角色，名曰白统。白统是西蜀人士，早年跟家人来洛阳贩盐，那时候正是黄巢闹得乱的时候，贩盐的生意自然是被牵连之列。所以，生计不济才最后投了军，在河中地区一通乱冲乱杀，最后投到了葛从周门下，成了一个跟随葛将军习武的门客。

门客自不比军卒，生活自会好过些，而且，在葛将军帐下，可以多学些武艺，那时候，葛从周已然投唐，白统投到的乃是英武将军府上。乱战时期，黄巢被逼入虎狼谷，葛从周挟白统等一众门客，去往虎狼谷设伏，而且在尹梁的设计之下，成为奇门一阵的守方。这其中，白统就是道中设伏，葛从周一箭射伤黄巢的亲历者。后来，葛从周在上源驿之役后辞官回家，于是白统这些门客就都投到了朱温门下，白统自见了朱温之后，就觉得朱温是一个杀伐果断之人，可以跟随。而这么多年朱温的很多决断，也都显示出，此人绝非善类。这个时候正是朱温大显身手的时候，白统无疑是向朱温一再劝进，节度使劝进梁王，梁王劝进皇上，深得朱温欢心。于是后来在张氏的鼓动下，朱温让白统领了这个"申情司"的差事。听名字就知道了，这肯定是一个细作的头头。

再说另一边的绍长安，他自小就是在长安长大的，很多大唐的世事他都见识过，他见识过大唐的极盛时期，也知道当年大唐是如何极盛入衰的。后来黄巢入长安，极致的杀戮让绍长安异常惊异，他根本不敢相信，以后的长安就会是这个黄姓的魔王来统治了吗？不可想象。而恰在这时，朱温投唐，而李克用也挟重兵夹击黄巢，李克用从北门冲入长安，虽未捉到黄巢，但那股英武之气，已然将绍长安折服。所以，绍长安自家的产业都不要了，就要投到李克用门下，跟他去山西。李克用就问绍长安，你到底有些什么能为啊？绍长安竟一时语塞。后来，绍长安终于想到一点，那就是，他对长安和洛阳的很多防务事宜还算了解。因为绍家一直都是做宫殿建筑协同的工作的，所以，无论西都长安还是东都洛阳，这些宫殿的细节和城池的防务，都是他耳熟能详的东西，即便不是刻意打听，就算是跟监工主事闲聊也都能把一些事情了解个差不离。所以，李克用就看中了他这一点，就要求李存勖在建立"安理司"的时候将绍长安招至麾下。李存勖其实非常清楚，李克用和朱温的最后争夺，注定会在河中进行，所以，洛阳对于双方来说，都是兵家必争之地。李存勖就派绍长安以迁家为由，将长安家资变卖，然后在洛阳朝清门里开了一家饭庄，起初叫"长安饭庄"，后来改名为"苁蓉饭庄"，这是因为，绍长安的细作暗码就叫"苁蓉"，意指毁灭朱党、重荣大唐之意。这么多年来，绍长安一直未被起用，直到这次李裕府里差人来苁蓉饭庄，说需要点几个菜送进府去。第一道叫"芙蓉唐菜羹"，第二道叫"黄烧苗茗"，第三道叫"周骨燕来"，第四道叫"醋溜鱼肚"。别人可能看不出这点菜上有什么门道，但绍长安知道，这分明就是起用他的信号。当初将他安插在洛阳之时，李存勖曾给绍长安一张字条，上面写着"更鸣来度"四个字。而这"来度"正是长安城内一处废弃的宫墙，在长安之时，都是在午夜三更时分，绍长安到来度城墙下，沿脚下向上的第三块砖的地方，将砖取下，那里就有给绍长安各个阶段的指令。

而如今，德王李裕府上来人点了这四道菜，分别是菜名"倒藏头"组成的一句"羹茗来肚"，正是谐音了当初的暗号"更鸣来度"。所以，他急急地将绍果然召回，将此事讲给儿子听。绍果然虽然也算是细作，但当初派他们到洛阳到现如今，一件差事都没有派到过绍家。所以，当他听到绍长安说起这次的事情，他是又紧张又兴奋。绍长安思考再三，还是决定他俩一起，将四道菜送进王府。这边饭庄里，还是交由管事的打理，还像之前一样，宾客盈门，与平日相比，没有任何不同之处。

绍氏父子提着锦盒，里面装着四道菜，小心翼翼地叩响了德王府的门。来应门的是一个小童，看样子只有五六岁，他将角门打开，跟绍家父子说："你们是来陪我玩的吗？"正在这时，门里又出现一位老管家，问明二人来意之后，将绍家父子请进府内。

虽然绍长安在洛阳多年，但德王府却是第一次进来，各种雕梁画栋自不必说，绍长安儿时也见得多了。但绍果然可没见过如此奢华的地方啊，他就四周到处看，眼睛都不够用了。

二人被引入一厅堂，看起来像是一处书房，然后老管家说了一声稍等，退了出去。等了大概一个时辰，中间有后厨的大师傅派人来取锦盒，然后再无人来。突然之间，书房的四面窗户都被从外边用黑布遮了起来，然后屋内突然燃起了烛火。绍果然被这阵势给吓坏了，一下抱紧了老父

第十五章　屠戮唐廷朱称梁

亲的胳膊。正在这个时候，书房里面的一个书柜猛然向后一撤，闪出一个内室的门来。绍长安连忙拍拍绍果然，说了句"没事，别怕"，就带着绍果然走进了密室。然后密室的门，在他们步入之后，转眼关闭。

密室之中，端坐一人，看他们进来，连忙迎上前来，称："小王李裕，现时真的要靠你们了。"绍长安闻听此言，连忙拉绍果然跪倒直呼"千岁千岁千千岁"。来人正是德王李裕，李裕可没有这个时间跟这二人客套，直接迈入正题。"现时，八位皇子都藏在我府外的周井巷的一处宅子里，你们看，用什么方法可以将他们运出城去？城外，有晋王派来的人接应，然后他们会中途换车，直奔黄河渡口。"绍长安一时没接住李裕的话，因为他还不知道到底是个什么任务。于是李裕将事情从头讲来：李存勖在接到李裕的求助信之后，两日之内，赶来三驾马车，派人驻在洛阳城外，然后派人入城，见到李裕，得知诸皇子之事，然后叫德王去苁蓉饭庄点菜，才令绍氏二人来到府内。绍长安听完，思考了片刻，最后决定，在后日掌灯时分，将车辆分三个城门引入城内，然后在周井巷，分别接到八位皇子，再分三路原路出城，再到城北指定处会合。李裕派人将二人送出府外，再三叮嘱后日之事千万小心。

第三天入夜，绍果然就好像平日一样，吃完饭溜溜达达来到周井巷口，然后坐在巷口的茶摊那儿开始喝茶。他给了巷口三个自己人一个眼色，然后三人进入周井巷，将三位小皇子换了便装之后，同样坐到茶摊。绍果然使眼色，命他们分三个方向离开。又过一个时辰，另三个小皇子也都换上便装，离开了周井巷。可是最后两位皇子，是左等也不出来，右等也不出来。难道说事情有变？绍果然也不敢再停留了，一方面他命人去跟守在东门的绍长安联系，说这边可能有差池，让他再听他信儿。接着，自己就走进了周井巷里那处宅子，没进门多久，绍果然就看到了惨死在门廊内的一位小皇子的尸体。这个时候，白统带着亲兵出现在院内。"绍果然，我们梁王，早就洞悉了你们父子的勾当，现时来抓你去见官。"突然暴露，绍果然还真是没想到，他就跟白统在院中动起手来。他想的是，就算是能耽误一时算一时，也好为几位皇子逃出洛阳争取时间。但他严重低估了白统的能力，他的武艺，在白统面前，没出五招，就被白统斩于当院。接着，白统再次命人狂追六位小皇子，另一边，他还派人去德王府中抓拿李裕。

另一边，得到绍果然信息的绍长安一看情势不好，于是带领自己的四五十名家丁，欲攻占东门，为皇子们开出一条血路来。但是，他们还是暴露得太早了，白统在兵马副帅蒋玄晖的配合之下，将绍氏家丁全数斩杀，最后也没放过绍长安，他们竟直接将绳子套在绍长安的脖子上，直接将他吊在城门之上，死状惨极。

白统从东门再去另一路，直接到了德王府内，将德王李裕押在庭内，告知他，想分头出城的六个小皇子已然都被抓回，转瞬就会被押解到德王府内。一共七个小皇子，还有一个，到底在哪儿？李裕微微一笑，说，我们大唐宗室，岂是你这等鼠辈可威胁的？白统急了，当场给了李裕六个耳光，但李裕似乎早就准备，从此闭口不言。这个小皇子如若飞出了洛阳，那可就坏了主公的大事了。正在起急之际，白统一下子看到了门房里的那个五六岁的小童，他瞬间嘴角泛起了邪笑。"德王，你不告诉我也不要紧，那我也肯定知道另外一个皇子到底在哪儿。"然后直接将门房内的小童抓着后背举过头顶,再问李裕:"你若再不说,我就将此童摔死在这儿!"一直都岿然不动的李裕,此刻突然抬起头来,眼中闪过一丝慌张。这样一个表情,被穷凶极恶的白统抓了个正着。于是他直接将那小童甩给侍卫,直说一声:"给我绑喽。"就这样,一共八位小皇子,死在周井巷内一位,其余七位都被白统收押,再加上德王,所有皇子最终都聚于朱温面前。朱温一个一个地给八位皇子相面,然后乐呵呵地说:"我朱三对各位不薄啊,好吃好喝好府邸,就是这样,你们还老想着跑?太不给我老朱面子了。"

李裕一看事已至此,于是破口大骂朱温"谋朝篡位,虎狼之心,弑君叛逆,万世唾骂",而且直接将口水吐到朱温脸上。朱温刚才还乐呵呵的,转瞬就凶神恶煞一般。他没命令,也根本没跟手下哼一声,直接一摆手,八颗人头,转瞬落地。朱温站在当场,哈哈大笑,极为疯狂,直呼:"看你们哪个还能挡得了我朱温?我就看你们哪个,还能挡得了我朱温?哈哈哈哈……"

再接下来,朱温想谋朝篡位果然无人可挡,只是还要走一些过场。比如需要群臣劝进,然后婉拒,再劝进,再婉拒,要来来回回几个回合,然后才能"勉为其难"地当上这个皇上。但是呢,群臣有时候也把握不好朱温的脾气,朱温后来被劝进得烦了,直说:"还弄这些个做甚,直接坐他个龙座不就得了?"于是群臣就又不敢劝进了,可是,朱温一看大家又都不劝进了,哎,你们这些人,到底什么意思?现在不劝进是想让我下不来台吗?还是真有反了我的心?你们这些大臣,全都指不定装着什么坏水呢,莫不如直接全杀了,我再找一批。

朱温这么想的，也就直接这么做了。某日，内卫称梁王请大家去滑县白马驿饮宴，另外也商量一下以后的事。大家其实都特别高兴，以为改朝换代之后，他们就都是开国的功臣，这梁王一定是论功行赏啊。于是全都高高兴兴地去了白马驿。可谁想，一到白马驿，就是一通刀光剑影，胳膊腿四处乱飞。被杀的人中有左仆射裴枢、吏部尚书陆扆、工部尚书王溥等三十余人，最后将三十余人尸体投入白马河，河水瞬时即被染红。

此后，蒋玄晖、张廷范按照曹魏代汉的模式，先"封朱温为相国，加九锡"，朱温还一再推辞，然后推辞过程中，蒋玄晖、张廷范就说，一些地方还是不合规制，要重新再来。朱温此时已然心烦得不行，这时候还有人进了逸言说，蒋、张二人是故意拖延时间，是不想让大王进阶称帝。这要是在以往，朱温只会当这人胡扯，但这个时候，朱温已然心志大乱，而且称帝这个事拖延到这个地步，早就没有耐心了。于是决定，将蒋、张二人秘密处死。蒋玄晖和张廷范做梦都没想到，马上就熬到称帝的份儿上了，最后一站没有等到，最后也跟朱友恭和氏叔琮一样，落得个身首异处的下场。

天祐四年（907）正月，魏博节帅罗绍威再次劝进朱温称帝，于是朝堂之上又是一阵吵嚷。这次朱温可真是被吵烦了，直接在朝堂上对着唐哀帝说，你呀，要不然这个座儿你也别坐了，二月，你就直接禅位得了。然后回头问群臣："谁还有什么话说？"群臣一片肃穆，所有人都不敢作声。所以，禅位之事就这么迅速地在朝堂上被议定下来。

天祐四年（907）二月，唐昭宣帝李柷直接逊位于梁王朱温，延续了

289年的大唐王朝就此终结。从此拉开了历史上五代十国的大幕。由于朱温被封之地为梁州，所以他一直被称为梁王，他称帝之后，定国号为"梁"，都城定为"汴梁"，实是汴州和梁州二州合并。手上沾满无数无辜之人鲜血的梁王朱温，从此刻起，正式坐上了皇帝的宝座。他本以为，他的登基，彻底结束了唐朝末年的战乱纷争，但其实，他开启了五代十国纷乱时代的大门！正所谓"除黄去李朱称梁，积积白骨累世伤。经久合分平安乞，一路剽悍终代唐"！

第十六章　幽沧之地"父子杀"

朱温称帝，代唐改梁。消息传到幽州，刘仁恭摇头叹息。刘仁恭并不只是无奈那么简单，他现如今想的事情，可不是起什么兵去伐大唐逆贼，而是醉心于在大安山建设别院，将诸多美女美器美食全都装入深山美景之中。按理说，刘仁恭也算是一方枭雄，本不应该如此颓唐，但是，刘仁恭此人有时候心性并不是特别稳定。有时候，他会觉得朱温好，转过天，他又会觉得，还是跟着李克用比较合适，因为此人忠义。刘仁恭之所以一直跟着李克用，就是因为李克用此人为人忠义千秋，说什么就算什么。而刘仁恭，就正好与李克用相反，忠义跟他刘仁恭没有半点儿关系。对刘仁恭来说，有利，说话就算；不利，说话就不算。所以，李克用虽然说在朱温的淫威之下救下了刘仁恭所占的幽、沧二州，但李克

第十六章 幽沧之地"父子杀"

用还是对刘仁恭心怀各种不满和戒心。

虽然李克用耗尽整个山西的兵力来救他，刘仁恭却半点儿感谢之心都没有。在他看来，那都是李克用应该做的。如果没有我刘仁恭给他当屏障，那无论契丹还是朱温，都将对他李克用形成直接的威胁。所以，李克用应该感谢刘氏幽州才对。没办法，刘仁恭的逻辑，其实就是这么奇葩。

按说李克用费了这么大劲几次三番地帮幽州打跑了朱温，刘仁恭应该亲自去一趟太原，感谢一下李克用。但刘仁恭连这个礼节性的拜会都懒得动弹。他派二儿子刘守光去往太原，代他转给李克用一封书信。当然，这封书信也不是刘仁恭所写，信里那意思呢，你看，我老刘最近身体也不大好，这么大个事儿呢，也没法去一趟太原，所以就派我小儿子刘守光，去向您多加感谢。可实际上的刘仁恭，哪里来的身体不好啊？不过是那大安山别院此时修建完成了，刘仁恭是急着去看看罢了。

一个别院，为什么让刘仁恭这么上心？大安山别院占地60余亩，其间有山地、平原、涧溪、草原、洞府、宫殿、野舍……这个地方，就算是唐廷和朱温汴梁的宫殿，也未见得有其五分之一的奢华。按刘仁恭自己的话说，我这一辈子操劳军事到底为了什么啊？无非就是锦衣玉食、娇妻美妾，人间快事。至于什么沧州、幽州的，反正最后也得留给儿子，倒不如他们自己先接到手，以后他们做成什么样儿，就看他们自己的造化了。

面对自己爹爹的淫欲炽盛，刘守文生性温良，自是没有什么意见，这个刘守光，有时候还是能表现出来一丝不悦的。但无论怎么说，幽州之主还是刘仁恭，那幽州大小事务，还都得听爹爹的安排。可是刘守光被委了一个他自己都很不情愿的差事，就是为他爹爹去"征集"各色美娇娘。刘守光心性暴烈，哪能做得了这种事？于是刘守光就差属下李小良去办。李小良，实是刘府内的管家李大匡之子，李大匡还有一个小儿子，叫李小喜，任幽州兵马都尉之职。李小良从小就在刘府内长大，刘府的要求就是他自己的要求，所以，任何事情都会尽心尽力去办。

刘守光虽说三十不到，却是一个有野心之人，他最大的愿望，从来没与人说过。他的愿望其实是当皇帝。而他的爹爹，虽然说不是皇帝，但已然在大安山给自己置下了"安乐窝"。刘守光虽说年少娶妻，但时有不快，其妻虽明事理，却无法满足刘守光的变态要求。

刘守光经常为此事闷闷不乐。后来，有一次，在他的属下廖继成家里讨论城防之事，突然就来了一个美娇娘，给大家上茶。他一打听，原来，是廖继成在幽州城北一乡村中偶然发现的一个村姑罗氏。自从刘守光见到这个罗氏之后，就大为痴迷。白天晚上地睡不着觉，天天就想着这个罗氏，然后总是借口有军务，到廖继成家去。终于有一次，廖继成被派到沧州去传办军务，并不在家，刘守光在夜里悄悄从后墙爬进了廖家，然后强行把罗氏给霸占了。

然后呢，他就等廖继成回来，就想直接跟廖继成说：我看上你媳妇了，你就让给我吧，你要什么我就给你什么。但廖继成一时半会儿还没回幽州，又被刘守文派去做了些别的军务。一连七天时间，刘守光天天逗留在廖继成家里，与罗氏行些不堪之事。罗氏想反抗，却也无力，在幽州，又有谁能斗得过刘氏父子呢？

第十六章 幽沧之地"父子杀"

直到第七天,廖继成回到幽州,还没进城,只是在城外一处饭庄吃饭,风言风语就飘进了耳朵。以廖继成的性格,哪里忍得了这个?直接冲进刘守光的府内,质问刘守光,你到底干了什么对不起我的事情?刘守光和廖继成,其实说从小玩到大也差不多,第一时间无语之后,直接就将准备好的话冲出口来。廖继成羞愤异常,刘守光一个劲儿地劝解,说什么,你想要什么官职,直说便是,咱们兄弟,又有什么不好讲的呢?谁想,廖继成气性不是一般的大,直接在刘守光面前抹了脖子。廖继成血溅当场,却并没有挽回刘守光的一丝人性,相反,他倒是觉得这样更好,他就可以顺理成章地将罗氏接进府来了。他这么想的,也就这么做了。一时间幽州城内风言风语,纷至沓来。

本来好像已然没有什么罗乱了,本主家都已然寻了短见了,刘守光理应志得意满。但恰在这个时候,刚刚登基称帝的朱温派人前来攻取幽州。后梁开平元年(907)春,新科大梁皇帝朱温就派李思安为北路行军都统,率大军前来攻取幽州。而这个时候,刘仁恭还在大安山享乐,幽州留守的就只有刘守光。而此时的刘守光,正在醉心于跟罗氏的缠绵之中。但他是全军主将,没有什么办法,只好登上城头,观看汴军形势。最终,他任命李小喜为前军主将,在他不在时,可以代替他施行军令。李小喜是李小良的弟弟,但跟李小良不同,他并不醉心于女人,而是沉迷于军队事务、战力部署,在幽州可称将才,其才干无出其右者。

刘守光拜了李小喜为帅之后,心安定了很多。而且给沧州的哥哥写信说,你我兄弟可以夹击汴军,择机攻之,一击即破。而朱温器重的这位李思安偏偏是一个文官出身,带兵打仗,多是在书中读到。很多方略,也多半是从兵书上学的东西，多少有些照本宣科。所以，他在布阵方面，跟李小喜就没法比了。李小喜虽然闭门不出，但是，在城西山中出幽谷处，伏下精兵两万，在城南，留一千兵力佯攻，并在他们逃跑的时候，将敌军引入城西的出幽谷伏兵之处。幽州兵由于接近契丹，所以弓弩功夫了得，此战利在巧胜。在出幽谷，汴军果然被杀得大败，只有李思安带一小队人马逃了出来，留下漫山遍野万余具尸体。

　　大获全胜之后，李思安无心恋战急急败退自不必说，却说李小喜向刘守光报捷。刘守光在幽州城头听说李小喜大捷，欣喜若狂。这一战就解了幽州之围，而且他刘守光也在幽州，除了他爹之外，有了一席之地，继承幽州似乎已是必然。初得捷报，刘守光狂喜着赶回府内，四处寻找罗氏，想跟她一起分享一下出幽谷大捷的欣喜。可不承想，在府内到处都找不到罗氏的踪影。于是刘守光将府内所有家奴、宅丁、丫鬟、婆子聚集一处，一个一个地问：罗氏到底哪里去了？起初问的时候，都说不知道。结果最后一个丫鬟说漏嘴了：被小良大人带走了。刘守光就去寻李小良，李小良正在府中睡觉，一听刘守光找他，吓得他一下子蹿了起来。可这个时候，刘守光已然到了他的床榻前，质问小良"罗氏哪里去了"，而且眼露凶光。

　　李小良看这架势，如果不跟刘守光说实话，那他这就是要吃人。所以就全都跟他说了，其实是刘仁恭听说刘守光最近得了一个绝美女子，就命李小良带给他看看。见李小良面有难色，刘仁恭便问，有什么难处吗？李小良便说，这已然是守光少爷的娘子，不好再纳到大安山来了吧？刘仁恭听了哈哈大笑，说，小良，你有没有弄清楚，幽州，到底是谁的幽州？李小良一听这话，知道没有什么能作托辞了，只有按话照办。等罗氏一进大安山，刘仁恭整个人都呆住了。在他看来，大安山现在这二百女子，都敌不过罗氏一人。于是当夜就要求罗氏侍寝，那夜，也正是刘守光、李小喜大破汴军的那一夜。

刘守光闻听李小良说出实情，感觉自己头上都要冒烟了。这自己明明都已经接入府内的人了，父亲怎么能如此横刀夺爱呢？如果说，大安山那里没有女人也罢了，那里明明有二百多佳丽，这还不够，偏偏要夺我的爱妾，是何道理？刘守光思考再三，还是气不过，直接出门点了两千兵马，直奔大安山而去。这一路上，李小良苦苦相劝，怎么说幽州之主也是老将军大人，您这样领着兵马去，又能怎么样呢？现实已然生米煮成熟饭了，罗氏已然成了老将军的人了，您就别再争了。刘守光越听越生气，直接对李小良说，我先不跟你计较，留着你这颗狗头，等我夺了美人回来，再收拾你这厮。吓得李小良一路上再也不敢言声了。

这一路上，刘守光越想越气。于是让传令官给李小喜传令，调一万大军包围大安山。形势急转直下，儿子说话间就要抄了爹的家。

当刘守光来到大安山山门前的时候，里面的刘仁恭已经知道他到了。刘仁恭根本没把刘守光放在眼里，虽然觉得夺了儿媳妇，在礼数上可能过意不去，但这又能算什么？儿子不应该孝顺老子吗？没有我，刘守光能算个啥啊？所以，当刘守光来到大安山洞府寝殿的时候，刘仁恭一点儿防备也没有，在他眼里，刘守光还是那个乳臭未干的毛孩子呢。

刘守光站在殿前，两眼直勾勾地看着刘仁恭，好像两眼要喷出火来。刘仁恭跟儿子四目相对，着实吓了一跳，心说这小子今天难道真的要犯浑不成？哎，岂有此理，幽州还是我刘仁恭的幽州，即便你打赢了一仗，那幽州百官和将官也都听我的，也不会听你一个小毛孩子的。不过，他还是想错了。刘守光对他直接一句："罗氏呢？在哪儿？"刘仁恭一听，你要作死啊？看到我连句爹都不叫？可刘守光完全不搭理他，再次高喊一句："我问你，罗氏呢？她在哪儿？"这一嗓子，声音非常非常大，直喊得洞府殿内都起了回声。刘仁恭这辈子头一次被一个人吓得直接说不出话来。而此时，李小喜也带人冲进殿来，只听刘守光一句：绑！李小喜就直接带人把刘仁恭给绑了。"你们反了。刘小囡，我还是不是你爹了？是我，从小把你养大的，是我，把幽州兵权给到你手的，是我……"刘仁恭在嘴被堵上的一刹那，还在试图说服刘守光。刘守光也不言语，现今，他根本不是刘仁恭的儿子，就是一个引领全幽州兵马兵变的将领了。

在将刘仁恭囚于地牢之后，刘守光方才长舒了一口气，这时，有人将罗氏从寝宫扶出，刘守光眼看着自己的爱妾受此凌辱，眼含热泪地喊：把这里所有的东西全给我砸了！于是一众大兵上劈下踹，直把大安山洞府内的宝殿打得稀烂。然后引着大队人马，用车装着罗氏，用囚车装着他爹，晃晃荡荡回到幽州。

一听说刘守光居然把爹爹给囚禁了，还在沧州的刘守文大惊。"这这这，这事件怎么可能这样了呢？"当手下把刘仁恭的所作所为讲给刘守文听的时候，刘守文也是一阵懊恼，一拍大腿，心说，我的爹呀，你动谁的人不好，非得动那个刘小囡的人呢？你难道不知道他从小自己东西就不许别人碰吗？不过没办法，作为儿子，这种情况下，也必须得去救他的爹呀。于是刘守文点齐两万人马，径直奔向幽州。

幽州城里的刘守光早料到哥哥必来伐他，于是命李小喜做好准备之后，他亲自披挂出战。两军阵前，刘守文看到刘守光眼泪都要出来了，痛心疾首啊："阿弟，你，你怎么能干出这种事来呢？就算爹爹做得再不对，那也是孝字在前哪，咱们刘氏这么窝里斗，岂不是让朱温和李存勖，还有全天下的藩镇都看咱幽州的笑话吗？你好好想一想，是不是咱们哥们儿团结一处，才能对付朱温、李存勖？如果咱们动起手来，那朱温、李存勖岂不坐收渔翁之利啊？"刘守文就这么苦苦劝刘守光，刘守光也并不为所动，反倒对刘守文说："现今幽州，我已然是主将，刘守文，你可以选择投我，或者投朱温，更或者去投李存勖。刘仁恭我是断不能放的，你自己选吧。"刘守文一听这话，直气得哇哇怪叫，直呼"我杀了你"，就提马奔了过来。谁料，脚下绊马索突然抬起，刘守文直接被掀于马下。暗藏于别处的李小喜这时候突然冲将出来，高喊："绑！"

沧州那边，一听说刘守光将大哥刘守文给活捉了，沧州城内就有点儿乱。不过还好，众将官推举刘守文的长子刘延祚为主将。但刘延祚怎么可能是他叔叔刘守光的对手呢？几次欲攻打幽州都惨败而回。这个时候，朱温的谋士周得闻出场了，自告奋勇出使沧州。他对着刘延祚一通游说，大概意思就是，现今的情况来看，如若不借助大梁的力量，你想接回你爹，那是万无可能，不如就归降了大梁，以后成为大梁的臣子，然后大梁助你平定幽州。

这样一说，还真把刘延祚给说动了，于是正式地归顺了大梁。沧州也正式纳入了大梁的版图。

刘守光一听说侄子刘延祚投降了朱温，一时间有点儿慌了。但李小喜提醒他，沧州投大梁，我们可以投晋王啊。于是幽州发出书信飞往太原。这个时候的太原，晋王李克用已病故，承袭晋王之位的李存勖，早就对幽州垂涎多时，一听说幽州想要他们去救，立即感觉时机成熟，是时候夺下幽州了。但被李存勖身边谋士娄靡拦下了，说："大王，幽州现实的情况是，不仅仅前面有朱温，后面还有一个契丹。之前刘仁恭与契丹相交不错，只要刘仁恭还在，那契丹就不会犯我边境，但如若大王派兵进入幽州，契丹就很可能不再遵守这个君子协定了。到时候幽州腹背受敌，即便晋王再英勇，也不可能敌过前后两头实力颇强的恶狼啊。幽州来的书信中说：'现今的情势之下，晋王只需要将梁军挡住，我们自有办法收复沧州。'"

于是李存勖依计行事挡住了北上的梁军，任由幽州自己解决内讧。轮到刘守光对亲侄子下手了，试想一下，一个对自己亲爹都可以下得去手的人，对刘延祚，怎么可能手下留情？李小喜没费多少气力，就直接把刘延祚给押回了幽州。刘守光一看自己已经完全掌握了幽、沧二州的局面，他这时下了一个令所有人惊讶的命令，那就是，将哥哥刘守文及刘延祚等家人三十几口，悉数斩杀。亲哥哥一家都杀，这种所谓的"魄力"，好像也只有大梁皇帝朱温可以与之匹敌。

一看自己已经掌握局面了，刘守光本应该给李存勖个交代才行。但是他没有，此时此刻，他居然直接命人起草诏书，张罗称帝。思路之清奇，连朱温这种世间专独都读他不懂了。朱温看刘守光也算是个狠角色，就想招安他，于是投一封书信给他，就说，你归顺了大梁，以后就再也不怕被任何人攻伐。刘守光回信给朱温："承蒙厚恩，未之敢受。幽州方寸之地，偏居山野弹丸尔，料终自生自灭，谢梁皇抬爱，守光一介莽夫不足挂尔。"直接给朱温端回去了。朱温仔细一合计，幽州这么看来，真的是一个又臭又硬的地方，我放着江南富足之地不攻，偏偏去攻幽州，不划算。再则，如果真攻了幽州，那契丹的事情也不好摆布，到时罗乱还是一堆，何必呢？所以，朱温就暂时放弃了对幽州的想法。

朱温一放弃了幽州，那刘守光瞬间就将自己放飞了。他紧锣密鼓、真真切切地张罗起改元称帝的事情来了。在大梁乾化元年（911）八月，刘守光在幽州称帝，国号"大燕"，幽州改称应天。

朱温审时度势，没有再对幽州下手，但李存勖可不是，他这边帮刘守光挡住了梁军，也有不少死伤，一回头却发现，幽州居然称帝了！这不是拿我这晋王当猴耍呢吗？于是在太原拜帅周德威，点齐五万兵马，兵发幽州。

这次，刘守光可没有易水河涨水的好命了，李存勖也不是李克用，绝不可能在最后关头留下刘氏一条命在。刘守光一看情势不妙，于是任命自己的儿子刘继威为义昌节度使，命他去阻挡周德威统率的晋军，然后他自己直接将罗氏带了，去往卢龙一山间别院玩乐开心，还果然拿自己当了皇上了。

本来幽州兵马并不比晋军兵马弱，只是这统军的人物实在太弱了。刘继威别的能耐没有，完全继承了他爷爷刘仁恭和他爹刘守光的好色心性。他手下有一将官叫张万进，他偏偏就选张万进正在前方与晋军作战的时候混进张家，大肆淫虐张万进妻女。张万进正在前方御敌，一听说他妻女都为刘继威所淫，直接投降了晋军。抗晋大军顷刻间成了"带路向导"，晋军主力直插幽州腹地，并在一天之内大破幽州城池，抓获刘守光、刘继威父子俩，并在地牢里揪出了还有一口气的刘仁恭。

之后，周德威请晋王李存勖驾临幽州，一方面给幽州开仓放粮，给百姓发放给养，另一方面，就是要亲眼看到刘氏祖孙三代，刘仁恭、刘守光、刘继威如何被开刀问斩。午时三刻一到，三颗人头落地，盘踞幽州多年的一代枭雄刘仁恭也就此谢幕。后人有诗记述刘仁恭的生平，诗中这样说道："祖承兵马镇幽州，一逞燕地果封侯。淫人妻室纹额迹，损阴背德社稷休。"